生存の図式

ジェイムズ・ホワイト
伊藤典夫訳

創元SF文庫

THE WATCH BELOW

by

James White

生存の図式

友であり
エージェントであり
奴隷監督である
ジョン・カーネルに
感謝をこめて

1

宇宙空間からながめる地球は、年若い、どちらかといえば低温の太陽をめぐる、のどかな美しい世界である。雄大な氷冠《ひょうかん》、途方もない大洋の広がり、まばゆい純白の雪の絨《じゅう》毯《たん》。それらは距離と大気中のもやのためにぼやけ、おもてむきは平和と美の惑星としか見えない。よほどの倍率と解像力の望遠鏡でも持ちあわせないかぎり、その夜の側にちらつく火花が、魚雷をうけた船舶や、爆撃にあって燃える都市であると識別するのは無理だろう。太陽に面した半球にしても、第二次世界大戦のひきおこした混乱は、恒星間の距離を隔《へだ》てて観測するにはあまりにも小さなできごとだった。

時、一九四二年二月三日……

カナダのセント・ジョンズ港を発《た》って十一日、〝狼の群れ〟の休みない攻撃にまず隊列を細らされ、つぎには冬の北大西洋でもひときわ激しい暴風にちりぢりにされながら、輸送船団RK47の残り少ない艦船は、いま比較的安全なアイルランド海に入るにあたって、ロッコル海淵《かいえん》付近でようやく船団の再編成をはじめていた。艦船のおおかたは、たがいの見えるところでそれぞれ何隻《せき》かのグループをつくっている。だが落伍《らくご》した船もあり、改装タンカー、ガルフ・トレイダーも、水のほか何一つない洋上を行くそのような一隻であった。

トレイダーは、それが石油を運ばないタンカーであるという意味で、一風《いっぷう》変わった船だった。元来、アメリカ海軍の軍用タンカーとして設計されたものだが、時の政府が一九三八年の平和な世界情勢にかんがみて、海軍に艦隊補助船をあらたに加える必要はないと判断したため、メキシコ湾岸＝南アメリカ間の民間貿易用に改装された。しかし今それは、Uボートの脅威に対する一つの回答となるかもしれない何かに、ふたたび改装されようとしていた。どれくらい確実な回答であるかは、もちろん現段階ではわからない。だが〝狼の群れ〟対策の一助となりそうなアイデアは、何であれ試みなければならないのだ。

現にガルフ・トレイダーは、この航海で五隻の仲間の死に遭遇していた。姉妹タンカーであった一隻は、半マイル余《よ》の海域に燃えさかる燃料を吐きだしながら沈み、船団の航跡上に夜を徹《てつ》してたちのぼる火柱《ひばしら》を残した。逆に、弾薬輸送船はあまりにもとつぜん沈没したので、数秒後に海上に残ったのは、緑色のしみのような閃光《せんこう》の残像と、すさまじい爆発音の衰《おとろ》えゆくこだまだけだった。ほか三隻の場合、爆発音は咆哮《ほうこう》する風にかき消され、炎上する乾舷《かんげん》も、吹きつける雪としぶきのかなたにうっすらと見えただけで、その死は先の二隻ほど劇的ではなかった。北側に遠く迂回《うかい》する針路をとったにもかかわらず、船団は〝狼の群れ〟をふりきることができなかった。その難題をかわりに片づけてくれたのが暴風であり、さしもの敵潜水艦も、おそいくる山のような、雪崩《なだれ》のような大波からひよわな艦隊を守る力はなく、しぶしぶ深みへ退却していった。

しかし五日間にわたって猛威をふるった嵐も、そろそろ衰えかけていた。空は晴れ、日ざしがトレイダーの上部構造から、凍りついた雪やしぶきの不自然な流線形をとかしている。波は相変わらず山のようだが、斜面はもうなめらかで、谷底のしぶきもさほどではない。しかし天候の回復とは、敵の偵察機がちりぢりの船団をさがしだしてUボートをさしむける一方、連合軍の飛行機がこれを見つけ、できることならば撃破する、すなわち戦闘の再開にほかならないのだ。

ガルフ・トレイダーの操舵《そうだ》室では、船長のラーマーが、さっきよりまたいくらか重たげに、支えのベルトにもたれかかったところだった。総計して二時間ほどののっぴきならない用足しを除けば、この三日間、ラーマーはずっとそのベルトに支えられ、スツールの上で睡魔と闘ってきたのである。彼の目は、いましがた手わたされたばかりの信号票を見つめていた。文面は肉太《にくぶと》の読みやすい活字でタイプされていたが、どうしたものか、その意味はなかなか頭に入らなかった。全身が、目に見えない分厚い疲労の繭《まゆ》にすっぽりと包まれ、外から来るものはすべてその繭にからめとられ、動きをとめてしまっているかのようだった。しかし転写紙の上の記号はようやく意味を持ちだし、ラーマーは口をひらいた。

「敵潜《てきせん》が二隻、このあたりで見つかってるそうだ。何をいってやがる！　厳重な警戒をおこたらず、細心の注意をもって進むようにときた！」

かたわらのウォリス少佐はぎごちなくうなずいただけで、無言のままだった。

これくらい扱いにくい男もいない、とラーマーは投げやりな気持ちで思った。親しくしようとするだけ損のような気がすることさえある。リヴァプールに着いたとき、船の権限ははじめてウォリスに譲《ゆず》りわたされるのに、見た目はその逆なのである。嵐とUボートのはさみうちにあい、航海は惨憺《さんたん》たるものだった。しかもイギリス海軍が乗りこんだおかげで、船内の社交的雰囲気はまったく盛りあがらなかったのだ。

海軍育ちと商船乗りがかみあわないのは、古来の伝統である。規律はきびしく仕事はつらいうえ、給料が安いときては、だらしない服装をして金《かね》だけはよけいにとる商船員に対して、兵員が優越感をいだくのも無理はない。そして悪天候、みなぎる緊張、慢性の疲労。そうしたものが総がかりで状況を悪化させたのだ。と同時に、ラーマーはこうも思うのだった。タンカーの改修にあたる兵員たちは、もうすこし優越感を隠す努力をしてもよかったのではないか。少なくとも、トレイダーの機関室の仕組みを学んでいる海軍大尉が、機関長と血みどろの殺しあいまでしかねない態度でいがみあう必要など、どこにもないはずである。少佐にしたって、せめて二言三言《ふたことみこと》は専門外の話をしてくれてもよかろうに……。ラーマーの見た範囲で、海軍軍人中ただひとりの例外は、ラドフォードであった。この軍医大尉は、トレイダーがＨＭＳ（英国海軍軍艦）なんとかやらに改称されたのち、ここに配属されることになっているのだ。ウォリスと同様、人なつっこいタイプではないが、航海中、専門の分野におけるこの男の活躍は、ただあっぱれの一語につきた。このような一連の思考は、ふたたびラーマーを手の中にある信号票にひきもどした。絶望的だが、その場しのぎの予防策をいくつか講じるほかはない。

「ディクスンと先生は、ご婦人がたといっしょでしたな」とラーマーはいった。「パーティの邪魔をしたくはないが、いまの状況では、みんなを上にあげたほうがいい。つまり、魚雷を一度経験している者もいることだし……」

ラーマーのことばがひと区切りつかないうちに、ウォリスはもうスツールからおりていた。

「ラドフォードは患者を動かすのには、きっと反対でしょう。特にやけどの患者と、あなたのほうのディクスンくんは。わたしが直接行って説明すれば、もしかしたら……」

「そうだ、あなたなら話が早い」とラーマーは、出てゆく少佐の背にむけていった。

この航海でトレイダーは、異例といってよい多数の生存者を割りあてられていた。船尾楼甲板《ろうかんぱん》と船尾上甲板は、機関士とその見習い、甲板員、機関員の居住区にあてられているが、今そこには三十五名のイギリス海軍将校と下士官に加えて、沈没した三隻から救いあげられた五十名余の生存者がひしめいているのである。定員過剰だけならまだしも、つぎに来た嵐は、ハンモックに寝ていなかったり寝台に固定されていなかった者を、深刻な外傷の危険にさらした——その最初の犠牲者が、一等航海士のディクスンであった。また中央船 橋楼《せんきょう》甲板の居住区には、病室に収容しきれない負傷者たちがなだれこみ、航海士とその見習い、司厨員《しちゅう》たちを押しだしてしまっていた。

事態をいっそう複雑にしたのは、生存者たちが、下の広々とした、居心地よい、ピッチングやローリングのずっと少ないタンクにどうしても移ろうとしないことだった。中には再度の魚雷攻撃をおそれて、眠ろうとしない者さえいた。すべてを考慮するなら、彼らの言い分にも一理はあるとラーマーも思う。だがディクスンと二人の海軍婦人部隊員は事情がちがう。傷の重さから見て、彼らに意見を述べる資格はなく、だからこそ心理面より医療面を重んじる軍医が、かわって断《だん》を下したのだ。しかしあの医者は、はいはいと素直に命令に従うたちではない。患者の体に悪影響を及ぼしかねない命令を、どんなふうに納得させたらよいものか。じっさい、あの男がときたま命令に従うのは、ウォリスの袖《そで》のいくらか多い金糸《きんし》の縫《ぬ》いとりが、目の前にちらつくときぐらいのものなのだ……

船はまたもや波の山につっこみ、船首全体が、海水の見上げるような壁の中に消えた。波はそのまま轟音《ごうおん》をあげて露天《ろてん》甲板に押し寄せると、常設歩路《キャットウオーク》の支柱や保護欄干《らんかん》にぶつかって無数のしぶきをあげ、甲板用具やパイプラインにそのエネルギーの大半を奪われて、船橋《ブリッジ》の基部をゆったりと迂回しながら船の横腹へと流れおちていった。その光景をながめながら、ラーマーは少佐に対してうしろめたい思いを感じていた。ラドフォードという職務の鬼に面とむかうだけではない。その前に、ブリッジから後部ポンプ室に至るキャットウォークを歩いてゆかなければならないのだ。後部ポンプ室がタンクへの唯一の入口であり、酸素アセチレン溶接用具や、荷箱、その他の船荷《ふなに》がごたごたする中に、病院の別室が設けられているのである。もちろん船首に比べれば船尾の状態はまだよいほうだろう。だが、たとえ逆立ちして歩いたとしても、ウォリスの下半身がずぶ濡れになる可能性は大きいのだった。

海水をふりきってようやく現われた前部甲板が、つづいて襲った大波の下にまたもや隠れてしまうのを眺めながら、これでもまだマシなほうだ、とラーマーは思った。しばらく前まで、ガルフ・トレイダーは潜水艦そこのけに水をくぐっていたのだから。

最初の魚雷はそれから数分後、トレイダーがふたたび海水の壁につっこんだ直後に爆発した。発射が一秒遅れていれば、それは海中に没した船首楼の上をなんということなく通過していたであろう。しかし、ことはそううまくは運ばず、魚雷は甲板のすぐ下、船首から二十フィートほどのところに激突し、魚雷というより爆弾のように甲板をぶちぬいた。ちょうどそのとき波となって船首に打ち寄せていた数百トンの海水が、裂け目をさらにひろげた。そして鋼甲板を錫箔《すずはく》同然にひんむくと、その下にある前部ポンプ室、貯蔵室、広々とした前部船倉《せんそう》になだれこんだ。今度ばかりは船首も浮かびあがらず、波はまっこうからブリッジに押し寄せた。その瞬間、第二の魚雷が船尾をおそった。

機関室の通話器から聞こえるかん高い、耳ざわりな音は、どなり声と悲鳴と蒸気の噴射音がいっしょくたになったものだ。助けに行くことも、助けを求めることもできないとわかると、ラーマーはスイッチを切った。そしてこの瞬間、おのれの感情を麻痺《まひ》させている疲労をふとありがたく思った。前部と後部に穴をあけられた船は、急速に水平にもどりつつあった。足元の操舵室の甲板がただならぬほど安定しているのは、トレイダーが波に乗らず、波の下をくぐっているからだ。船首楼と、前部、後部のキャットウォークがすっかり海中に没しているので、航海船橋と船尾ボート甲板は、別々の二隻の船の上部構造のように見える。にもかかわらず、沈没の危険はそれほどさしせまったものではなかった――タンカーは信じられぬほど軽いのである。しかし海は荒れている。トレイダーは針路をそれ、波と平行の方向に向きを変えはじめていた。ボートをおろすとき、こまったことになるかも……

ラーマーはベルトをはずし、スツールからおりると、無線室にゆっくりとむかう道すがら、この状況で彼にできる唯一の命令をかけていった。ラーマーの声は、その歩みと同様にゆっくりとし、落ち着きはらっていた。だが、と彼は苦々《にがにが》しく思う――それは自分が勇敢だとか冷静だとか、そういった理由によるものではない。要するに疲れすぎていて、ほかの者たちのように走ったり叫んだりできないだけなのだ。真底《しんそこ》からおびえる気力などもう残っていない。

それからしばらくのち、ラーマーは、ガルフ・トレイダーが水と闘いながらしぶしぶ沈んでゆくのを海上から見守っていた。今度こそ沈没したと見える瞬間が何回かあったが、そのたびに上部構造の一部が浮かびあがり、また沈んでゆくのだった。しかし、さしもの船もとうとうおのれの運命を受けいれ、浮きあがる努力を放棄したらしく、怒り狂う冷たい海には、三艘《そう》のこみあった救命ボートと、二十ばかりの筏《いかだ》が残された。

筏の一つに無線士と相乗りして、ラーマーはその位置から見えるかぎりの人数をかぞえ、ほぼ全員が脱出したことを確認した。彼は無線士のほうを向くと、救助の手が来るまで生きながらえるための指示を与えはじめた。拾われるのは、早くても真夜中すぎになるだろう、とラーマーはいった。そのときまで生きぬかなければ、惨事《さんじ》をまぬがれた意味はない。とにかく生きぬくのだ。絶えず考えつづけ、同時に体を動かしつづけるのだ。意識を失わないように、血液の循環をにぶらせないように、手足を動かし、たがいの頰《ほほ》をたたくのだ。冗談をとばし、うたい……

ディクスン、ラドフォード、ウォリス少佐、そして名前も知らない二人の女——あとに残してきた者たちのことを考えまいと、彼は震える無線士をきびしく叱咤《しった》した。

……最後の瞬間まで生きぬくこと、それが何よりも大切なのだ、と。

2

見たところ何の動きもなく、その宇宙船は茫漠《ぼうばく》とした暗い海のまっただ中に、ちっぽけな金属の泡のように一粒ぽつんと浮かんでいた。しかし船は静止しているのでもなければ、そこに取り残されているのでもなかった。そう見えるのは、近い星々に対する船の相対速度があまりにも小さく、また仲間である数百の泡があまりにも広くちらばりすぎていて、目にとまらないだけなのである。しかし、その孤独な泡の内部でも、地球とは異なる惑星の自転および公転周期に基づき、ある歴史的な事件から起算された暦《こよみ》が、年や日を数えていた。

首席船長デスラン——首席とあるのは、彼が温体であり、目覚めており、理屈上、船の全権限を掌握《しょうあく》しているのに対し、もうひとりの船長は、今そのいずれでもないからである——は、司令室を見わたすと、氷詰めの状態からまだ回復しきっていない頭脳を叱《しっ》咤《た》して、なにか緊張をほぐすような、権威があって、さほど間の抜けていない台詞《せりふ》をひねりだそうとした。ガーロルを除いて、室《へや》にはだれもいない。ほかの者たちは、船長が思考力をとりもどすまで迷惑をかけないよう気をきかせたのか、それとも航宙士から同様の意味の命令をうけ、席をはずしたのだろう。六つの異なる方向を見わたす壁面ディスプレイには、何も映っていない。司令室のまん中にかしこまって浮かんでいる航宙士のガーロルも、また無言であった。

「わたしがもう少しうっかり者なら、迷子になったといいだすところだな」デスランはようやくいった。

(緊張をほぐす意味では及第《きゅうだい》だ)と心にいう。(しかし間が抜けている。どう見ても間が抜けている……)

「この船は迷子にはなりません」ガーロルは調子をあわせてくれた。「迷子になっているのは、ほかの全部の船のほうで……」彼はためらってから、つづけた。「十年もたてば、軌道も相当にずれますから」

「だろうな」デスランの声が心なしかかげった。「数は？　それと、どれくらいずれている？……」

母なる世界をめぐる軌道から、三年あまりの期間をおいて飛びたった八百六十一隻《せき》の宇宙船のうち、三分の二以上が正規のコースを正しい位置にあって進んでいる、とガーロルは報告した——誘導システムの技術者たちが堂々と自慢できる成果である。ガーロルはさらに落伍《らくご》した船の数、その軌道偏差《へんさ》、現在の推定位置などをくわしく伝えた。加速の初期段階で、原子炉に致命的な故障の起こった二隻と、予備燃料では修正のきかないほど大きくコースをそれた五隻の例にもふれたが、これについては細かい説明はなかった。一隻の船にどんなにたくさんの人びとが収容されているか、二人ともよく知っていたからだ。

　先頭を行くこの集団を例にとってさえ、中でもこの船はもっとも重要な役目をはたしているのだが、たがいに肉眼で見える位置を航行している船は一隻もなかった。船団の本体はここからおよそ三年遅れたところにあり、無線による軌道修正の指示が相手の船にとどき、その確認が返ってくるのには何日もかかるので、ちらばりの度合がひどくなる危険はつねに存在していた。

「この船は、やはり船団の中心にいたほうがよかったんですよ」とガーロル。「こんな第一波のまん中あたりで、そのう、消耗品といっしょにいるよりは。仕事もかなり単純化されたはずです。とにかく船団を率いているのは、われわれなのであって……」

「船団の航路を決めているのは、きみだ」デスランはおだやかに口をはさんだ。「全責任を負っているのは、きみなのだ。だから手柄《てがら》を他人と分けることはない」恐縮してもじもじするガーロルをいっとき見守ったのち、デスランはつづけた。「われわれをこんな位置において隊形が組まれている理由だが、これは、きみに人よりいくらかよけいに航宙術の重要性を意識させるためじゃないのかね。先頭にいれば、失敗に気づいて悩むのも最初のわけだ。心理学者というのは、ときに妙なことを考えつくものだな」

「まったくです、船長」ガーロルは実感のこもった声でいった。

たとえばクルーのいる船の場合、そこに配属された二人の船長のあいだで、個人的な接触がいっさい禁じられているのも、そうした心理学者の配慮の一つだった。デスラン船長が加温されているとき、ガント船長はすでに冷却に入っていた。船長は船内でただひとりの権威者でなければならない。心理学者たちはそういった。たとえ短期間であれ、船内に二人の、しかも同等の最高責任者が存在すれば、クルーの士気と能率は深刻な低下をきたすだろう。学者たちはそう主張してゆずらなかった。クルーへの影響とは別に、二人の最高責任者が一つの問題の扱い方で意見の対立をみ、ついにはどちらかが暴力をもって解決しようとするおそれもある。また、それとは逆の事態も考慮して、二人の船長のあいだでは、記録装置による伝言、いや、忠告さえ残しておくことは禁じられていた。つっこんで討論しすぎたり、責任を分担しすぎることから、重要問題が双方のあいだを行きつ戻りつするだけになり、ついには見失われて宇宙船そのものも同じ道をたどる、そのような危険も存在するからだった。デスランはガントについて部下にたずねることもできないばかりか、部下のほうからも話せない仕組みになっていた。

心理学者の考え方は、デスランにもわからないではない。しかし引き継ぎの時間ぐらい少しはあってもよかったのではないか、と思うのである――せめて半日程度でも。前任者と話しあう時間が多少ともあれば、双方にとって、それはたいへん意義あるものになるだろう。デスランにわからないのは、同輩との短い話しあいが、たがいの尾の肉にかぶりつくような争いをどうして招くのかということだった。

心理学者たちは、人間《いま》をおそろしく過小評価しているにちがいない、と彼は思った。ただし、次席船長と話はできなくても、二人の共通の補佐役として航宙士のガーロルはいる。しかしガーロルとの話しあいも、またデリケートな作業になるだろう。前任者の存在を棚上げにして、その男のやってきたことを論じなければならないのだ。それはどうしても片づけなければならない問題であり、始めるときは今だった。

「クルーは？」と、だしぬけにデスランはきいた。「冷却に入った者はいるのか？」

「まだ勤務中です、五人とも」とガーロルは答えた。「待ったほうがよいと考えまして……つまり、前の……」口ごもったのは、例の許しがたい大罪《たいざい》、もうひとりの船長のことを話しそうになっていると気づいたからだが、航宙士はすかさずつづけた。「わかっていただけると思いますが、いままで仕事に追いまくられている状態でした。加速終了後のチェック、個々の冷却装置の定期チェック、観測、計算、八百あまりの宇宙船への軌道修正値の送信――修正は何回行なったかわかりません。

やるべきことが多すぎて、あっという間に時間がすぎたように思います。しかしいま、船団にかんするかぎり、できることはすべてやりとげました。現在の軌道偏差はごくわずかなもので、数年たたなければ目立ちませんから、われわれがこれ以上年をとらされるような問題は、もうないはずです。もしほかに船長からの命令がなければ、われわれはこれで……」

「よくやった」とデスランはさえぎっていった。「だが、わたしの視察が終わって、きみたち全員が報告書を出すまで、もう少し待ってくれ……なるべく早く冷却に入りたい気持ちはわかる。みんな、プライベートな仕事はかたづけてあるのかね？」

クルーがすでに十年間の船内生活を送っていることを、デスランはあらためて思いだした。その一方、長いあいだ無意識の状態におかれていたデスラン自身は、いま着いたも同然なのである。船内でただひとりの温かい血のかよう生物になることにおびえているのではない。ただ、もう少し孤独に対する心構えができてからのほうがいいような気がするだけなのだ。といって、話し相手がほしいとばかり職員をひとりかふたり残し、彼らの貴重な生物時間を浪費させるわけにもいかないだろう。

「大きな問題はありません」とガーロル。「ほとんどの者は、早ければ早いほうがよいという意見です」

「ほとんど？　満場一致じゃないのか？」

「はい。職員のうちひとり、冷却に入るのを拒否している者がいます。理由はすでに船長――……というか、もうひとりの……」ガーロルはつかのまいいよどみ、ぎこちなくつづけた。「申しわけありません。わたし……その件の詳細は航宙日誌にあるはずですが……」

　決して話題にしてはならない男のことをうっかり口にしてしまい、うろたえる航宙士のようすを笑いをこらえてながめながら、デスランはその知らせに何かひっかかるものを感じた。しばらくのあいだ話し相手ができそうなのを喜んでよいものか、それとも航宙士の口調から察して、よほどの大問題にちがいないその何かを平然と押しつけた前任者に腹をたてるべきなのか、デスランには判断がつきかねた。問題のあらましを航宙士から聞きたいのはやまやまだが、いまのような有様《ありさま》では、それは望み薄だった。口をすべらせただけで、これほどの取り乱しようでは、ガント船長に直接つながりのある話など、とうてい聞けたものではない。

（心理学者というやつは！）

「視察をまず先にやってしまおう」とデスランはいった。「日誌はそのあとでいい。よかったら、いっしょに来てくれ」

クルーと彼自身の居住区、それととなりあわせになった冬眠室の視察には、たいした時間はかからなかった。とはいえ、冷却装置とそれに付属するタイマーの点検は念入りをきわめた。各装置には三個の無事故保証タイマーがついており、うち一つ、いや、二つまでが狂っても、残りの一つが与えられた役目を果たす仕掛けになっている。そのような事故はまず起こりえないが、もし定められた時間ちょうどに、クルーひとりひとりを加温し蘇生《そせい》させることができなければ、この大船団は出発しなかったも同然なのである。五層のデッキをぶちぬいて据えつけられたコンピュータの中心部には、通信室があり、そこの視察にはもっとも時間がかけられた——といっても、専門知識に欠けるデスランには、それすらごく大ざっぱなものにすぎなかったが。

軌道修正の信号は、この通信室から八百あまりの宇宙船に送られる。その中には先頭集団の五十隻も含まれ、それらの船にはクルーは乗り組んでいないので、すべてリモート・コントロールにまかせられている。そして軌道修正のデータを生みだしているのが、コンピュータと二人の専門技術者、それにガーロルなのである——もっともガーロルの口ぶりからすれば、必ずしもこの順番で重要なわけではない。機関室のほうは、接近時および到着時以外ほとんど仕事がないので、機関士も計算と通信部門に手を貸していた。医療士まで手伝いをしているのは驚きだったが、退屈しきっているのだろうとデスランは見当をつけた。なにしろクルーはみんな健康体だし、乗客はすべて、痛みも悩みもバクテリアもとどかない氷点下の世界にいるのである。

後部の視察にむかう前に、デスランは残りの職員たちと雑談した。しかし各職員の人《ひと》柄《がら》などは日誌を読めばわかることだし、おかしな先入観を植《う》えつけられるのも気がすまないので、会話は早々に切りあげた。なんにしても、口をはさむ機会はほとんどなかった。話し役はもっぱらガーロルであったからだ。腹にすえかね、おれは新参《しんざん》ではないぞと、叫びたくなるときも何度かあった。なるほど、この船を見まわるのははじめてかもしれない。だが冷却に入るまえ、すでにこれと寸分違《すんぶんたが》わぬ船で徹底的な指導をうけ、激しい訓練をつんでいる。ところがガーロルの説明ときたら、まるで一度も鱗《うろこ》が生えかわっていない実習生に対するような調子ではないか！

乗客用の冬眠室では、しかし、さすがのガーロルも口をつぐんだ。そこは静寂のみの世界だった。

コンピュータに相当なスペースをとられる関係で、デスランの船には、通常の五百名ではなく、二百名の乗客が収容されている。幾層にも重なりあった冷却槽《そう》のあいだをゆっくりと泳ぎぬけ――ここには奇抜なタイマーや、それに類する飾りものはいっさい取り付けられていない――伝わってくる冷たさを意識するうちに、デスランはおだやかならぬ考えをいだきはじめた。ある意味では、ここに眠っている人びとは、みんな死者なのだ。十年前、彼らはいさぎよく、というより、われさきにと乗船し、死の床《とこ》についた。そのときから彼らは生きることをやめたのであり、もし予期しない惨事《さんじ》が起こった場合、クルーも精巧な無事故保証タイマーも役に立たなければ、乗客たちはそのまま死の状態を保ちつづけるのである。その死が一時的なものか永久的なものかを知るすべは、彼らにはない。

それとも人工冬眠は、じっさいには、生理学的な意味では、死とまったく異なるものなのか？　生命機能がとまっていながら、それでも夢を見るなどということがありうるのだろうか？　一つの思考、一つのイメージが心の中に形をとるのに十年もかかり、それが消えるのにも同じくらいの歳月が必要になるだろう。しかし、こわばり冷えきった下意識の奥底では、やはり何かが起こっているにちがいない。信じがたいほどゆっくりした、微妙なプロセス――けれども、その何かが、死んでいるとしか見えない肉体と生きている精神とを結びつける、かぼそい絆《きずな》となる……

「冷却に入るのを拒《こば》んでいるその職員だが」とデスランはいった。「それは……宗教上の問題なのかね?」

「いえ」静けさに気圧《けお》されたのか、ガーロルの声も低い。「われわれの見たところでは――つまり、彼が理由を話しませんので――プライベートな研究をとことんやってしまいたいためのようです。医療士なのです」

(そんなことか!)とデスランは思い、ほっとして視察をつづけた。

階級をかさにきて命令を押しつけなくても、どうやら当分のあいだ話し相手ができそうである。それに、医療士がつきあいにくい相手だったり、彼の研究が生物時間の浪費につながるようなものだった場合には――旅の終わりには、時間はいまとは比較にならぬほど貴重になる――そのときこそ階級をかさにきて冷却槽に送りこんでしまえばよい。しかし他愛ない会議と二言三言《ふたことみこと》の雑談が精いっぱいのいまの段階では、医療士をいつまで温かいままでおいておくか、結論をあせるのはばかげている。そういった事柄《ことがら》を決定するのは、航宙日誌にあるすべてのデータの検討がすんでからでも遅くあるまい。

日誌をひらくことができるのは二人の船長だけに限られ、その中には船の運航と職員たちにかんする船長のメモのほか、クルーひとりひとりの完全かつ詳細な人格記録がおさめられていた。クルーの中に精神的トラブルを生じさせた者が出た場合について、心理学者たちは臆面もなくさまざまな解決法を指示していたが、ガント船長が書き加えているデータには、もちろん個人的な解説や忠告のたぐいはいっさいなく、たんなる事実の羅列があるばかりだった。

視察がすんだところで、デスランはまず医療士のファイルに目を通した。その内容は、味もそっけもない事実の羅列だけでも充分すぎるほどだった。同一船内の二人の船長のあいだに個人的な接触があってはならない。そんな規則をもうけた心理学局の読みがどれほど深かったか、デスランは日誌を読んではじめて思い知ったのである。もし状況がこんな風ではなく、同僚の船長と数分でも顔をあわせることになっていたら、デスランは与えられたわずかな時間のすべてをついやして、相手をののしっていたにちがいない。

ガント船長は、彼に一つの問題を提起していた。読みすすむにつれ、それはますます手に負えないものになっていった。

3

第一の魚雷がガルフ・トレイダーをおそったとき、ウォリスは後部ポンプ室から十二号タンクへと下る梯子《はしご》のてっぺんにいた。その最上段に片手をかけ、頭上の甲板《かんぱん》を閉ざす防水ハッチのホイールをまわしていたのである。そうしていたのは、一つには敵の攻撃の危険にさらされている場合、必ず水密《すいみつ》ドアをしめるという海軍生活の常識のせいもあるが、また一つにはポンプ室のフロアが露天《ろてん》甲板と同じ高さにあり、相当量の海水がポンプ室を洗っていたからだった。負傷者たちを梯子の下まで運んできたはいいが、断続的に降る海水を浴びてみんなずぶ濡れになるのでは困るし、梯子段をこれ以上すべりやすくしてもいけない。特別患者をポンプ室に運びあげるのは、梯子が濡れていなくてもけっこう手際《てぎわ》のいる作業なのである。

一発目は、遠い、調子はずれの銅鑼《どら》の音に似て、はっきりと聞こえはしたが、体には、梯子の金属に伝わってくるむずがゆい震動ぐらいにしか感じられなかった。しかし第二の魚雷をくらった機関室は、彼のいる位置からわずか三十ヤードうしろだったので、轟《ごう》音《おん》は巨大なこぶしの一撃となっておそい、梯子が手からはじけとんだように思われた。背中から落下する瞬間、右足が二本の梯子段のあいだにするりと入った。本能的にその足を下の段にひっかけ、膝《ひざ》の裏側で力いっぱいはさみこんでいた。その結果、頭は大きな弧を描いて落ち、もっと下の段に激突する羽目《はめ》になった。それに続いた転落のことは意識にない。左腕が別の段にひっかかって姿勢が元にもどったことも、二十フィート下のタンクの底には、そのため足のほうから落ち、しかも失神状態で体が弛緩《しかん》していたため骨折一つなかったことも、いっさい覚えていない。

後頭部と両の頰《ほほ》にひどい痛みをおぼえて、ウォリスは意識をとりもどした。ことに両頰のは、正確な間をおいてやってくる刺すような激痛だった。目をひらくと、ラドフォード軍医大尉の顔が徐々にかたちをとり、顔を平手打ちされているのだと、数秒たってのみこめてきた。ラドフォードは両手を使い、はっしはっしと力まかせに頰をはたいている。驚きのあまり、ウォリスはしばらく口がきけなかった。

「ぶ……無礼な」やっとことばが出た。

「蘇《そ》生《せい》術です」とラドフォード。

軍医はやや緊張をといた表情になり、すぐさまつづけた。「二十分ぐらいですかな、意識不明だったのは。魚雷をくらいました——一発は船尾、一発はどうやら船首のほうらしい。ドカンと大きなのがあってから、ズシン、ズシンと弱い衝撃がきている。蒸気が爆発したような音だったから、機関室がぶちぬかれたのでしょう。いや、こんな話をするのは、まだ正気づいていない場合を考えてのことで、もうとっくにご存じかもしれない。どうです、立てますか?」

「うん」とウォリスはいった。

ドクター・ラドフォードに肩を借り、片手で梯子につかまると、なんとか立ちあがることができた。動作の途中は、目をかたく閉じていた。頭がまっぷたつに裂けるか、でなければ、ころりと落ちてしまいそうな気がしたのだ。意外なことにそのいずれも起こらず、ウォリスはふたたびドクターのことばに精神を集中できるようになった。

「……この揺れなので断定はできないが、どうやら船尾のほうから沈んでいるらしい」とラドフォードは急《せ》いた口調でいった。「ポンプ室のハッチを上げようとしたのですがね。水圧が大きすぎて、わたしごときの力ではどうにもならない。そこからは出られないし、わたしは十一号の病室に詰めていたので、このいまいましいタンクの地理はまったく知らないのです。ほかに出口はありますか?」

状況はだんだんはっきりしてきたが、こういうとき当然感じてよい抑えがたい恐怖は、どうしたものかなかった。パニックにおちいるには疲れすぎているのか、それとも意識が回復しきっていないのか。ウォリスはのろのろといった。「中央部だ。五号舷側《ウィング》タンク、左舷……いや、だめだ、あれは使えない……」

嵐のさなか、そのタンクでは積荷《つみに》が動いたのである。積荷のあいだに峡谷《きょうこく》さながらに切りひらかれた狭い通路――フロアと同一面にあるタンク入口と、上部甲板に通じる梯子とを結ぶ通路――は、壁がへこんださい生じた荷くずれによって、乾燥卵《たまご》のクレートや豆の袋の下にすっかり埋もれていた。梯子までの道をつくるのは、できない相談ではない。しかし男手がたった二人では、どんなに急いでも……

「一号の前部、防油区画《コッファダム》だ」ウォリスは急いでそうつづけると、よろめく足で梯子からはなれた。ラドフォードがすぐうしろに従った。「ダムから船首倉《そう》へのぼる梯子がある。しかし、みんなで通りぬけるのは大変だぞ。背負って行くことになるだろう。ダムの幅は三フィート足らずで、建材が内部に組まれているから、担架をロープで吊りあげるわけにはいかない。だが脱出するなら、あそこが一番だ。機関室がやられたのだから、船尾から沈んでいることはまちがいない。前甲板は最後になる……」

ウォリスは不意にことばを切った。あまりにもペラペラと口数多くしゃべりすぎている。われながら驚くほどおびえきった声音《こわね》だった。

二人は、左舷ウイング・タンクの一つである十二号から、特別病室となっている十一号に入り、患者たちには目もくれず九号へと進んだ。明かりが消えたとき、ウォリスたちはまだ中央部の七号タンクにいた。だがドクターがペンシルライトをとりだし、その診察器具の細い光束《ビーム》をたよりに六号に踏みこんだ。そこには作業台と、非常用懐中電灯を積んだ棚があった。

どのタンクの場合も、箱や、ケーブルの束《たば》、ちらばった溶接用具などにつまずかないと思えば、たちまちトレイダーの船荷《ふなに》に行くてを阻《はば》まれる始末で、二人は荷にぶつかり、悪態《あくたい》をつきながら、その山を乗りこえた。というのは改装をやっていた区画でも、場所さえあれば、食料はいたるところに積みあげられていたからだ。Uボートによる海上封鎖の主眼は、食料と軍需品の補給線を断ちきって、イギリスを窮乏《きゅうぼう》させ、降服へとみちびくことにある。したがって大西洋を東進する船舶の貨物スペースには、積めるだけの物資を積みこむ必要があった。敵の攻撃をかいくぐり船を目的地に送りとどける、そのさい消費される労力や人命のおそるべき代価を考えれば、船荷を節約するなどというのは反逆にも等しい。改装の最中であるため、ガルフ・トレイダーのタンク内で貨物の占めるスペースは、全容積に比べれば小さかったが、嵐のおかげでフロアは足の踏み場もない有様《ありさま》だった。荷物を乗りこえたり迂回《うかい》したりするのは、コマンド隊の障害物訓練と大差なく、これに闇とフロアの揺れが加わって、動きをいっそう困難なものにした。

（だめだ）ウォリスはやぶれかぶれの気持ちになった。（もう助からない！）

あとどれくらいの時間が確実に残されているのか、ウォリスには見当もつかなかった。ただ、前部船倉《せんそう》にたどりつくのに予想外に手間どっていること、そしてディクスンと二人の女を運んでくるのがそれ以上に時間をくう作業であることはわかっていた。梯子から転落してしばらくは頭がぼんやりしていたが、ようやく霧が晴れたいま、彼をとらえているのは絶望的な恐怖だった。船は沈みかけている。みんなを早く甲板にあげなければ――いや、それよりまず自分の生命だ！　負傷者の救助はおろか、ラドフォードに手を貸すことすら、いまではわずらわしい……

水密ドアをつぎつぎと通りぬけたが、しめる手間はかけなかった。あとの行動を敏速にする意味もあるが、もう一つには、どのタンクにもまったく浸水が見られなかったからである。これはうれしい徴候だった。タンカーが、ことにからっぽの場合、信じられないほどの浮力を持つことを、ウォリスは再認識した。トレイダーはからっぽではないし、食料や溶接用具から成る船荷は、容積こそ小さいが比重は大きくて重い。しかしタンクは無傷であり、内部に空気はたっぷりある。また、二人の進んでいる道がどう見ても登り坂であることからすると、船尾から沈んでいることはたしかだった。ひたすら傾斜を登っているように思えるのは、極度の疲労のせいなのか願望的思考のせいなのか、あるいはその両方なのかもしれない。しかしウォリスはそうとは考えなかった。三号と一号とを隔《へだ》てるドアを通りぬけ、前部タンクがほかと同じように乾燥していることを確認したとたん、気分はやや軽くなり、いままで恐怖をどうしてもふりきることができないでいた自分を恥ずかしく思いはじめた。

一号タンク前面にあるドアは、それまで通ってきた水密ドアと、どこから見ても変わりなかった。縦幅五フィート、横幅二フィートの楕円形で、下側の縁《ふち》はフロアから十八インチの高さにある。縁の高さは、またぐ人びとのむこうずねにいちばん深いすりむき傷ができるよう、入念な計算のうえに設計されたという噂《うわさ》があり、この種のドアは一般に邪魔もの、無用の長物《ちょうぶつ》、労力のたいへんな無駄づかいと見なされていた——しかし、こうした突発事故においては事情は別だった。いまウォリスは、ラドフォードのかかげる二つの懐中電灯の光をたよりに、ドアの縁を密閉しているホイールをゆるめようとしており、悪態ばかりが口から出るのは、ドアがいままでのどれにもまして強くしまっているからだった。

とつぜんウォリスは動きをとめた。顔の半面がじっとりと濡れているのに気づいたからである。

ドアの隙間《すきま》ぐるりから海水があふれだしている。にじみでてくるのでもなければ、絶えずしたたり落ちているのでもなく、下側の縁から小川となって流れこんでいるのでもない――それは重圧下にある海水に特有の、きめ細かい、霧のようなしぶきだった。ホイールをまわす方向を変え、ドアをしめるにつれ、しぶきは消えた。ウォリスは長いあいだ、ドアの冷たい金属面にひたいを押しつけ、奇妙に耳ざわりな自分の息づかいを聞いていた。耳をすましているいま、機械類の散乱する船底《ふなぞこ》を騒々しく歩いているときには気づかなかった物音が、いろいろ聞こえてくる――断末魔の船のあげる絶叫、金属が軋《きし》り、ぶつかり、裂ける音。やがてウォリスは軍医大尉のほうに向きなおった。

「説明はけっこう」不意にラドフォードが、こわばった間のびした口調でいった。「船首が上を向いているのなら、船尾ははるか下のほうにあるにきまっている！　いまの海水には圧力がかかっていた！　この船は沈みかけているんじゃない、くそっ、沈んでしまったんだ！　それに……それに……」何かの引き裂ける音が、数分とも思える時間ひびきわたり、周囲のタンクの壁を破れ鐘《われがね》のように共鳴させた。音がやむとともに、船はかしいだように思われた。ラドフォードがつづけた。「聞こえますか？　沈んでいく、分解していく！　沈めば沈むほど水圧はあがる。船体が破れるのはもう時間の問題だ――現に、こわれる音が聞こえだしているんだから！」

ラドフォードは懐中電灯の一つをとりおとしていた。それは上向きにフロアに落ち、二人のあいだに細いくさび形の光を放射している。下からの照明でドクターの顔は、ドラキュラ映画から抜けだしてきたような不気味な表情をおびていたが、それが光の具合によるもので、自分の顔も似たりよったりに見えていたのだとウォリスが気づいたのは、あとになってからだった。だがそのときには、悪魔のような形相《ぎょうそう》から、ラドフォードがもしここで暴《あば》れだしたらという連想が生まれ、恐怖のあまり相手をなだめることしか考えなかった。

「いや……それには賛成しかねますな、先生」ウォリスは声に震えが出ないよう気をつけた。「この水密ドアは、コッファダムの下のほうにある。だから船が浮かんでいて、まったく無傷の場合でも、ダムが浸水していれば水圧はいまくらいになるはずだ。それに、この船は沈みかけているわけじゃない――いや、かりにそうだとしても、非常にゆっくりと沈んでいる。ピッチングやローリングは相変わらず激しいし、水面からすこしでも遠ざかれば、波の動きはなくなってしまうはずですからね。これはわたしの憶測にすぎないが、船はまだ海面すれすれのところにあるような気がする。たぶん船尾楼《ろう》甲板と船橋《せんきょう》甲板ぐらいは波の上にだして――こういったタンカーは沈みにくいものですよ。で、そのままの状態で漂流していくことだってある」

なかなかの理論だぞ、とウォリスは思った。きわめて理性的かつロジカルな説明なので、われながら信じかけていた。あとをつづける声は、自信をうちにひめ、落ち着きはらっていた。

「いまのこわれる音だが、あなたは考えちがいをしている。どこかが裂けたのはまちがいないが、だからといって全体がばらばらになるわけじゃない。魚雷をくらったとき、きっと船首倉が吹きとんでしまったんだ。聞こえてくるのは、ぶらぶらになった外板《がいばん》や船具《せんぐ》の切れはしが波にもまれている音ですよ。その一部がちぎれて落ちていくんだ。そうなれば、こちらには都合がいい。余分なものが落ちれば落ちるほど浮力は増して、それだけ水面に近づくんだから……」

それから長いこと二人は沈黙していた。フロアが揺れて懐中電灯の位置がずれ、ラドフォードの顔はさっきほど醜怪《しゅうかい》ではなくなっていた。目の中の狂った光は消え、表情もやわらいで、ふたたびあの見慣れた、とっつきにくい顔――無言で有能な軍医大尉の顔にもどっていた。とうとうラドフォードが口をひらいた。

「さしせまった危険がなければ、少佐」と堅苦しい口調で、「患者のところにもどりたいのですが」

ウォリスはうなずいた。「わたしもあとから行く。ここをもうすこし見ておきたいんで……」

しかし懐中電灯を手にラドフォードが三号タンクに消えたのちも、ウォリスは長いあいだその場から動かなかった。やっとひとりきりになり、いままでこらえていた震えの発作におそわれているのだった。

4

女たちの乗っていた船が沈んだとき、彼女らを筏《いかだ》にしっかりとゆわえつけてくれた者がいた。その人物もたぶん同じように体をゆわえつけたのだろうが、ゆわえかたが丁寧ではなくて波に押し流されてしまったか、ロープなしに筏にしがみつくうち力尽きたか、でなければ筏が油の燃える海面に入ったとき、苦しまぎれに手をはなしてしまったにちがいない。いずれにせよ、炎と爆発と咆哮《ほうこう》する蒸気の中に顔をあげ、残された貴重な数分をついやして二人の行くえを見守ってくれていたことだけはたしかである。その人物については、顔にひどいやけどを負ったインド人水夫であったという以外、ほとんど何もわかっていない。黒っぽい髪の女は、譫妄《せんもう》状態の中でこの話を何回かくりかえしただけで、ドクターがいくらたずねても自分の名前をつげようとはしなかった。ブロンドの女は黙りこくったままだった。

「話すときは声を低くしよう」とウォリスはいい、病室のつきあたりにいる包帯姿の女たちに目をやった。「二人には静かに打ち明けないと、もしかして……とにかく、さんざんな目にあってきてるんだから」

ラドフォードは無言でうなずいた。

ウォリスたちのあいだには担架があり、一等航海士のディクスンが横たわっていた。頭には包帯、左腕には副《そ》え木、ひびの入った肋骨《ろっこつ》をきつく絆創膏《ばんそうこう》でとめられた姿で、ディクスンがいった。「いくら金をつまれても……これじゃ大声なんかだせませんよ」

魚雷攻撃をうけてからどれくらいたっているのか、どう考えてもまだその日の午後にちがいない。ドクターの時計は、どこかの水密《すいみつ》ドアの縁材にぶつけたときこわれ、いまでは時を知る方法はなかった。しかし初期のパニックがおさまるのに充分な時間はすぎていた。パニックとはどうやら極端に激しく、しかも短時間しか持続しない感情らしい。脱出とか死、その他の息ぬきがすぐさまあとに来ないかぎり、それはたちまち単純な恐怖へとちぢこまってしまうのだ。そして周囲の世界が、単調といってよいほど一定の状態を保っているときには――船の傾斜も変わらず、水密ドアもこわれず、どんな険悪なできごとも起こらないときには――その恐怖さえも薄らいでゆく。

先ほどまでウォリスは、長い時間をかけて各タンクを歩き、何があるかわからない船《ふな》荷《に》や道具類の内訳《うちわけ》を調べてまわっていた。病室から流れてくる話し声に気づいたのは、九号タンクを漁《あさ》っているときだった。病室にかけつけると、ディクスンが目をさましており、なぜエンジンがとまったのか、根掘り葉掘りドクターにたずねているところだった。二人がかりの説明で、ディクスンのパニックはやがて単純な恐怖に変わり、その恐怖も彼らの場合と同様、強い、胸苦しい不安のたぐいにまで衰《おとろ》えた——ウォリスには、それは、余命があまり長くないことを医者から告げられた患者の心境のように思えた。

そのあと男たちは乾燥卵《たまご》の罐《かん》をあけ、やかんをブロートーチで熱して紅茶をわかした。みんな疲れていたし、それ以上目をさましている用事もないので、食事がすむと眠りについた。その眠りは、つぎの目覚めを新しい一日として受けいれる理由となった。そこでウォリスが直面したのは、時間を計測する手段がないにもかかわらず、将来を一時間刻み、一日刻み、一週間刻みで考えなければならないという問題であった。

「まず、いまの状態は、危険だが絶望的ではないという事実を認めることだ」とウォリスはいった。「波の動きが感じられるところからすると、船は沈没したまま、でなければ一部沈没したまま漂流しているにちがいない——海上が荒れていて、そのすこし下にいるか、おだやかで事実上海面に出ているか、そのどちらかだ。肝心なのは、魚雷をくらったあと丸一日たって、まだ波の動きが感じられるということだ。それから推測して、沈没は進行していないと確信していい」

そして、また声にだしてつづけた。「……それに船体の浮力が大きいから、これくらいの深さでは水圧の危険はない。タンク内部はどこもかしこも乾いている——破れた継ぎ目もなければ、海水がしみでている鋲《びょう》もない。つまり、さしせまった危険はないということになる。この天気で無甲板《かんぱん》ボートに乗っている連中から見れば、われわれはむしろ幸運だろう。といっても、この船からの脱出という問題は残るがね」

自分はあまりにも楽天的に、自信ありげに話していないだろうか。ウォリスはそんな思いにとらわれた。また、こういう話しぶりは、他人よりまず自分を安心させたいためではないのか。ラドフォードはどうやらこの欺瞞《ぎまん》に気づいているらしく、口元があざけるように歪《ゆが》んでいる。ディクスンのほうは、自由のきく手に懐中電灯を持ち、天井を照らしているので、顔にはほとんど光がとどかない。目をあけているという以外、一等航海士の顔からは何も読みとれなかった。

ウォリスはつづけた。「可能性は三つある。われわれの苦境を海上にいるだれかに伝える、その手段を講じるというのが一つ。二つ目は、この船が港に曳航《えいこう》される可能性。トレイダーはたいへん貴重な船だから、もし対潜哨戒機《しょうかいき》が、沈みもせず漂流していることの船のことを何回か報告すれば、曳船《ひきぶね》と護衛艦をよこすかもしれない。三つ目は、砂浜に乗りあげるか、上部構造を海面からつきだして遠浅《とおあさ》の陸棚《りくだな》に——」

「岩に乗りあげるとしたらですね」とディクスンが割ってはいった。「アイルランドの西海岸は……船底《ふなぞこ》をつきやぶるような岩が……長くつづいているから……」

「それも一つの可能性だ」とウォリス。

「もう一つ」ラドフォードがおだやかにつけ加えた。「陸に乗りあげもせず、このままいつまでも漂流するというのもある。そうなると、少佐、問題は食物と水と空気ですな。空気がどれくらい濁らずにもつと思いますか?」

そうした問題については、すでにかなりつっこんで考えてあった。ウォリスは慎重にいった。「最悪のケースを考えてみよう。発見もされず座礁《ざしょう》もせず、長いあいだ漂流をつづける場合だ。最初に食料問題は除外してもいいだろう。これは現在も、また将来も考える必要はない。数百トンはある。空気については、ま、とにかく大きな船なんだ。タンクのスペースはたっぷりあるよ。ドアも窓もみんな封印された寺院に閉じこめられたとして、息苦しくなるまでにどれくらいかかるか考えてみたらいい。それからタンク内の空気のほかに、金属溶接に使う高圧酸素のボンベがある。どれくらいあるのか正確な数は知らん。そういった利用できる品目《ひんもく》の明細をできるだけ早くつくることだ。どっちにしても、前部のタンクはボンベで足の踏み場もないくらいだから」

ウォリスはいっそう真顔《まがお》になってつづけた。「しかし酸素不足を当面心配しなくてよいとはいっても、できるだけ空気を長持ちさせる対策はたてなければならない。火をたいて暖《だん》をとったり食事を暖めたりして、酸素の無駄づかいをしないことだ。直接的な暖房のかわりに、運動やその他で寒さをふせぐ工夫をする必要がある。先生、あなたならその方面で、何か有効な高カロリー食を考えることができるのではないですか？　積んである食料の内訳がもうすこしはっきりしたときの話だけれども――」

ディクスンがだしぬけに自由のきく腕をあげ、ウォリスの話の腰を折った。「あなたの話だと、時間はまるで無限にあるみだいだ。この船があなたの考えているほど水密かどうか、どうも信じかねるんですがね、少佐。どこか上のほうに漏水《ろうすい》個所がありますいまは小さいけれど、これから広がることも考えられる。同じような個所がほかにもあるかもしれない。雫《しずく》の音が耳について……」

ディクスンは漏水が気がかりのあまり、肋骨の痛みを忘れているようすだった。ことばをつづけるのに二度息をついだだけだった。

ウォリスはいった。「雫のことは知っているよ。わたしも心配したんだが、調べてみて原因がわかった。後部ポンプ室に通じていたパイプなんだ。改造中に切断したんだろう、両側とも端をふさいである。このタンクの船首側、十六フィートの高さのところに四フィートほど突きでていて、そこからしたたり落ちているんだ。なめるとじゃりじゃりしているが塩辛くはない。水蒸気の凝結《ぎょうけつ》が原因とみていいだろう……」

ラドフォード大尉の要請で、甲板の下にもう一つ別の病室が設けられることになったとき、彼に与えられたのが十号タンクのこの部分だった。新しい病室は、金属の天井とフロアとのあいだに木材の支柱を数本たて、支柱間にロープをはり、ロープから南京《なんきん》袋《ぶくろ》や古い防水布をつりさげるという手続きをへて完成した。それは防音効果と同時に、熱をできるだけ逃がさないための措置《そち》だったが、機関室の残余熱が冷えきった海にとうに吸収されてしまった現在では、じっさいそこが船内でもっとも暖かい場所になっていた。その理由は、室内にいる五人の体温と呼吸にあった。ところが、例の突出したパイプはそれよりずっと低い外殻《がいかく》の温度をたもっており、また船が後部を下にむけて傾いているので、五人の吐《つ》くかすかな熱い息が、パイプの表面に凝結し、先端から水となってしたたり落ちてくるのである。

「……これは、われわれにとっていちばん重要な物資——飲料水の問題にからんでくる」とウォリスはつづけた。「このパイプは、錆《さ》びや汚れをふきとってもうすこし清潔にすれば、水を確保する有効な手段の一つになるだろう。水を補給するほかの方法についても、考える時間さえできれば、先生が何か名案を——」

「いくつか考えています」おそろしく不快そうな口調と表情を見せて、ラドフォードが割ってはいった。「そういう手段までとらなければならないとなると、喉のかわきには相当に苦しめられそうですな」

「そうなるだろうね」とウォリスはいった。

あとには長い沈黙がおりた。その間、ひそやかな背景の物音は、気のせいかしだいに大きさをまし、ついには耳について離れないほどになった。——ぶらぶらになった甲板装具や外板《がいばん》がぶつかり軋《きし》る、くぐもった音、空気のたまったビルジ（船底の湾曲部のこと）や貯蔵用隔室《かくしつ》から伝わってくるごぼごぼという水音、そして船の上部をゆっくりとなでてゆく水面下の波のおだやかな騒ぎ。タンク内は静まりかえり、仕切り部屋の奥にいる二人の女の息づかいまで聞こえるほどだった。男たちの吐く息は、耳に聞こえるばかりか目で見ることもできた。まん中の宙にたゆたい、懐中電灯の細い光を、ミニチュアのサーチライトの光芒《こうぼう》さながらにくっきりとうかびあがらせている。

とつぜんドクターが口をひらいた。「いちばん簡単なのは蒸留法だけれども、これは熱をくう、つまり酸素を無駄づかいするという不利がありますな。ところがうまい具合に、改装にあたっていた人たちの使う水が、大きなドラム罐に入れていくつか置いてあるのです。給水・給湯システムはタンクの中には通じていないし、居住甲板がこみあってきたとき、料理や洗濯を下ですますため真水を用意しておく必要があったので……。どれくらい残っているか正確なところはわからないけれども、残っているなら、ちびちび使って長持ちさせることはできる。

飲料水の塩分は、ある限度を超えると吐き気をもよおし、飲めなくなります」とラドフォードはつづけた。「しかし、その限度以下なら人体に害はない。海水はいくらでもあるから、それでドラム罐の水を薄めれば……どうした、ディクスンくん？」

ディクスンはうめきながら、自由のきく腕で胸をおさえている。数秒たって、ようやく口がきけるようになった。「いまおっしゃった、水を水で割るというアイデアですよ……あまり笑わせないでください。胸が痛くって」

「愉快な話でもないと思うがね」

「肋骨を傷《いた》めればわかります」

ドクターはけげんな顔で、この奇妙なやりとりの中にあるロジックの糸を結びあわせようと骨折っていた。やがて微笑しながら、「すると傷んでいるのは、わたしのユーモアのセンスか……」顔を見あわせて笑う二人を見て、ウォリスの心配の一つが消えていった。生存者たちの士気の問題はひとまず安心してよさそうである。

ウォリスは淡々とした口調でいった。「ディクスンくんを笑わせないように、もう少し気をつけることですな、先生。ヒポクラテスの誓いなど、そんなことでは守れたものではない。しかし、この話にはまじめな側面も現にあるんだ。手はじめは在庫物資のくわしい内訳をつくること。これはすぐに始めることにしよう。先生とわたしがいっしょに行動する。能率をあげるためと、懐中電灯の電池を節約するためだ。

それからディクスンくん、きみは患者の容態《ようだい》に気を配ってくれ。先生に診《み》てもらいたいようなことがあったら、甲板をたたくんだ。たたくものを何かさがしてこよう。それくらいならできるだろう?」

ディクスンはささやき声で、できると答えた。数分後、すぐ手にとれるよう重いスパナと懐中電灯を胸においたディクスンをあとに残し、ウォリスたちは時間のかかる在庫調べにかかった。

彼らは一号から手をつけた。予定では、そこから船尾にむかって、使えそうな品目を組織的に残らず記入してゆくつもりだった。しかし照明が充分でないのと、タンクの中身が嵐でごたまぜになったのが災《わざわ》いして作業ははかどらず、ときには上にのしかかる荷をどけないことには調べのつかないクレートやその他のコンテナ類もあった。在庫調べはスタートしたばかりであり、時間の浪費もできないため、内容不明の荷については大きさ、形状、場所だけを書きこみ、あとからディクスンにたずねることにした。

トレイダーの一等航海士であるディクスンは、積荷《つみに》目録に目を通すことのできる立場にいた。だが質問されると、目録を読んだことは認めたものの、くわしい内容はいまは思いだせないと答え、頭を打ったので一時的に健忘症になったのだろうとつけ加えた。ラドフォードはこの自己診断には懐疑的で、頭部に異常はまったく見られないから、先天的な愚かさが何らかの形で出ているのだろうと、まじめな顔で指摘した。ドクターは症状のさらにくわしい説明に入ろうとしたが、ウォリスはそれを制し、話題をきっぱりと積荷のほうにむけた。

二人の男がことばのかぎりの罵《のの》りあいを楽しむこと自体は、どうということもない些《さ》細《さい》な事柄《ことがら》だが、意味のないやりとりは、もっと重要な問題がいくつかかたづくまで最小限にとどめなければならない。

しばらくしてドクターがいった。「どうも合点《がてん》がいかないのは、あんなにたくさんの電球がなぜ積みこまれているかですな。何千個とある。溶接用具や道具類が余分にあるのはわかりますよ。乾燥豆とか、粉末状にした卵、スパムの罐といった保存食品も。しかし電球とは！」

ウォリスはいった。「戦時下では、どこへでも一挙に物資を送るほうが便利なこともあるんだ。たとえば予備の電球二ダースなどというのでは、かえってわずらわしくなる。

もう一つは、アメリカが物資や援助の面で、以前からおそろしく気前がよかったこともあるだろう。この船もタダ同然の値で引きわたされたわけだし、大規模な構造上の改変は、われわれがヒューストンで合流したときにはすっかり終わっていた。アメリカはつい最近われわれと同盟したばかりの友人だ。これはわたしの推測だが、アメリカ人の中には、もっと早く同盟したほうがよかったと思っている者が多いんじゃないかな。その辺の気持ちが、この荷に託されているのだと思う……」

「そのとおりです」とディクスンは真剣にいい、こうつけ加えた。「ただスパムはどうですかね。一八一二年の戦争（第二次独立戦争とも呼ばれるイギリス＝アメリカ戦争）の怨《うら》みをまだ水に流したわけではないぞ、という思いがそれに込められているんじゃないですか……」

（ディクスンの軽口はおさまりそうもない）とウォリスは思った。

しばらくのち凍《こお》るように冷たい食事が終わると、彼らは患者たちをできるだけ暖かい状態におき、寝支度をはじめた。ディクスンと女たちにありったけの毛布を与えたので、ドクターとウォリスは南京袋の山にもぐりこむほかなかった。二人は背中あわせに体をまるめ、二本の長いパイプを通気孔《こう》がわりにして袋の山の中にすっぽりと埋まった。こうすれば体温の発散も防げるし、吐く息で体を暖めることもできた。

だが袋地はざらざらとかたく、油のにおいが鼻につき、パイプの先端はハンカチでくるんであっても驚くほど冷たかった。ウォリスは自分の吐く息に頭痛さえおぼえはじめた。そしてドクターが患者の容態の変化を察して起きたり、生まれつき寝相《ねぞう》もわるいのだろう、もぞもぞ動いたりすると、ウォリスをつつむ暖気《だんき》の小さな繭《まゆ》を破って氷のような隙間《すきま》風が吹きこみ、殺意がむらむらとわいてくるのだった。しかし相手が身動き一つしない場合でも、ラドフォードは眠りこけているのに自分は目がさめているという、ただそれだけの理由で、寒さと怒りとみじめさを噛《か》みしめるのだった。

そんなときウォリスは繭の中の暗闇を見つめ、その隔室をみたす絶対の闇と、そのかなたにある暗い大洋——いわば三重に蒸留された闇のことを考えていた。同じ瞬間、船より数フィート上の海面に、日光がまばゆく照りはえているとは夢にも思わなかった。フロアから伝わってくる波の動きにやさしく揺られていても、眠りは訪れず、ウォリスは完全な暗黒のスクリーンに映しだされる心像に目をこらし、何かを考えようとしていた。

波の動きは、ウォリスが眠ろうと努力していた先ほどと比べると、かなりおさまってきたように思われる。心に映る海はふしぎに静穏《せいおん》だったが、それが二月の大西洋ではほとんどありえない現象であることを知っていた。第二の、もう少し納得できるイメージが形をとった。不安定なバランスを保って、かろうじて海面近くに浮かぶ巨船が、メイン・タンクほど水密ではない個所にしだいに海水をためこんで、波の影響の少ない深みへじりじりと沈んでゆく光景である。ウォリスはこの問題に対処する方法を考えることにした。うまい答えが一つも出てこなければ、ひとまずそれは棚上げにして、なにか特別な問題をひねりだせばよい。

眠れはしないし、ほかにやることもなかった。

5

はかりしれぬほど広大な真空の海には、また一隻《せき》の船があり、その内部でもひとりの男が、答えを見つけだそうと悲壮な努力をつづけていた。生か死かのカテゴリーに属するという点では、問題はどちらも似かよっている。だがデスランの場合には、死は船団に乗っているアンサ人を総なめにするという一点で異なっていた。

ガント船長に対するデスランのはじめの怒りは、いまでは腹だたしい共感にまで落ち着き、それも共感がおおかたを占めていた。ジレンマの大きさとその背後にひそむ意味を理解するとともに、前任者もまた答えを求めて絶望的なあがきをつづけていたことを知ったのである。ガントが規則を破って、デスランあての私信を残していたわけではない。だが日誌には、ほんの一年あまり前、ガントのもとにこの問題が持ちこまれたときからの厖大《ぼうだい》なデータがおさめられていた——もちろん、すべて規定どおりの無個性な文体に従って。それらは、この件にかんするガントの考えにほかならなかった。何をどうこうしてくれとデスランに頼んでいるわけではないが、同時にそのデータは、ガントが能力の限界に達し、後任船長に席をゆずる時がきたことをはっきりと示唆《しさ》していた。医療士を除いて、このころにはクルー全員が仕事を終え、早めに冷却処置を受けられるようガントにせまっていた。しかし部下たちにすべてを話さないことには、許可を与えることはできなかった。その一方、問題が後任船長に引き継がれるまで、最悪のニュースを伏せておきたいという事情もあった。なぜならデスランがまったく新しい観点から、ガントの思いもよらない解答を発見する可能性がまだ残されていたからだ。日誌は暗《あん》にそう訴えていた。もし解答が見つからなければ、デスランのほうから真相を告げればよい。そして、だれかが名案を思いつくのを祈る。

それにも失敗したときには……

けっきょくデスランは、六日間で答えを出すことができなかった。その間、冷却室入りを許可されない不満から、ガーロルがあからさまにぶしつけな態度をとるようになったため、デスランは思いきって部下たちにすべてを打ち明けた。というか、より正確には、医療士に説明をまかせ、彼自身はクルーの反応を観察しながら、希望を失うまいと心にいいきかせていた。

「しかし、こんなことになりそうな徴候ぐらいは知られていたでしょうに！」ガーロルが不意にことばをはさんだ。「人工冬眠技術が完成されたのは十五年前です。船団の存続は――この作戦は、それだけにかかっているのですよ！」

航宙士は口をつぐんだ。この侮辱《ぶじょく》と背信に対する自分の気持ちをいいあらわすことばが見つからないらしい。コンピュータ技術者二人と機関士は、司令室周辺にあるそれぞれの部署から、無言でこのやりとりを見守っている。しかし、とデスランは思う――それは彼らが問題をいまだに理解できないでいるということではないのだ。むしろ衝撃がいかに大きかったかを意味する沈黙だろう。ガーロルは知性が高く、冷酷かつ自己中心的、しかも必要上きわめて利己的であるのに対し、彼らの性格はもっと単純で丸味《まるみ》がある。したがって、この事態をより深刻にうけとめ、自分たちが死んだも同然だと聞かされたショックからなかなか立ち直れないでいるのも、ふしぎではない。

クルーの顔をかわるがわる見比べながら、医療士は言いわけがましくいった。「そうともいいきれないいんだ、ガーロル。最初はたしかに成功した。だが被験者は、実験にともなう危険をのみこんだ志願者だったんだ。この技術を完全なものにする実験はそれからも続けられたが、あとの志願者の中には運のよくない者もたくさんいた。しかし、これだけはわかってほしい。船団の建造に踏みきった時点で、成功する確率のいちばん高かったのが、この方法だったということだ。新しい薬品や技術の開発には、ふつう長ったらしい実験が必要なんだが、それだけの時間が――」

「時間が限られていたことはわかりますよ、先生」ガーロルがふたたび口をはさんだ。

「しかし、その技術が安全だと教えられたからこそ――」

「限られた時間しかなかったにもかかわらず」医療士はガーロルを見据えたまま、反論を聞き流した。「その技術は完成し、安全と認められた。ただし、われわれの太陽系においては、という条件つきなんだ。その点は強調しておきたい。新陳代謝の停止した状態で〈長期睡眠〉タンクの中にいる人体に、無重量がどういう影響をおよぼすか、予測することはむずかしい――だが、それも一つのファクターかもしれない。もっと可能性の高いのは、自然放射線の微妙な変化だ。自由落下と放射線の相乗作用も考えられる。それとも、こちらのまだ気づいていないファクターがあるのか。いずれにせよ、その何かがわれわれの人工冬眠システムの欠陥をあばいたわけだよ。影響はわずかだが、しだいに積み重なっていく。そして最後には、作戦全体をぶちこわしにしてしまう」

「そこがわかりません」通信士がはじめて意見をのべた。「影響はわずかだと先生はおっしゃる――死者が出るほどではない、と。では計画どおりに進めて、最善の結果を望めばいいではないですか」

医療士は辛辣《しんらつ》にいった。「計画どおりに進めて最善の結果を望んだってわるくはないさ。きみに、それを望むだけの知恵が残るものならね。しかし言っておくが、残りそうもないのだ! いまになって、はっきりした事実をつかんだ。冷却と加温を重ねるうちに、睡眠者の細胞構造に変化が起こる。その影響がもっとも悪く出るのが、脳細胞なんだ。

加速が終わったときから、わたしはその研究をずっとやってきた」医療士の声に落ち着きがもどった。「もう十年近くになる。実験にはもちろん動物を使った。動物はことばで自分の症状を伝えることができないが、いまある検査法を使えば、肉体や心理面での変化は、ことば以上に的確につかめる。最小の実験動物から、われわれの体の八倍もある食用動物まで、検査にははいる生き物はすべて動員した。徹底的にやったから疑問のはいる余地はない。冷却室から出てきた船長を診《み》て、最終的な証拠をつけ加えることもなく、人工冬眠法の欠陥はわかっていたんだ」

いまのことばが基本的人権の侵害になりかねないことに気づいたのだろう、医療士は詫《わ》びるようにデスランに目をむけ、こうつづけた。「最初の加温のあとでは、影響はまだ小さい。軽い、しつこい頭痛に悩まされるが、それくらいはもちろん薬物投与でなんとかなる。思考の混乱もあるが、それも軽く、一時的なものだ。はじめしばらく、ものを思いだすのに手間をくう。だが、いずれ思いだすし、記憶は完全だ。

二回目の加温のあとでは、影響はもうすこし――顕著《けんちょ》になる」彼は陰気につづけた。「記憶に大きな欠落が現われ、残っている部分もぼんやりしているか歪《ゆが》んでいる。最初に失われるのは、いちばん新しい記憶だ。みんな家族や親戚に老人がいるだろうから、思考力がじょじょに衰《おとろ》えてゆく過程は知っているだろう。記憶は新しい層から順にはがれおち、時がたつにつれ、老人はますます過去の中に生きるようになる。しかし、いま、ここで起こっていることは――そのまえに断わっておくが、これはこの方面に精通していないきみたち向けの、本当にかいつまんだ説明だということは承知しておいてくれ――要するに、脳細胞中にデータを封じこめておく、微弱な電気化学的負荷が流出してしまうのだ。はじめは一部だが、脳に冷却処置がくりかえされるうちに、すべて流れ去ってしまう。二回目の〈長期睡眠〉から出てきたきみたちには、とても船の操縦をまかす気になれないね。目標星系に行きつけるかどうかも怪しいし、かりに行けたとしても、着水に成功するとは思えない。

三回目あるいは四回目の加温のあとでは、きみたちはこの船の最後部までも行くことはできないだろう」医療士はおだやかにしめくくった。「よほど運がよければ、口ぐらいはきけるかもしれないが」

そしてこの旅では、クルーはそれぞれ平均二十回の冷却ならびに加温をうけることになっており、二人の船長の場合、それは五十回近くになるはずであった。

ガーロル以下の職員たちは、優れた頭脳を持つ非専門家にふさわしい質問や提案をぶつけはじめた。しかしデスラン自身は、自分の関心が、クルーのことばや、ますますぶっきらぼうになる医療士ヘラハーの返答から遠ざかってゆくのに気づいていた。それは一回目の加温の影響かもしれないし、あるいは、こちらの可能性のほうが高そうだが、そういう影響があると知らされたことによる単純な自己暗示なのかもしれない。なんにせよ彼の心は、幼年期後半から青年期前半にかけての記憶の中に、すこしずつのめりこもうとしていた。

といって彼らはだれひとり、懐旧《かいきゅう》にひたるような年齢であったわけではない。体力の衰えた中高年者は、不適格者や、残留の意志を表明した若者たちとともに、みなアンサに残されたからだ。また船団の収容スペースの関係から、やむなく残された者も多かった。船団と行《こう》をともにする人びとの選抜は、慎重をきわめた。船の操縦にたずさわる人びとは、その中からさらに選び抜かれた者ばかりであり、司令船のクルーにいたっては、ばかばかしいほど長期にわたって肉体面・心理面での審査が加えられた。たとえばデスランの場合、初期のテストは成人する前から始まっていたので、人なみの子ども時代はそれほど長くなく、そのころのわずかばかりの記憶も決して楽しいものではなかった。

これは彼の家庭のみならず世界全体にみなぎっていた恐怖と緊張に由来するもので、両親の育てかたに問題があったわけではない。過去三百年間に、アンサの太陽は着実に温度を上げつづけ、惑星上の二つの大洋は、あいだをつなぐ海が蒸発してしまうほど、その領域をせばめていたのである。陸上の動植物はとうの昔に消えうせていたが、海を住みかとするアンサ人も、日に日にせまくなる生活圏の中で苦しい暮らしを強《し》いられるようになっていた——なぜなら海面では、水温が沸騰《ふっとう》点に近いため複雑な冷房装置なしでは生活できず、また深海では、高い水圧のため、それ以上にこみいった肉体保護装置を必要としたからだ。そんなわけで物心つくころから、すでにデスランは、世界にみなぎる緊張と恐怖の理由を知っていたし、深海の重圧と厚みをます熱湯層にはさまれて生きるアンサ人が、この問題を解決する二つの方法を考えだし、どちらをとるべきか検討中であるということまで理解していた。選択は容易ではなかった。

高度のテクノロジーと、豊富な金属ならびに動力資源のすべてを傾けて、深海を開発し、大洋の底に巨大な耐圧ドーム都市を建設するのもよい。運がよければ、海底のさらに下にある地殻にまで生活圏をひろげることができるだろう。この方法をとれば、大洋がすっかり蒸発し、彼らの呼吸する海水が高温の水蒸気と化してしまうまで、あと数世紀はすべてのアンサ人に時間が与えられる。しかしまた、それだけの資源を、少数の人びとがもっと住みよい世界に移住するのに、ふりむけるという手もある。

十世代まえから宇宙旅行をなしとげていたアンサ人にとって、選択は困難ではあるが、当初から自明であったかもしれない。

やがてアンサをめぐる軌道上に、ちょっとした都市よりも大きい反射鏡をそなえた超巨大望遠鏡が建設され、条件にかなう惑星が発見された。その惑星に行くには、十五回も世代が交替するほどの歳月がかかるが、全表面の五分の四は海、水温は涼しく、質量も適当で、知的生命の存在をほのめかす徴候も見当たらなかった。こうして、距離が近くても条件のそろわない他の候補星は、あっさり除外された。船団の建造が始まり、建造のなかばで人工冬眠技術が完成したことから、当初予定されたより何十倍も多くの人員を運べる余裕が生まれた。各宇宙船は、この壮大な旅の始めから終わりまで一口の食物も必要としない多数の乗客を収容できるよう改造され、これと並行に、クルーの乗らない船にすえつけるリモート・コントロール装置と、〈長期睡眠〉タンクの無事故保証タイマーの開発に、たいへんな労力がついやされた。

最終的に採択されたプランによれば、クルー全員が活動するのは旅の始めと終わりだけでよく、その中間はクルーのだれかひとりが、四、五年おきに数時間ないし数日間起きて、各船の位置をチェックしたり迷子の船のコース修正にあたるというものだった。

全船団をひきいる宇宙船には、七名のクルーが乗り組む。各中隊の準司令船では三名、各部隊の誘導船では一名、残りはすべてクルーの搭乗していないリモート・コントロール船である。準司令船や各部隊の誘導船で、職員が死亡または活動不能になったり、その他航行にさしつかえる事故が起こった場合には、司令船そなえつけの装置が、船団を構成する各部隊を個別に誘導する仕組みになっていた。

最終接近にあたって行なう目標惑星の精密な観測、最良の着水点の決定、後続船の誘導システムがすべてその水域をめざしているかどうかの確認、先頭集団とともに降下したのちの橋頭堡《きょうとうほ》の建設、そして後続隊の着水を有利にする最終的な現場テストの実施――以上のすべてが司令船の仕事であった。

……ただし、それも母星にいたほうがよかったという結論が出なければの話なのだ！

不意に怒りをおぼえて、デスランは周囲でたたかわされている五つの側に分かれた論争を、鋭いことばで制止した。

「きみたちはこの問題をいま知らされたばかりだ。したがって医療士に助言を与えられる立場にいるとは思えない。みんな部署にもどりたまえ。きみもだ、医療士。そして、じっくり考えてみることだ。時間はたっぷりある。〈長期睡眠〉に入らないかぎり、というか入るまでは、危険なことは何もない。なにか建設的な意見を考えついたら聞こう」

部下たちが司令室から泳ぎでてちりぢりになるころには、すでにデスランの心は過去にさかのぼっていた。デスランは、考古学者であった父親が、もう一つの大洋を訪れる陸上の旅に、彼を同行させたときのことを思いだしていた。冷房のきいた与圧陸上車に乗った二人は、直射日光のない夜間だけ前進し、ところどころに残る深い湖《みずうみ》の底で日中を過ごした――かつて二つの大洋を結んでいた広い海峡の名残《なご》りが、その湖沼《こしょう》群であった。デスランは、乾ききった粉末状の土に目を見はった。彼の国では、乾燥した物質は実験室の中だけでしか見られないのだ。もう一つ彼を驚かせたのは、海陸の表面から宇宙空間へとひろがる、信じられぬほど稀薄な混合ガスであった。かつてそのガスには、通常の動植物ばかりか、知的生命まではぐくむ力があったという。

ところが、ある日、近くに適当な湖沼が見当たらず、陸地の洞窟《どうくつ》に退避するという事態が起こり、そこでデスランは、ガスを呼吸する奇妙な陸上生物の一家の死骸をはじめて目にすることになった。異様な四肢《しし》を持つ、不格好な白骨が、おとなから子どものものまであちこちにちらばっていた。粘土《ねんど》や骨を焼いて作った容器、道具などもあり、黒焦《こ》げになった細長い木製の建造物の残骸は、父親の説明によると海上ボートというものらしい。そして父親は、古記録に記されている陸上生物の話をしてくれた。未開人ではあったが知性をそなえていた彼らは、そのような舟に乗って海面を移動し、近くにやってくる小さな下等動物を銛《もり》で突いて暮らしていたという。

一家はきっとこの洞窟に逃げ場を求め、引き潮《しお》のときだけ出入りしていたのだろう、と父親はいった。獲物《えもの》の小動物が死に絶え、穀物《こくもつ》や野菜が枯《か》れたその昔、この中で荒々しい熱気を避け、引き潮で入口のひらく夜間だけ海にこぎだして漁《りょう》をしていたのだ。しかし海水は日ましに日中の熱を残すようになり、水棲《すいせい》の小動物も、水温の高い沿岸水域からしだいに沖へと追われていった。空にある炎が、手に入る可燃性の物体を焼きつくしたため、洞窟の中には明かりもない。食物もなく、引き潮が昼間起こるときには、内部は高温の水蒸気でむんむんしていたにちがいない。

彼らはたしかに知性を持っていた。だがそのテクノロジーは、種族の滅亡を回避するほどのレベルには達していなかったのだ。父親はそう話を結んだ。

6

ガルフ・トレイダーが魚雷攻撃をうけてからおよそ八日後――これはウォリスが眠ろうと努力した回数であり、いまの彼にはそれだけが時間をはかる物差しだった――六号タンクの在庫調べをしてもどったウォリスたちは、留守中、黒っぽい髪の女がとつぜん意識をとりもどし、ディクスンを質問攻めにしていたことを知った。ディクスンは懐中電灯のバッテリー節約のために暗闇に寝ていたが、女の声に驚いて電灯を落とし、そればかりかドクターに急報するスパナまでなくしていた。かたわらには、沈みかけた船の冷たい恐ろしい闇の中に目覚めた女がおり、やけどの痛みに耐えながら、おびえた質問をつぎつぎとあびせてくる。ドクターを呼ぶこともできず、おかげで彼女を勇気づける役はディクスンにまわった。

だが彼はみごとにやってのけていた。

どんな会話がかわされたか報告をうけて、ドクターとウォリスはひとまず安心した。

この苦境をディクスンがかなり正確に話したことはたしかだが、あまりにも楽天的な言いまわしにまぎれて、真実がどうやらぼやけてしまったようなのだ。そうせざるをえなかった理由は、ウォリスにも理解できる。だがその結果、女はこの状況を危険というよりばかばかしいと受けとったらしく、そんな空気がすでにかもしだされていた。

ディクスンはこうことばを終えた。「……それから、彼女はウェルマン二等兵曹といいます。ファースト・ネームはまだ聞きだしていません――どうも気のきかないたちで、それに女性は苦手なので。すみませんが、こちらを照らしていただけませんか？　そうすれば、ぼくがいかに若くて男前であるか、彼女の前で証明できますから」

海軍婦人部隊員は、ドクターのさしあげる電灯の光に目をしばたたきながら、ディクスンの担架のほうを向いた。苦痛に顔をしかめて彼女はいった。「どうしてかしら、あなたが禿頭《はげあたま》だとは思ってませんでしたわ」

「これは包帯ですよ」きっぱりとディクスン。「それから、ぼくを笑わせないでください。内部負傷というやつをやっているので」

「まあ、ごめんなさい」とウェルマン二等兵曹はいい、そして「わたしのファースト・ネームはジェニファー。友だちはジェニーと呼んでます」

「ぼくはエイドリアンていうんですよ。自分でも気にくわないので、呼ぶときは〝ねえ、ちょっと〝ぐらいがいいな」

会話が進んでいるすきにドクターがじりじりと体をずらし、ウォリスの耳元二、三インチのところまで顔をよせた。皮肉めかしたささやき声で、「なんだか邪魔をしてしまったみたいですな。いったん座をはずして出直しますか？」

それから何分かたって、女はようやくドクターやウォリスとも口をきくようになった。その理由はウォリスにもわかる気がした。長いあいだ、彼女にとってディクスンは、絶対の闇の中にひびく形のない声にすぎなかった。しかし状況はおそろしいものの、それを説明することばの頼もしさにすがって、なんとかパニックにおちいるのをこらえてきたのだ。声の主をじかに見たいという思いが、たんなる好奇心を超えて、圧倒的な欲求にまで高まっていたとしても何のふしぎもない。しかし時がたつうち、女は打ち解けて話すようになり、彼女ともうひとりの海軍婦人部隊員について多くのことがわかってきた。

ブロンドの女の名はマーリー——マーガレット・マーリーといった。二人はともに通信科に属し、英米両海軍の軍用語や略語を、将来の共同作戦にそなえて多少わかりやすくする仕事にたずさわっていた。

ジェニー・ウェルマンが曲がりなりにも未来を語ったのはその部分だけ、過去や現在にはふれようともしなかった。はじめの船が魚雷で沈み、油の燃える海を筏《いかだ》につながれてただよった記憶が、あまりにも生《なま》なましくて思いだしたくないのだろう。そう考えるのがいちばん自然だが、ウォリスの見るところ、どうやら彼女はディクスンの話す現在や未来にすっかり満足しており、それ以上くわしい、しかもおそらくは悲観的な情報を、他人から探りだす気はなくしているようなのだ。

その〝夜〟、眠れぬ床《とこ》についたウォリスは、ねっとりと冷たいベッドがわずかながら心地よくなり、いま抱えているたくさんの問題が心なしか扱いやすそうに見えてきたことに気づいた。どうしてそう思えるのか、はっきりした理由はつかめない。これまで意識のない患者のひとりにすぎなかったジェニー・ウェルマンが、若い美しい女性としてくっきりと印象づけられたことも、多少は関わっているのだろう。男は女に対して保護欲をかきたてられるものだ。特に相手が、傷ついた美しい女性であるときには……。また男は、女のまえでは少しばかり見栄《みえ》っぱりにもなる。この状況でいえば、ふだん以上に自信たっぷり、かつ楽天的にふるまおうとする。加えて、そこには思いやりも生まれ、それが最後の瞬間まで悪いニュースを知らせまいとする努力となってあらわれる。そして外見の自信が、しばしば内なる勇気を呼びさますきっかけになることはいうまでもない。

だが不快な事実は、男が女のまえで自信たっぷりにふるまうだけでは解消しない。遅かれ早かれ、そうした不快な事実が男にも女にも死をもたらすことになる。なぜなら、発見され救助される確率は、きわめて小さいからだ。海面下に長々と横たわる灰色の船影を見つけた飛行機は、基地にそのことを通報するだろう。だがそれは航海上の障害として報告するのであって、生存者を内部にとじこめた沈没船としてではないのだ。海岸部に押し流され、引き潮《しお》になって浅瀬に乗りあげる可能性はさらに薄い。かりに陸地にふれるとしても、打ち寄せられる場所は、たぶん冬の嵐のさなかにあるアイルランドかスコットランド西部の岩だらけの海岸だろうし、そうなれば船底はひとたまりもなく裂けてしまう。餓死《がし》の不安だけはないものの——第一、空気がなくなるより先に、渇《かわ》きで死ぬはずだ——そういったもろもろの運命を待つまでもなく、溺死《できし》がやってくることはほぼ確実だった。

(まだ早い)とウォリスは思った。(楽天的な見通しを持つには、まだ時期が早すぎる……)

あいも変わらぬ凍《こお》るように冷たい朝食がすみ、ドクターが患者の診察を終えると、ウォリスはジェニー・ウェルマンの枕元に行き、懐中電灯とスパナの用途を説明したところで、しばらくディクスンを借りていくとつけ加えた。ジェニーの顔色が変わったため、彼はことばをついだ。借りるといっても、二つむこうのタンクに移るだけだ。脱出方法を考えるには、ディクスンから船の構造をもっとくわしく聞かなければならない――こわいようなら、留守のあいだ懐中電灯をつけっぱなしにしておいてよい。

二、三分して七号タンクに落ち着くと、ウォリスは真剣にいった。「ゆうべ眠るまえにふっと思いついたんだが、ミス・ウェルマンに聞かれるとまずいので――」

「わかります」ディクスンの声も同じように真剣だった。「ご婦人がたに向かない話題とあれば……」

「ディクスン！」とラドフォードがいいかけた。何回か大きく鼻で息をしたが、あとに来ることばはなかった。

ウォリスは忍耐強くつづけた。「この問題はまじめに考えてもらいたい。まずきみら二人が頭にたたきこまなければいけないのは、この船が依然として沈みつづけているということだ。沈下の速度は、もちろん大したことはない。波は感じられなくなったが、船体のようすからいって、水圧が危険な上昇を見せていないことはわかる。しかし気密がどうこうではなく、上からの水圧で船が浮上できなくなる深度というのがあって、そこまで行くのは時間の問題だ。

深く沈みすぎた潜水艦にどういうことが起こるか、という話をむかし聞いたことがある。浸水したわけでもなく機械にも異常はないのに、浮上できなくなるんだ。あとは沈みつづけるだけ。ついには水圧で船体がぺしゃんこになってしまう。いまのわれわれは、動力を失って沈んでゆくばかでかい潜水艦の中にいると思えばいい。少しずつ少しずつ沈んでゆく潜水艦だ。生還不能の深度に達するまえに、なんとか浮力を増す方法をひねりださなくてはならない」

ドクターは声もなくウォリスを見つめている。ディクスンも懐中電灯をわずかに動かしただけで、意見をはさもうとはしなかった。

「こうなっては積荷《つみに》を捨てて、船を軽くすることもできない」ウォリスはつづけた。「タンクをあければ水がなだれこんでくる。しかし潜水艦のアナロジーにもどって、こんな場合、潜水艦はどうするかを考えると――つまり、沈むためにはバラストとして海水をとりこみ、浮きあがるときには、圧縮空気で海水を押しだすわけだが――タンクに隣接する貯蔵スペースを利用すれば、なにかできるかもしれない。おおかたは浸水しているだろうが、海水をいくらかでも押しだすことができるなら、船は浮くはずだ」

「どうでしょうか」ディクスンがとつぜんいった。その声から、軽薄な調子はぬぐわれたように消えていた。「潜水艦にはそのための高圧ポンプがある。ここのがらくたをかき集めて、手おくれになる前にポンプを作ることができますか？　でなくても空気は不足しているんじゃないですか？」

「ポンプを使うつもりはないよ」とウォリス。「作れるとしても、時間の点で無理だろう。それから空気を使うつもりもない。形になるかどうかもわからないアイデアだから、手をつける前に、船の構造をもうすこしくわしく知っておきたいんだ。きみはトレイダーで三年間、一等航海士をやってきたが、わたしのほうは、いままでタンクの改装にかかりきりだったので……」

（……改装個所がこんなにたくさんでなかったら）とウォリスは心につけ加えた。（いまごろはこの船も、魚雷をくらった仲間と同じように海底にころがっていて、こんな問題に頭を悩ませる必要もなかったろう……）

対潜《たいせん》タンカーのアイデアを思いついたのが何者であるにせよ、それは、どことも知れぬ秘密の小部屋でつらい仕事に明け暮れ、チーズとたまねぎのサンドウィッチばかりの夕食にうんざりしていた、過労気味の男にちがいあるまい。輸送船団の周辺をうろつくのではなく、その中心にどっかりと居すわって航海する超護衛艦を、男は夢見たのだ。この対潜主力艦の倉内《そうない》には、特別製の対潜測音機《アズディック・ギア》がすえつけられ、それが艦底をつきぬけて海中に降り、周囲をゆく輸送船や護衛艦のかなたに敵潜を探知するという仕組みである。一方、各艦船の機関室には簡単な装置があり、容易に識別できる特徴あるエンジン音をつくりだして、味方のだすまぎらわしい音響を消してしまう。

科学の粋《すい》をあつめた測音機は、きわめて高感度で指向性も強いので、ガルフ・トレイダーの全長を基線にすることによって、船団に近づくUボートの位置を正確に割りだし、しかるのち護衛艦に通報することができる。Uボートがあまりにも近くにありすぎて、護衛艦の出動がまにあわない場合も考慮して、ガルフ・トレイダーにはまた、開発されたばかりのY型爆雷《ばくらい》投射砲が搭載されることになっていた。まだ実験もされていない新兵器だが、それがあれば三、四マイルの距離まで爆雷をとばせるようになる。そこまで遠くなると、どんなに常識はずれの楽天家でもまず命中はあてにしない。しかし爆雷が投げこまれ、近くに護衛艦の影も形もないとあれば、Uボートの艦長もさすがに当惑して潜望鏡の使えない深みにもぐり、うまくすれば退却してくれるのではないか。それが当局の思惑《おもわく》だった。なんにしても在来型の護衛艦が連絡をうけ、行動を起こすぐらいの時間はかせげるわけである。

駆逐艦の指揮権を解かれ、かわりにガルフ・トレイダーを与えられたウォリスは、トレイダーの就役《しゅうえき》と同時に中佐に昇進することになっていた。この計画について彼自身の見解を述べる機会はなかった。ただ、やってみるようにと言われただけだった。かりに北大西洋の戦況が本格的に悪化していなかったとしても、海軍本部や高級士官たちが、この計画を再考したかどうかは疑わしい。だが現実にはこのとおりの戦況なので、海軍としては手あたりしだい何でも試みなければならなかった。それがたとえ、潜水艦そこのけに海をゆく三万五千トンの改装タンカーなどという、気ちがいじみたアイデアであったとしても……

ウォリスの心の一部は、数秒のあいだ本題からそれたところをさまよっていたが、ことばは跡切《とぎ》れなくつづき、いまや必要条件の要約に入ろうとしていた。

「かなり大きな隔室《かくしつ》が必要だ。それに、タンクの壁をたたけば浸水の度合がわかるような位置にあるほうがいい――努力に見合った成果があがるなら、それを知りたいし、だめならほかの場所にすぐ移れる。隔室の上部は水密《すいみつ》でなければいけない。気圧で海水を押し下げ、排出するためにも、海水がまた入ってくるのを防ぐためにも。天井や壁の上部があいていれば、ガスは逃げだすし、海水は動かない。

そのさい空気ではなくアセチレンを使う。アセチレンは圧縮された状態でたくさんあるんだから、高圧ポンプなんかもともと必要ないわけだ。それに、大して使い道のあるものでもない。いちばん危険なのは、タンクの壁に穴をあけてプラグをさしこむ作業だろう。プラグは中空、先細《さきぼそ》のもので、太いほうの端にバルブをつける。これはなんとか作れそうだが、高圧の海水が噴射している穴にさしこむときが大変だ。しかし、とにかくそれが終わったら、プラグにアセチレン・ボンベを接続し、両方のバルブをひねって——」

「反対するわけではないんだが」とドクターがおだやかに割ってはいった。「この船が発見されたときのことは考えられましたか？　救助隊が来て、アセチレンの充満した隔室の壁をブロートーチで焼き切ろうとしたら何が起こるか」

「ドカーン」とディクスン。その顔にはまたにやにや笑いがもどっていた。

ウォリスは首をふった。「モールスで警告することはいつでもできるさ。浮力の足りないことのほうが、わたしにはもっと心配なんだよ、ディクスンくん」

一等航海士はすこし間をおいたのち、話しだした。「わかりました。近づきやすい順にいえば、前部と後部のコッファダム、ついでビルジです。タンクのフロアと船体外板《がいばん》にはさまれた肋材《ろくざい》部ですが——これは卵《たまご》の箱みたいに仕切られた一段式の格子で、船底全体にひろがっています。それぞれの仕切りの壁には直径三フィートの穴があります。穴はビルジの掃除のとき出入りを楽にするためと、あとは重量を減らすのに役立っています。穴の上のふちは、仕切りの天井からほぼ一フィートのところ。ですから、必要とあれば、かなりの量のガスをためられます。たくさん送りこみすぎたとしても無駄にはなりません。となりの仕切りにブクブクと押しだされるだけで、そこにたまるわけですから。

ビルジのつぎに適当なのは、一号、四号、七号に隣接する貯蔵スペースとバラスト・タンク群でしょう。中には水密が不完全なものもあるので、これはいちいちその正確な場所を教える必要があります。もっとも、そうなるとぼくをかついで積荷の中を動きまわったり、積荷をどかさなきゃいけなくなるかもしれません。コッファダムと肋材部のスペースが、やはりいちばん無難だと思いますね」

ディクスンの説明が終わると、ウォリスは彼の手から懐中電灯をとり、四方の壁にその光をむけた。「ディクスンくん、たいへん参考になった。しかし、きみの提案した順序は、すこし変更しなきゃいけないと思う。前部コッファダムは、船首を魚雷にやられたとき、ひどいダメージをうけている。第二案のビルジのほうは、二つの理由で承服できない。この船で空気のたまっているスペースは、みんな露天甲板《ろてんかんぱん》より下にある、つまり船はすでに頭でっかちの危険な状態にあるということで、竜骨《りゅうこつ》レベルの浮力があがれば簡単にひっくりかえってしまう。かりにそうなったとしても、タンクが浸水することはないだろう。だが船体のあちこちにたまっていた空気がはきだされて、沈下がはやくなる可能性はある。まず、それが一つ。もう一つは、肋材部にアセチレンを送りこむと、それには絶えず水圧がかかるので、こちらの空気をよごすおそれもあるということだ。

毒ガスがたまるのは、われわれの足元。ガス漏れを見つけてふさぐのは、水漏れの場合よりはるかにむずかしいし、いったん空気がよごれてしまえば取りかえる方法はない。だから後部コッファダムが、手をつけるにはいちばん手ごろだと思う。ガスの注入はできるだけ低い部分で行ない、ガスは海中を通って隔室の天井にたまる。あいだにはいつも海水があるから、アセチレンがこちらにもどってくる心配はない。

しかしダムの天井が気密でなかったり、充分な浮力が得られないこともあるから、この七号で使えそうな隔室も、二つ三つ教えてもらいたいな。先生がその個所にチョークでしるしをつけて、そのあいだに、わたしが必要な道具類をさがしてくる」

とつぜんウォリスは沈黙した。タンクの壁から、ガンガンという激しい音がひびいてくる。それは金属のフロアに重いスパナがたたきつけられる音だった。その轟音《ごうおん》をつらぬくように悲鳴がはじまり、しだいに大きく、かん高くなってゆく。ドクターがディクスンの手から懐中電灯をもぎとり、後部へとかけだした。

「あれはジェニーじゃない」闇の中でディクスンがいった。不安がそうさせるのか、そのことばはたんなる発言というより質問のように聞こえた。「きっともうひとりの女です……」

7

ウォリスは慎重な足どりでタンクの右舷の壁へと進み、作業台にぶつかって止まると、台の上をまさぐって予備の懐中電灯をとった。作業台が光の中に入るよう、電灯の置き場所をきめるのにさらに長い時間をかけたが、あとは一秒も無駄にせず、てきぱきと仕事を進めた。前夜のほとんどをついやして、何をするか、どんな材料が手に入るか、すでに考えぬいてあったからである。

十一号タンクの病室からは相変わらずマーリーという女の声が聞こえてくるが、ひところよりはずっと静かで、ときには確信にみちた野太《のぶと》いドクターの声と、それを援護するミス・ウェルマンの低い声があいだにまじる。ジェニーにしてみれば、ドクターと力をあわせてもうひとりの女を落ちつかせるより、彼女といっしょに声をかぎりに叫びたい心境だろう。だが、それをこらえているのだ。ウォリスは、ミス・ウェルマンを好意的に見ている自分に気づいた。

だしぬけにディクスンが声をかけた。「いまあなたが壁を照らしていたとき、ひとりでに目に入ってしまったんですが……そのう……」いいよどみ、我慢しきれなくなったようにあとをつづけた。「発電機に何をなさっていたんですか?」

ウォリスは二、三分のあいだ黙りこくったまま、アセチレン・ボンベのノズルの外径《がいけい》を、クロムめっきされた水道蛇口《じゃぐち》の口と比較する作業に没頭していた。その蛇口は本来、十あまりの同種の蛇口とともに、三号タンクにある臨時の便所にとりつけられていたものである。臨時用というか非常用に設計されたものなので、その取り付け口は、直径の異なる数種のパイプに融通《ゆうずう》できるよう先細《さきぼそ》になっており、ウォリスには正《まさ》にそれが必要だった。しかし蛇口をアセチレン・ボンベと組みあわせるには、水道の水を下にむける役目を果たす、美学的に完成された曲面を、まず取り除かなければならなかった。

「すまん、考えごとをしていたものだから」とウォリスはいい、蛇口を万力《まんりき》にはさむと弓鋸《ゆみのこ》を見つけて、ことばをつづけた。「熱と光をどうやって作るか、先生といっしょに考えていたんだよ。きみも知っているだろうが、あの発電機が使われていたのは、改造の始まった当座だけだ。船の電源に接続されるまで、タンク内の照明はあれが代わりにやっていた。中のモーターは動くが、空気を無駄づかいするし一酸化炭素をふやすので使えない。そこで、人力で運転することはできないかと、歯車を組みあわせて実験していたんだ――もっとはっきりいえば、ペダルをこいで動かすということさ。あのまわりに組みたてた機械に二人で乗れば、発電機を動かせる。

必要な回転数を得るには、どうしても二人がかりでやらなければならない」とウォリスはつけ加えた。「だが、いったん回りだせば、あとはひとりでも楽にこげる」

「ここを暖めるのに充分なパワーが出るということですか?」ディクスンは感動したようだった。

「そうは言ってないよ。ただペダルをこいでいれば、当人はぬくぬくしていられるということだ。暑くてたまらなくなるかもしれない。発電機でひと仕事すれば、眠るとき寒い思いをしなくてすむだろう。それから、風呂に入ったあともだ。

先生はわれわれの衛生状態を心配しはじめている。そろそろ体がにおってきたからね」

ディクスンは、すぐにはことばを返さなかった。だが口をひらいたとき、その声には、絶望を確信した力強いひびきがあった。

「風呂――冷たい塩水の風呂だなんて! ふざけないでください! そ、それより体臭が……おたがい我慢ならなくなるころには、飲み水がなくなっていますよ! 空気だって濁っているだろうし! わざわざ風呂に入って肺炎で死ななくたって、ここでの人生は苦しいし、どっちみちみじかすぎるんだ!」

弓鋸の歯が、蛇口のつややかな曲面を横すべりした。ウォリスはすりむいた指関節をちょっと口にふくみ、それから答えた。「水の再生利用もちゃんと考えてある。空気を新鮮に保つ方法もだ――おそらくこのやり方しかないと思う。きみが自分の足で歩けるようになったら、二号タンクに作った便所に案内しよう。アイデアは要するに排泄《はいせつ》物を……固体と液体とに分けるということなんだが……。発電機が動いているときなら、電熱器のコイルのようなものをガラス管につつんで不純な水の中にさしこめば、わずかだが水を蒸留できるようになる。しかし、さっきもいったように居住区画の暖房は、これからもほとんど人間の体温と、密閉を徹底することで、やっていかなければならないだろう……え、何だって？」

「いや、あなたの足のことをいったんです。それから草のことを。あなたの足元には草も生えない（休みなく働くことのたとえ）」

「ここになにか緑草《りよくそう》があればな」ウォリスはまじめにいった。「豆を栽培する手間がはぶけていいんだが」

「豆とは？」とディクスンが怪《け》訝《げん》そうにきいた。「どうやって栽培するんですか？　なぜ？　食料には困らないはずだ」

「これは先生がいいだしたんだが、乾燥豆を水にひたして播《ま》くんだそうだ。苗床《なえどこ》には、ごみ、土、梱包《こんぽう》用の藁《わら》とか、おが屑《くず》……肥《こ》やしなんかをまぜたものを使う。苗床の材料をあつめるときには、油や錆《さ》びが入らないように注意する。生育のさまたげになるし、豆が死んでしまうおそれもあるからね。ただし食料として栽培するわけじゃない。豆の葉は、先生の話によると、かなり表面積があるらしい。先生はむかしバラを育てたことがあるんだ。それに伸びざかりの緑の葉は、炭酸ガスを吸収して酸素をつくる。このプロセスには光が必要だから、というのが発電機を改造したもう一つの理由さ。もしかしたら、いちばんの理由かもしれない。

それが豆をつくる方法と動機だよ」

ウォリスはそうしめくくり、ほほえんだ。

長いあいだ、聞こえる音といえば、金属にくいこむ弓鋸の規則正しい軋《きし》りだけだった。病室からの声はやんだのか、それとも低くなったのか、なんにしてもここまではとどかず、ディクスンも息をのんだように沈黙している。だが、それも一時的なものだった。

「感服しました」ようやくディクスンがいった。「あなたがそんなに遠くまで見通し、そんなにたくさんの計画を練《ね》っておられたなんて……」そこでためらっていたが、ふたたび口をひらいたときには、ふだんのディクスンの口調にもどっていた。「……となると、ぼくの悩みは、そいつが成功したら、風呂に入らなきゃいけなくなるということですね」

ウォリスも調子を合わせた。「そうなるまえに救出されてるだろう。その逆に、沈没してるか、どっちかだ。あまりくよくよしないことさ」

ドクターはそれから間もなくもどった。事情の説明もそこそこに、彼はディクスンに電灯をわたすと、使えそうな舷側隔室《げんそくかくしつ》の位置にしるしをつける指示をあおいだ。その間ウォリスは、用意した三つの蛇口の改造をつづけ、中断したのは、ドクターに手を貸してディクスンを別のタンクに運んだときだけだった。しかし一等航海士の指示がひととおり終わり、彼を病室にもどすときが来ると、ラドフォードは、患者たちのところから帰って以来ずっと避けていたらしい話題を切りだした。

「あの女のことなんですがね。いくら平和と静けさが必要だからといって、いつまでも鎮痛剤を射《う》っているわけにはいかない。やけどはまだ不快だろうが、四六時ちゅう薬づけにしておかなければならないほどではない。なんにせよ、医薬品の量は限られているし、非常時のためにいくらか残しておきたいので」

担架に乗せられての右往左往、そして二人にかつがれて山なすがらくたを越えるとき、ごつごつと体にぶつかる荷箱の角《かど》——重傷を負ったディクスンに、それらが不快でなかったはずはない。むしろ薬を使う権利は十二分にある苦しい体験であったろう。ところがドクターは、いきなりその薬に配給制を敷くというのだ。ウォリス自身、腹だたしい思いには共感できるものの、そのときディクスンの見せた反応は、彼にとって大きなショックだった。

「じゃ、これはいったい何だというんですか！」とつぜんの叫び声は、さっき病室から流れてきた悲鳴に勝るとも劣らなかった。「ここは沈みかけた船の中なんですよ！　われわれは海底にいるんだ！　このくそいまいましい船体が、いつ破れないともかぎらないんです！これ以上の非常時がありますか？」

ラドフォードが冷酷にいった。「ここに長くいるようなら、いくつか考えられんこともない……」

あとにおりた沈黙の中で、金属をたたく音が病室からはっきりとひびいた。悲鳴はない。たたく音だけだった。おそらくミス・マーリーはまだ眠っており、ミス・ウェルマンだけが目覚めて、不安にさいなまれながら、叫び声の理由を説明してくれる相手を呼び求めているのだろう。さしせまった叩きかたから見て、彼女自身が悲鳴をあげるのも遠い先ではなさそうだった。

ウォリスは手ぶりでドクターに、担架の枠《わく》をとるように合図した。「先生、ディクスンくんには女性のお相手が必要のようだ。彼を陰気にさせないためにも」

ガス注入装置が完成するころには、コッファダムの隔壁《かくへき》に穴をあける方法もきまっていた。ドリルの動力が得られない現状では、酸素を浪費する危険をおかしても、ブロートーチで隔壁を焼くほかなかった。作業の手順がきまると、彼らは失敗しそうな個所を想像し、その予防策を考えだすことに全力をそそいだ。時の経過をはかるものはないが、なぜかウォリスには、準備に時間をくわれすぎたような気がしてならなかった。足元のフロアは小揺《こゆる》ぎもせず、海底に着いてしまったような錯覚を与える。だが接地していないことはたしかであり、船はこの瞬間にも、波さわぐ海面から遠ざかりつつあるのだ。そして彼らには、船がどの程度の速さで沈んでいるのか、これまでにどれくらいの時間が過ぎたのか、脱出の見込みがわずかでもあるのかどうか、そういったことを知るすべはなかった。

しかし、やがて考えうるすべての準備が終わり、予防措置《そち》もととのえられた。ブロートーチ、ボンベ、先細の木製プラグが所定の位置におかれ、また穴が大きすぎ、蛇口のパイプを太くしなければならないときのために、万力と、火ばさみと、うすい鉛《なまり》の板が数枚そろえられた。ほかに短いスチールのパイプ——これを火ばさみで固定して、穴をあける位置に立てれば、トーチの炎は無駄なく隔壁にむかい、同時に穴の直径を必要限度におさえることができる。火が海水に接触するときには、どうしても多量の水蒸気が発生するので、布でくるんだハンマー、火傷《やけど》よけの手袋、防御マスクも必需品だった。そしてとつぜん、始める以外にすべきことは何もなくなっていた。

穴はごく短時間であいた。不意に蒸気としぶきが吹きだし、ついで一本の海水の噴流がブロートーチにぶつかると、トーチをはねのけ、高圧ホースの水さながらにウォリスの胸もとに炸裂《さくれつ》した。目をくらまされてのけぞった瞬間、トーチのスイッチを切らなければという思いがひらめき、ドクターの体にあやうく穴をあけずにすんだ。

ウォリスはまばたきして、海水を目からはらった。ドクターは、プラグのとがった先端を穴にさしこもうと苦労していた。だが、さしこむたびに噴流《ふんりゅう》にはねかえされる。六回目にようやく固定に成功し、全体重をかけてプラグを押しこみはじめた。ウォリスも仲間に加わって押すうち、噴流はかぼそい流れに変わり、まもなく完全にとまった。ウォリスは万全を期してハンマーでさらに打ちこみ、プラグが金属壁と同一平面になるように、余分なでっぱりを切り落とした。

プラグの直径を蛇口のパイプと比較した結果、彼らは初心者の幸運《ビギナーズ・ラック》に恵まれたことを知った。先細のパイプは、パッキングするまでもなく穴にぴったりの太さだったのである。彼らはプラグを注意深く穴の奥まで打ちこみ、ほとんど通りぬけるというところで蛇口をさしこんだ。ドクターの支える蛇口に、ウォリスが布にくるんだハンマーで最後の一撃を加えた。プラグが反対側に抜け、パイプがそれに取って換わった。仕上げは実に手ぎわよくきまり、水に濡れもしなかった。

数分後、アセチレン・ガスが蛇口を抜け、ごぼごぼと勢いよくコッファダム内部をかけあがってゆくころには、ラドフォードとウォリスは、すでに七号に隣接するバラスト・タンクの壁にむかって同じ作業をはじめていた。一回の取り付けごとに二人は腕をあげ、侵入する海水の量もすくなくなったが、失敗のおそれはいっこうに薄れなかった。やがて船体にちらばる五個所の、気密と思われる隔室にガスが送りこまれるようになると、ウォリスは作業中止を命じた。

ウォリスたちの努力は、目に見える効果を何もあげていなかった。

七号タンクに男三人が勢ぞろいしたところで、ウォリスがいった。「後部コッファダムにはもう四本分のアセチレン・ガスを注《そそ》ぎこんで、いま五本目を入れている。この七号の両側にあるバラスト・タンクには三本ずつ、四号の両側の貯蔵スペースには各一本だ。このうちには、はじめから空気のたまっていた隔室もあるから、壁をたたいて音の変わり具合を聞き、できるだけ正確な水位をしらべておいた。

どの区画も、チョークで水位のしるしをつけておいたんだが、相当量のガスを注ぎこんだはずなのに、思うように水が下がらないんだ。どうもわからん」

ウォリスはあてにするようにディクスンを見た。

一等航海士はいいわけがましくいった。「ぼくの選んだ隔室からガスがかりに漏れているとしても、その上の貯蔵スペースにはたまるはずなんですがね――とにかく大部分は。そのあたりも考えて選んだのです。あなたの水位をしらべるやり方は、確実なものなんですか？」

ウォリスは答えなかった。その瞬間、確信の持てることは何一つなかった。

ドクターがいった。「隔室にたまったガスの密度が高すぎて、海水とあまり変わらない音が返ってくるのかもしれませんな。だとしたら、重圧下にあるガスは、容積に比して空気よりはるかに重いわけだから、浮力もたいして得られないことになる。あまり深く沈みすぎて、ガスが膨張できない水圧になっているのかもしれない。あるいは事実、ガスが海水を押しだしているにしても、いままでに海水が侵入してきた割合と同じくらいでしかなくて、この先何十日もかかるのか。もしそうなら、手おくれになるまえに浮力を回復することは、とうてい――」

「先生」ディクスンが憤激《ふんげき》していった。「そんな呑気《のんき》なことをいってる場合じゃないんです！」

二人から役に立つアイデアは出そうもなく、こんな風に手をやすめ、話していること自体が誤りではないかという思いに、ウォリスはとつぜんとらわれた。何であれ、いまの苦境をつきつめて考えさせる暇を与えるのは得策《とくさく》ではないし、上級士官の見せる不決断が、物事を好転させないこともたしかだった。

「蛇口はまだ七つ残っているし、アセチレンは無尽蔵《むじんぞう》といっていいくらいある」ウォリスはきっぱりといった。「なにがなんでも続けることだ」

しばらくのち——ドクターはそれを二十時間から三十時間と推定したが、担架の上で懐中電灯を持ち、ときおりジェニーに話しかける以外何もすることのないディクスンは、三日ぐらいだと主張してゆずらなかった——彼らは疲労のあまり、とうとうガス注入計画を放棄した。訓練をつんだにもかかわらず、取り付けにかかる時間は一回ごとに長びくようになっていた。ラドフォードはプラグの挿入《そうにゅう》に失敗して、酔ったようにふらふらと歩き、ウォリスのほうはまったくの不注意から南京袋《なんきんぶくろ》のマスクと頭巾《ずきん》をつけ忘れ、ひたいにやけどを負った。さほど重傷ではなかったが、寒気《かんき》にふれて傷はひりひりと痛んだ。

病室にもどると二人の女は眠っており、ディクスンだけが目を見ひらき、歯をくいしばり汗をかきながら、闇の中を見つめていた。声をかけても、ふりむこうとせず、返事もしない。ラドフォードは罎《びん》から薬を二錠《じよう》ふりだし、ためらったのち四錠にふやした。「ディクスンくん、眠ったほうがいい」そしてウォリスに向くと、「あれをやって得をしたことが一つある。さんざん働いたおかげで、久しぶりに暖かく寝られるということですよ」

だがウォリスは、すぐには眠りに、というか熟睡に入ることができなかった。病室にもどるまえ、すべての蛇口をしめ、アセチレン・ボンベも残らずはずしてきたのだが、ぶくぶくごぼごぼという水音はいまだに船のまわり中から聞こえていた。これはよい徴候なのだ。心にそういいきかせても、タンク内の空気の全体積を、注入した少量のガスと比較するとき、あの程度で充分なのかという疑問は当然うかんだ。もちろん、これに対する反論も生まれた。このタンカーは海面近くをすでに一週間あまり漂流している。したがって、今かりに沈みだしているとしても、沈下速度は非常におそいはずだから、ほんのわずかな浮力の増大でバランスは容易に逆転するだろう。

だが、たしかめる方法はなく、二つの対立する仮説に疲れた頭を悩ますうち、眠りにひきこまれる時間はしだいに長くなっていった。眠りは、一連の短い、身の毛もよだつ悪夢から成っていた——そこでは恐怖は現実であり、ごぼごぼという騒がしい水音は船体の裂ける音に変わり、海水の巨塊《きよかい》がなだれおちる中で、五人は金属の壁をかきむしり、あるいはたがいにしがみつき、とめどもなく叫んでいた……

やがて全身の疲労は、悪夢から目覚めることすらかなわぬほど力を強め、そのあたりのどこかで夢は変質した。ウォリスは駆逐艦のブリッジに立っていた。気候からすると、地中海のどこからしい。それは楽しい夢だった。願望充足以外の何物でもなかった。空は青く澄んで雲一つなく、海もかすかなうねりこそ見えるがおだやかで、日ざしは白い軍服を着ていても暑く感じられる。ここが天国ではないことを教えてくれるのは、日焼けしたひたいのかすかなむずがゆさだけ。許されるなら、ウォリスは何の不平もなく、永遠にこの夢の中にとどまっていただろう。だが、なぜか恐ろしい変化が起こり、夢はうすれはじめた。

不意に空が暗くなり、そのあちこちにぽっかりと闇が現われた。まるで空全体がジグソー・パズルで、だれかがその断片を一つ一つ取り除いているかのようだった。気がつくと、熱帯用の白服を着るには、空気が寒くなりすぎていた。と、何のまえぶれもなく、ブリッジの手すりが粗《あら》い南京袋の感触をおび、塩の香《かおり》をふくんだ風が、汗のにおいのこもる湿っぽい毒気に変わった。だが夢は、すっかり消えうせたわけではなかった。

ひたいはまだむずがゆく、体の下では、フロアが波の動きにつれてかすかに揺れているのだった。

8

アンサの司令船では、二十日間にわたるたゆみない研究と日に二回の討論にもかかわらず、問題は依然として解決のきざしを見せていなかった。いまは二十一日目の最初の討論時間で、機関士が発言の許可をえたところだった。

「二回の冷却で船の操縦もおぼつかなくなるほど思考力が低下するなら、その技術が安全になるまで〈長期睡眠〉に入るのをひかえればいいでしょう」

討論の過程で、問題そのものが再三再四――くどいほど――くりかえされるのは、やむをえないことだった。だが今度の発言はわかりきった内容でありすぎるだけに、かえって、より重要な提案の前置きにすぎないことを示唆《しさ》していた。しかも機関士の物腰には、いままでの彼にない異様な緊張がうかび、それがデスランの耳をそばだたせた。

「……わたしの考えるところ、不明確な部分はつぎの二点にしぼられます。すなわち、〈長期睡眠〉装置の欠陥を取り除くことは可能なのかどうか。逆に、装置が脳に及ぼす作用を打ち消す手術なり薬品なりを開発できるか否《いな》か。どちらにしても、当然われわれの中から……被実験者を出す必要があるわけですが、その被実験者は、精神もしくは肉体の損傷、場合によっては死さえも覚悟しなければなりません。しかし一方、医療士へラハーはこの方面の専門家であって、彼の名声と才能は疑いないところなので、かりにわたしの身になにか不幸が起こるとしても、研究のためにそれは必要であり、避けられないことであると確信できます」

機関士の発言が終わると、おそろしく気まずい沈黙がおりた。この洗練と、いってよければ退廃《たいはい》の時代には、勇気ある言動は、尊敬と同じくらいに当惑も巻きおこすことになるのか。そんな思いがデスランの心をよぎった。

沈黙が長びきそうな気配を察して、医療士がぎごちなくいった。「きみの信頼はありがた迷惑だし、おそらく見当ちがいだ。そのような研究を進める設備はこの船にはない。それに、自分で考えてみても、わたしにはそこまでの才覚はない」

「なんにしても、きみに死なれてはこまるんだ」気まずさをさらに打ち消すように、ガーロルがいった。「この船団を誘導するためにも、この船を無事着水させるためにも、クルーはひとりとして欠けてはならない――」

コンピュータ・チームのかたわれが意見をはさんだ。「では、加温タイマーを予定到着期日の一年前にあわせ、あとは自動装置にまかせて、全員がすぐ冷却に入ればいいじゃないですか。そうすれば——」

「船団はとんでもない方向にそれてしまう」ガーロルがことばをひきとった。「目標星系から大きくはずれた場合、大規模な運動に転じるだけの反動質量は、この船団にはない。予備燃料は、小さな軌道修正を定期的に行なうので精いっぱいなんだ」

デスランの心の奥底で、一つのアイデアが身じろぎし、伸びをし、また眠りについた。たぶん使いものにはならないだろう。だが船長であるからには、一度はそのアイデアに光をあて、わが目でたしかめなければならなかった。その間も会話はだらだらとつづき、彼に名案を与えかけた話題から遠ざかりつつあった。なんとかしてその話題にもどらなければならない。だが話題が何であったのか、デスランには皆目《かいもく》思いだせないのだ。

「話をすこし元にもどそう、ガーロル」デスランは急いでいった。「司令船の着水と船団の誘導のためにはクルーはひとりも欠けてはならないと、きみはいった。だが厳密にはそうではない。船長はもうひとりいるからだ」

デスランは不意に口をつぐんだ。答えが正面から彼を見据えていた。

司令室のつきあたりから、ヘラハーのおだやかな声が流れた。「医療士だって必要ないんだよ、ガーロル。船長も手助けがほしいだろうし」

どうやらヘラハーもまた同じ答えにたどりついたらしい。ガーロルと機関士のやりとりを聞くうち、そのアイデアに思いあたり、デスランを追って同じ論理の筋道をたどってきたのだろう。もうひとりの船長が引きあいに出されたことにガーロルが反発の色を示し、残りのクルーがそれに気づかぬふりをして話しつづける中で、デスランと医療士はじっと顔を見合わせた。心理学局の奇怪な発想と活動には、再三いらだちをおぼえてきたデスランだが、こうなってみると彼らのひとりでもこの場にいてくれたら、どれほど心強いことかと思わずにはいられなかった。

いまこの瞬間も、そしてまた将来も。

医療士を除いてクルーに解散を命じると、デスランは相手の考えをテストしてみることにした。正直なところ、ヘラハーがほぼ同時に答えに行き着いたことに、いくぶんプライドを傷つけられており、それがひがみ以外の何物でもないとわかってはいても、内心おさまりがつかなかったのである。しかしまた別に、医療士が彼とはまったく異なる、しかもたやすい解決法を見出している可能性もあった。

デスランは話しだした。「これは司令船だから、クルーにも最高のメンバーが集められている。なみいる航宙士、機関士、コンピュータ技術者、通信士の中から選抜された、正真正銘の天才ばかりだ。医療士、船長についてはいうまでもない。だが、これからは、われわれの持つ高度に専門的な知識を系統化し、理解しやすい断片に分解する仕事がはじまる。クルーには、冷却室入りをかなり待ってもらわねばならないだろう」

「その点はあまり心配しておりません」とヘラハー。「これがどんなに重要な作業かわからない者はいないでしょうからな。いま気がかりなのは、クルーが冷却に入ってしまってから、われわれがどうするかです。肉体的適性で選ぶか、遺伝形質で選ぶか、両者の兼ねあいにするか、これは問題です」

話が進むにつれ、デスランは、医療士が独自の道をたどって同じ解答に達した事実を認めざるをえなくなった。解答は要約すれば、ヘラハーとデスランを除く現在のクルー全員が、精神障害もごく軽度ですむ一回だけの〈長期睡眠〉に入り、目標星系に着く直前に加温されるというものだった。ただしクルーが冷却に入るまえに、教練と職務と知識の全データを、子どもでもその基本がのみこめるような嚙《か》みくだいたかたちに整理し、文章ならびに音声として記録しておかなければならない。

一方、将来この司令船内部で当直につき、全船団が指定のコースを飛んでいるかどうか監視にあたる子どもたちや、その子どもたちの子どもたち——彼らを育てる責任を負うのが、ヘラハーであり、デスランであり、まだだれともわからない二人の不運な女性なのだ。

名前こそ確認されていないが、ヘラハーは二人の人格パターンの概要を、危険な、あるいは好ましくない素質を消去してゆくという方法で、すでに作りあげていた。ヘラハーはたんにそのアイデアを思いついたばかりでなく――それが専門分野であったせいもあるだろう――いくつかの点では、デスランよりはるかに先を見越していたのである。そのランダムに配偶者を選ぶのは種々《しゅしゅ》の理由で好ましくない、とヘラハーはいった。その選択が、肉体的もしくは精神的に不釣り合いのこともある。また、当の女性が現状と自分のおかれた立場を説明されたとき、ショックに耐えられる気丈《きじょう》さを持っていたとしても、彼女がほかの長期睡眠者と結婚していたり、強い感情的きずなで結ばれていることもあり、その場合、心理的障害を克服《こくふく》するのはきわめて困難だろう。そうでなくても、二人の女性をいきなり加温し、船団の安全と種族の維持を理由に結婚をせまるのは、たやすいことではないのだ。思考過程に偏見がなく、しかもほどほどに感情に動かされやすい女性など、そうたくさんいるものではないし、ロジカルな議論を求愛の一つの形として受けいれられる相手を二人ながら見つけるなどというのは、不可能に近い……

「……ところが、さいわい長期睡眠者ひとりひとりのタンクに、医療プロフィールがそなわっているのです」とヘラハーはつづけた。「純粋に医学的な既往症《きおうしょう》的記録からも、心理データはたくさん集められるものですよ――ことに内分泌《ないぶんぴつ》や遺伝にふれている場合には……。しかし、こういったデータからは大ざっぱな人格しかわからないので、最終的な選択は多分に運まかせになりますな」

話すうち、ヘラハーのはじめの興奮状態はうすらぎ、いまその声はひどく真剣味をおび、不安げにさえ聞こえた。

「第一に、その二人は肉体的に健康でなければならない」ヘラハーは陰気につづけた。「遺伝病の既往症などあってはならない。また心理面においては安定していて、知能が高く、適応力もなければばいけない。それと同時に、第三世代以降に起こりうる近親結婚の問題を考えると、民族的背景もできるだけちがっていたほうが――」

「きみのそのリストでは……」デスランがおだやかにさえぎった、「女性の、そのう、美醜《びしゅう》は何番目ぐらいに来るのかね？」

ヘラハーはことばにつかえ、沈黙し、その問いの真意をおしはかろうとするように長いあいだ船長を見つめた。やがて彼はいった。「知性と精神的安定と健康がリストにあるからには、あとはあげるまでもないでしょう。能率よく行動できる女性は……体格のバランスもとれているものです――デザインの良《あ》し悪しの問題ですからね。それに、美しい女性はみにくい女性より心理的にはるかに安定している例が多い。したがって、選ぶなら前者ということになります。

もう一つ、女性はロジカルな説得より感情的な訴えかけに弱い。また最善の結果をみちびきだすには、その感情というやつは、たがいの心の通いあいから生まれるものでなければならない。ですから、わたしの考えからすれば、こちらが感情的にのめりこめる相手を見つけることは必須《ひっす》条件となるわけです。

とにかく」とヘラハーはまじめな顔でしめくくった。「いちばん見ばえのする相手を選ぶ理由は、いくらでもありますね」

「それはよかった」デスランも同じように真顔《まがお》でいった。

とたんに二人は笑いだした。大笑《たいしょう》はひとしきりつづいたが、どこか自分を意識したところがあるのは、これが笑いごとではないことを二人とも承知していたからだ。二人は、〈黒い人食い〉なんかこわくないと、闇の中で笑う幼い少年であった。それは充足感のない不快な笑いであり、これからの長い歳月《としつき》の中にある最後の笑いであった。

事実、残りのクルーを前にデスランが行なった事情説明や、そのあとにきた念入りなプラン作成と命令の通達には、面白味などかけらもなかった。デスランの負う責任――種族の永続、さもなければ滅亡という小事《しょうじ》――にも、その後いくたびかやった問題の洗いなおしにも、愉快なところは一つもなかった。

「夫婦を二組加温すれば、それでいいんじゃないのか?」何週間かして、ふたたび疑惑におそわれたとき、デスランは医療士にいった。「そうすれば、女性を選ぶというはじめの問題は解消する」

「うまくはいかないでしょう」ていねいだが、きっぱりとヘラハーは答えた。「子どもたちを教育し、知識や規律を身につけさせるには、きびしく出なければならないときもある。自分の子どもでないかぎり、必ず干渉《かんしょう》がはいりますからな。しかし、やらなきゃならんことは、まだまだあるでしょう。それからですよ、未来の花嫁にどう求愛したらよいか考えるのは……」

そのとおりだった。何日か前、二人は協議し、女性たちの加温は、すべての準備が終わり、クルーが〈長期睡眠〉に無事送りこまれてからにしよう――そのほうが何につけ波乱は少ないだろうから、と決断したのである。そんなわけで、未来の航宙士、機関士、コンピュータ技術者、通信士のための、明解かつ完全な訓練プログラム作成の必要をクルーにむかって説《と》く一方、デスランとヘラハーには未来の船長と医療士のことを考える仕事がのしかかっていた。

さしせまった問題は山積しているが、それでもデスランには、選ばれた女性たちのことをくよくよと思い悩む時間が、ときおりめぐってきた。ただ、そんな懸念《けねん》をヘラハーにぶつけることはなくなっていた。ヘラハー自身、ふっつりと口にしなくなったことも理由の一つではある。だが医療士もまた、その問題になみなみならぬ関心を注いでいたことが、ある日明らかになった。

娯楽室に立ちよったデスランは、そこで記録装置に没頭しているヘラハーの姿を見つけた。その題名には、デスランはあいた口がふさがらなかった。船にそなわっていると は思えない、少なくとも医療士が読んでいるところなど想像もできない本だったからである。題名は『ターガ・ワント伝』。

デスランの表情に気づいて、ヘラハーはいいわけがましくいった。「どっちかといえば退屈な本です。人名と日付と似たようなできごとが際限《さいげん》なく並んでいるだけ――まるで統計表ですな！ しかし、ところどころ……そうね、役に立つ個所もあります」

「読みおわったら、わたしが借りよう」デスランはそういうと、医療士の勉学のさまたげにならないようそそこに退散した。

ターガ・ワントは、アンサの歴史上おそらく最低のごろつきにして、疑いもなく最大の色事師《いろごとし》なのである。

9

三週間とも四週間とも思える期間、ガルフ・トレイダーは海中に没したまま、しかし海面からそれほど遠くないところを漂流していた。そのあいだ船内には、たくさんの変化が起こった。中でも照明がついたことは、初期に失敗が重なったこともあって感動こそいささか損なわれたものの、もっとも劇的で重要な変化だった。はじめは日に数分ずつだったが、障害はじょじょに取り除かれてゆき、ついにはだれかがペダルを踏んでいるかぎり、いくつかのタンクのごたごたしたフロアや金属壁は、暗闇になれきった目には、まばゆいばかりに照らされるようになった。

もう一つの変化は、負傷者たちが動けるようになったことで、ディクスンも松葉杖《まつばづえ》にすがりながら何とか歩きはじめた。プライバシーの条件が変わったほか、五人のいる船尾付近の空気が、船の傾斜のためよどんできたこともあって、居住区を船首寄りにうつす必要が生じた。彼らは三号タンクに引っ越すと、そこをいくつかの部屋に分け、南京《なんきん》袋《ぶくろ》で仕切った。こちらのほうがずっと暖かく、寝心地もいい。だれもがそういったが、これは二人の女が〝毎夜〟別々の寝床《ねどこ》にもぐるのではなく、抱きあって暖めあえるようになり、またディクスンが男たちの眠る南京袋の山に加わって、体熱の供給がふえたせいもあるかもしれない。あと二つ、わずかながら暖かく感じられる理由は、春のおとずれに加え、船がアイルランド西海岸から南に移動したらしいことだった。

魚雷攻撃をうけて以来、ウォリスたちは船の通過する音をまだ一度も聞いていなかった。大西洋は大きな海なのだから、それは無理もない。しかしこのまま漂流すれば、いつかは船舶の往来のはげしい、イギリス海峡への南西進入路にぶつかるはずである。ウォリスの指示に従って、みんなが通信装置の作製にかかりきっているのも、理由はそんなところにあった。

トレイダーがふたたび深みへと危険な降下をはじめたときも、ほとんど習慣的に、必要な措置《そち》がとられた。大きな問題は飲み水と空気の二つに尽き、これらはつねに悩みの種《たね》だった。

(さて、きょうは) ウォリスはいらだちをおぼえながら心にいった、(この問題のおかげで食事がまずくなる……)

きっかけは、「菜園《さいえん》のぐあいはどうですか、先生?」というディクスンの質問だった。

これはディクスンが、きまりきった形で何度もくりかえしてきた質問であり、いままでは愉快でもなんでもなくなっていた――もっとも、ジェニー・ウェルマンは例外だろう。彼女はディクスンのいうことなら何でも認めるのだ。ウォリスはいきりたつ心をおさえ、この発言を聞き流そうと精いっぱい努めた。

五人は作業台のまわりに坐《すわ》っていた。女たちがダイニング・テーブルに仕立てあげたもので、懐中電灯が上につるされているのは、いま発電機にだれも乗っていないからである。顔は影にかくれ、食卓だけがまるい光をあびていた。献立《こんだて》は、乾燥卵《たまご》を海水にとかした冷たいシチュー。各人の好みによって水っぽいペーストからどろどろの粥《かゆ》にまで分かれ、これを飲みくだすために冷えたトマト・スープのカップが添えられている。幸運だったのは、トマト・スープの罐詰《かんづめ》のいっぱい入った大きなクレートを二つも見つけたことで、豆を育てるには真水、それが無理なら塩分を含まない水がたくさん要《い》るという、ドクターのかねてよりの希望はこれでかなえられた。とはいえ、凍《こお》るように冷たい、まずい食事がさして変わりばえするわけでもなく、これを流しこむのは、とりわけディクスンには苦痛のはずだった。

冷凍食をとるにあたって、ほかの四人は軽くペダルをこいで体を暖めているが、ディクスンはまだ発電機に乗れる体ではないので、食事ともなれば、ことに寒さは身にこたえるだろう。そのときのみじめさは想像にあまりある。やはりこの発言は聞き流してやるべきだ、とウォリスは思った。ラドフォードが同じ思いでいることは、そのおだやかな返事からもうかがわれた。

「あまりうまくは行ってないね。最初の箱からは三つだけ芽《め》がでてきたが、ぐんぐん伸びているとはいえん。わたしは植物学の権威じゃない。知っているのは、豆科の植物は成長するとたくさん葉をつけ、それがCO_2をよく吸収するということだけさ」

園芸にはさほど知識のないラドフォードだが、豆を育てるために、彼はあらゆる手をつくしていた。何日間も、水にひたした乾燥豆の罎《びん》を、わき腹の素肌《すはだ》にぴったりとくりつけて動き、つぎには特製の壌土《じょうど》をつめたタバコの罐に移しかえ、体熱で発芽《はつが》が早まるようにと、また同じところにあてがって運んだ。しかし、いま貴重な豆はドクターの体をはなれ、寒い寒い世界に埋められていた。

「……いまのところ豆に光があたるのは、〝一日〟の三分の一程度だ」とラドフォードはつづけた。「それも絶えまなく光が行くのじゃなくて、一時間とか三十分とか、こまぎれになっている。これが豆の生育にいいはずはないから、できるだけ長く光があたるように発電には交替制をとる必要があるだろう。それから、気温が低いという問題もある。わたしの知るかぎり、気温が規則的に下がるのは、べつに植物に害はない。春や秋には、夜はかなり冷えこむからね。氷点より下がることがなければ、ダメージはないわけだ。とはいっても、この低温がずっとつづけば、何らかの影響は出てくるだろう。もう一つは、照明の質で――」

ドクターはいいよどみ、テーブルを見わたすと、わざとらしい陽気な口調でしめくくった。「温度と光の不足分は、われわれの……肥《こ》やしの質でカバーできると期待してるんだがね」

テーブルの周囲にたれこめる薄闇の中では、表情を読みとることはむずかしい。男たちの顔は不精《ぶしよう》ひげと髪におおわれ、マーリーという女の顔半分は、照明がもどって以来また巻くようになった包帯の下に隠れている。ジェニー・ウェルマンは顔を伏せたまま、トマト・スープをすすっている。長びく沈黙を破ったのはジェニーだった。

ひっそりと、「もし菜園がうまくいかなかったら、残りの空気がにごるまでにどれくらいかかるんでしょうか、先生？」

「そこがむずかしいところなんだ」とドクター。「いいかね、船尾の空気はじっさいのところ、にごっているわけじゃない。むしろ逆に、いまでも楽に呼吸できる。あそこから逃げだしたのは、おそらく純粋に心理的な理由だけだろう。もちろん、照明がまだあっちまで行ってないこともあるんだが、あれが旧病室で、不愉快な連想を生みやすいのに対し、この居住区は、そういったマイナスがないから暮らしいいように思えるわけさ。もう一つ、空気が最終的ににごるとしても、各タンクのとてつもない容積から見て、これは非常にゆっくりしたプロセスだろう。症状はじょじょに現われて、精神的な動揺がそれを過大評価するようなこともあるので、注意するに越したことはない。それから、空気の汚染はすこしずつ進行するだけだから、肺がその変化にある程度まで適応する可能性もある。そうなれば、わずかだろうが時間はのびる。

以上すべてを考えあわせると、正確な答えを出すのはむずかしくなる。ま、六月なかばか、七月はじめという線になるだろうね」

「わかりました、先生」とジェニー・ウェルマンはいった。

ジェニーの口調に含まれた何か、そしてマーリーという女の、目に見える顔半分の表情に触発され、ウォリスはあわてて口を添えた。「もちろん、これは菜園が完全に失敗したとしての話だよ。酸素の再生が一部成功するだけでも、時間をのばすことはできるんだ。うまくすれば倍にできる」

「うん、そうなんだ」ドクターはロジックをみごとに受けとめた。「六月なかばというのは、いちばん悲観的な見通しだね」

それからまもなく、五人は寝床に入った。胃袋をみたしたという安心感、カロリーたっぷりの食事、その前のペダルこぎから来る疲労——これが総がかりでくつろぎを与えることもあって、本格的な食事のあとに睡眠をとるのは、いまでは彼らの習慣になっていた。袋の山に男たち三人でもぐりこみ、居心地のよい姿勢をさぐっているとき、ウォリス自身気になっていた疑問を、ディクスンが口にした。

「先生、さっきの話なんですがね、六月なかばとか七月とか、クリスマスなどというのが、どうしてわかるんです？　どこかで時計を見つけられたんですか、それとも密輸品のカレンダーとか？」

ラドフォードはいっとき間をおき、小声で答えた。「そんなものだな。わたしは医者、あの女性たちはわたしの患者だ——それに、ここにはプライバシーなんてものもない。つまり、この船には、かなり信頼のおける生物時計が二つあるということだよ。分や時間の単位までは無理だが、月の経過を知るには役に立つ。

さて、質問がもうないようなら、暖かいうちに眠りたいんだがね」

一カ月とすこしが過ぎた。その間にディクスンは、発電作業ができる健康体と診断され、トレイダーは二度さらに深みへと沈みかけ、一隻《せき》の船が彼らの頭上すれすれのところを通過した。エンジン音から察すると、喫水《きつすい》の浅い掃海《そうかい》艦か護衛艦であろう、さもなければ船は、トレイダーの航海船橋《せんきょう》に乗りあげたかもしれなかった。ディクスンの士気は目に見えて向上したが、「菜園のぐあいはどうですか?」はいうまでもなく、「いま何時ですか?」などとドクターにたずねる悪い癖だけは改まらなかった。浮力の減少はほとんど当然のことのように対処され、未知の船とのすれちがいは、船が通りすぎるまでの数分間、ウォリスたちに通信装置の実験のチャンスをもたらした。

そしてある日、トレイダーは、通過する輸送船団の側面に流れついた。

それが日中のできごとであることは、爆発の数や質から見てほぼまちがいなかった。輸送船団は、空からの猛烈な爆撃にさらされていた――甲板《かんぱん》に炸裂《さくれつ》する爆弾の音は、海中で魚雷がひきおこすすさまじい衝撃より、はるかにやわらいで聞こえるのだ。Uボートも二隻ばかり近くにいて、両翼から船団を狙い撃ちしているらしい。周囲の海は、爆弾、爆雷、魚雷の発するさまざまな騒音にみちあふれ、その背景には、遠い列車を思わせる艦船のエンジン音がひびいている。

エンジン音が遠のくころには、ディクスンがウォリスにかわって発電機に乗り、ジェニー・ウェルマンはその出力の一部を送信にふりむけ、マーリーという女もまた――船体をハンマーでたたいて――信号を送り、ドクターは菜園の世話にいそしんでいた。発電機からおりたばかりのウォリスは、ドクターといっしょにいた。外部と連絡のとれる可能性がうすいことは、みんな承知していた。放電による送信は、アイデアをいくつも出しあって練《ね》りに練ったものだが、海面にアンテナが浮かんでいなければ効果はないし、船のエンジン音がハンマーの音などかき消してしまうことはほとんど確実で、それ以上に船のクルーが、海中からひびく奇妙なノイズに耳を貸す余裕などないことはわかりきっていた。この通信法が失敗に終わったとしても決して失望するな。ウォリスは自戒《じかい》の意味もこめて、全員にあらかじめそう言いわたしてあった。ほかの四人が、いまどんな思いでいるかは知らない。だがウォリス自身は失望落胆のあまり、手近のものをめちゃくちゃにしてしまいたい気分だった。

ラドフォードがとつぜん、あらたまった口調でいった。「ディクスンとミス・ウェルマンがわたしにつきまとって仕方がないんですがね、艦長。ひとりで来たり、いっしょに来たり。しかしあの二人が本当に話したがっている相手は、あなたなのですよ。事情はもうご存じのはずだ。この場合、あなたのなすべきことははっきりしていると思うのですが」

船団の音は遠のき、いまではミス・マーリーのふるうハンマーの金属的なこだましか聞こえない。短く三回、余韻をきかせて三回、そしてまた短く三回。

ウォリスは、「え？」といった。

「二人を結婚させるんですな」

われにかえったウォリスは、船団などそっちのけで、この新しい事態に取り組んでいたことに気づいた。もっとも、これは以前からかなりの時間をさいて心を砕《くだ》いてきた問題であった。だがどうやらラドフォードは、彼の沈黙を純然たる驚きと勘《かん》違いしたらしい。

「たしかにイギリス海軍は、士官たちに結婚式のやりかたまでは教えていない」とドクターは説明した。「しかし、わたしは結婚の経験があるし、式の肝心な部分はおぼえているつもりです。それに、二人が所在なさそうに始終《しじゅう》ちらちら見つめあってるのを見ると、こっちまでやりきれなくなってくるんですよ。この寒さでは、とにかく手をにぎるぐらいしかできないんだから！　もし二人きりになれる場所が見つかったとして、たとえ二人が結婚し、いっしょに寝る資格ができたとしても、こう寒くてはとても――」

「そうは思わないね」ウォリスは切り口上でいい、ひと息いれたのち反論した。「あなたがそんなロマンチックな人だとは思いませんでしたな、先生。それとも情に溺《おぼ》れて、この現実が目に入りにくくなったのか。二人の人間が結婚して、副産物がともなわないなどということは、まず考えられない。ここが子どもを育てるのに適当な場所だと思いますか？　分娩《ぶんべん》のさい必要な器具もない。こんな……こんな冷蔵庫の中で！　それに、もしだれかが死んだとしたら？　死体を処理するうまい方法がありますか？」

ウォリスはことばを切った。新しい考えがうかんだからだが、やがてつづけた。「あなたは医者だから、こういう問題は、いろいろと考えておられたにちがいない。ほかたくさんの問題も含めてね。だから、男女がここでいっしょになることについては、あなたは反対の立場にたつと思っていた。絶対反対だと！　ところが、じっさいは反対していない。とすると、その種の問題が生じるだけの時間はない、われらのロミオとジュリエットには残り時間を存分に楽しませてやりたい――そう考える理由が、何かあなたにはあるわけだ。その理由をお聞きしたいものですな、先生」

ラドフォードは長いあいだ無言だった。ようやく答えたが、それはウォリスの問いかけに対するものではなかった。

「ディクスン夫妻が誕生すれば、ミス・マーリーはひとり寒いなかに取り残される。というか、体を暖めてもらえる相手はいなくなる。これは残酷なことです。魚雷攻撃のショックから、まだ精神的に立ち直っていないのだから。ジェニー・ウェルマンが新しい添い寝の相手を求めているのも、原因の一つは、ミス・マーリーの見る悪夢と、あのもぞもぞ動きにあるといっていいでしょう。もちろん、あくまで原因の一つですがね。しかしミス・ウェルマンの体温と心の支えなしには、ミス・マーリーに安眠はおとずれそうもない。つまり、こちらもおちおち眠ってはいられないということです。で、考えたのですが――」

「考えるのをやめればいいんだ！」パニックに近い感情におそわれて、ウォリスは思わずどなった。「くそっ、きみは乱交でも何でもやれというのか？」

軍医大尉はその質問にも答えなかった。かわりに、こういった。「この先どれくらい長くいるにしても、手に入るたったひとりの女をめぐって、わたしたちが殺しあいとか、それに近いメロドラマチックな場面を演じるおそれは、まずないと思いますがね、艦長。しかし同時に、この件をなるべく早く解決しないと、面倒なことが起こりそうな気もするのです。

理屈からいって、あなたのほうが適任だ。わたしと比べれば、年の差もかなり近い。それにどっちみち、わたしは一度結婚した身だ。考えてみてください」

ウォリスはドクターをにらみつけると、その問題を考え、つぎには同じように破れかぶれの気持ちで考えまいと努めた。輸送船団のことも、そのほかのどんな思いも、もはや彼の心にはない。しかしミス・マーリーのふるうハンマーの音は、いまだに船内にひびきわたっていた。

ガン、ガン、ガン。彼女は執拗にたたきつづけている。ガーン、ガーン、ガーン。ガン、ガン、ガン……

10

ラドフォード軍医大尉は、みんなを風呂に入れる説得工作には失敗したが、定期的に服を着替える約束をとりつけることでささやかな勝利を得た。衛生によいほか、いくらか暖かくもなるというのが彼の言い分であった。事実、五人の制服は——起きているときも寝ているときも、ほか何をするときにも着ているのだから仕方がないが——すっかり脂《あぶら》じみてよごれ、どうひいき目に見ても貧弱な保温具でしかなく、この環境では、重いサージ生地の服を洗濯するのは不可能だった。それに空気の動かない場所では、目のつんだ重い服より、目の粗《あら》い軽い服のほうが暖かいことは周知のとおりである。ドクターがあらためて指摘するまでもなく、ガルフ・トレイダーの空気が動かないことは、だれもが知っていた。

南京袋《なんきんぶくろ》で仕立てた新しい服は、上下続きのカバーオールで、フードが縫《ぬ》いつけられていた。ウォリスたちは服を海水で洗うと、手近の隔壁《かくへき》にたたきつけて水気をきり、つぎに空中でふりまわして乾燥させた。発電機に乗っていない者が寒い思いをせずにすむことはもちろんだが、ドクターの話によると、しょっちゅう洗い、壁にぶつけて乾かしていれば、袋地の繊維がやわらかになり、肌ざわりもよくなるということだった。

ところが、いざ着てみると、二枚重ねしなければ防寒の役をなさないことがわかり、女たちは長いあいだその仕立てに忙殺された。以後ディクスンの口からは、搾取《さくしゅ》工場の哀れな虐《しいた》げられた労働者と、彼らの人権を守る組合結成の話がとびだすようになった。ディクスンのユーモア感覚は結婚後もすこしも変わっていない、とウォリスは思った。相変わらずひどいものだ。

発電機を運転し、袋地を縫うほかに、やるべきことはそんなにたくさんはなく、強《し》いてあげれば、いま抱えている問題の再検討ぐらいだが、これは敬遠するに越したことはなかった。問題がありすぎて、へたにかかずらえば、かえってよけいなトラブルを増やすことになるのだ——マーリーという女の睡眠中のすすり泣きがそうだし、五人がしょうことしに坐《すわ》り、黙って空《くう》を見つめていたり、でなければつまらぬことで度を失い、殺しあい寸前まで口論したりするのも、そのたぐいだった。

ドクターの推定によると、時節は五月の下旬ごろだという。船内は多少暖かくなってきたものの、寒さはそれでも身にこたえた。空気は確実ににごりだしていた。

ウォリスは袋の山の中にドクターといっしょに横たわり、そういったことを努めて考えまいとしていた。にごった空気を吸ったわずかばかりの経験からすると、船内は暑くうっとうしくなり、鈍《にぶ》い頭痛をおぼえ、息切れがしてくるはずだった。じっさい呼吸は早くなっているようで、まちがいなく頭痛はしていたが、空気が冷えきっているせいか、うっとうしさはほとんど感じなかった。空気がどの程度にごってきたのか、呼吸不能になるまでどれくらいの時間が残されているのか、この状況では見きわめはつけにくい。と同時に、逆の考えかたもあり、空気のにごりは自分の考えているほど悪化していないのではないか、こだわりすぎるから耐えがたく感じられるのではないか、そんな疑いもつねに存在していた。

しかし何も考えまいとするのは、たやすいことではない。周囲には静けさがあるばかりで、音を聞きとるにもそれなりの精神集中を必要とした。船体を圧迫する海水のさらさらごぼごぼという音も、となりにいるドクターの規則正しい寝息も、悪夢にうなされるミス・マーリーの低いつぶやきも、耳をすまさなければ聞こえてこない。ウォリスはしだいに快適な眠気《ねむけ》をおぼえはじめた。あとは何か楽しいこと、でなくとも建設的なことを思いつけば、眠れそうだった。

ある意味ではウォリスたちは、無甲板《かんぱん》ボートに乗ったひとにぎりの漂流者に似ていた。

救命ボートには、生命をつなぐに充分な食料と水がある。しかし絶えず筋肉を動かし、目をさましていなければ、みんな体温を奪われ、眠くなり、死んでゆく。ガルフ・トレイダーでは、生きのびるために鍛練《たんれん》しなければならないのは、肉体よりむしろ精神のほうであり、その仮想の救命ボートの場合と同様、ウォリスたちの行なう鍛練は、それ自体まったく意味のない行為なのだ。

眠りにおちる直前、彼がしきりに考えていたのは、沈没船の暗い冷えきった船倉《せんそう》より、子どもたちのパーティにずっと似つかわしいクイズ遊びや、それに類するアイデアだった……

どれくらいたったろうか、ミス・マーリーの泣き声にウォリスは目覚めた。大きな声ではない。声をだすまいと歯をくいしばっていても、ひとりでに漏れてしまう、低い、あえぐようなすすり泣き。ミス・マーリーは人の迷惑になることには敏感なたちなので、泣き声が聞こえても、まわりの者は息をころし眠ったふりをして、彼女の気持ちを傷つけないようにするのが常だった。しかし今夜のすすり泣きは静かすぎて、起きたのはウォリスだけらしく、おかげで彼は、みんなも我慢しているのだという気安めすら得ることができなかった。泣き声はいつまでもいつまでも続き、たまに止《や》んで沈黙が長びくので、ようやく眠ったのかと安心しかけると、また始まった。

数時間とも思えるあいだ、身動き一つせず聞きいったのち、ウォリスはとうとう忍耐の限度に達した。冷たい空気がドクターのところに流れこまないよう袋地の下からそろそろと這《は》いだすと、闇の中に坐った。

どういえば、あるいはどうすれば嗚咽《おえつ》をやめさせることができるか、そういった考えは頭に一つもなかった。なんとかしてあの耐えがたい、沈黙と紙一重《ひとえ》のすすり泣きに結着をつけなければ、こちらが気が狂ってしまう。思いはそれだけだった。慰《なぐさ》めのことばを二言《ふたこと》三言《みこと》かければ、ことはすむかもしれない。それとも軽く肩をたたくか、眠ったほうがいい、みんなも眠っているんだと優しく忠告するか。だが、それがかえって逆効果になるおそれもある。とつぜん一つの考えがうかんだ。もしここで自分が何かをすれば、ミス・マーリーの不安定な精神状態からいって、暴行か何かと疑われ、悲鳴をあげられるのではないか？　だが懐中電灯をさぐりあて、スイッチを入れてながめると、彼女はうずくまって震えていた。両腕は胸もとをきつく抱きしめている。うなだれているので、顔はフードに隠れて見えない。唯一はっきりとわかる動きは、絶えまなく吐きだされる白い息だけだった。

ウォリスは歩いてゆき、ミス・マーリーの肩をそっと揺すった。何回かくりかえすと、そこではじめて気づいたらしく、「寒いんです」とぽつりといった。せっかちな怒りのことばが、ウォリスの口元まで出かかった――寒いのはみんなも同じじゃないか、とか、毛布を使いもせず、上にのっていれば寒くても当然だ、とか。ジェニーの抜けた埋め合わせに、彼女は病室の毛布をありったけ与えられたのでめる。ほかの四人が我慢して使っている南京袋より、それははるかに暖かい。だがウォリスは怒りをうちに押しこめ、かわりにこういった。「コッファダムの水位を調べようと思ってね。船尾のほうを散歩すれば、二人ともすこしは暖まるだろう……」

旧病室から十二号に入り、息切れしはじめたところでウォリスはいった。「けっこう新鮮な空気じゃないか。もしわれわれが窒息死するとしても、原因は純粋に心理的なものだろうね」

彼女はかすかに笑った。上級士官のへたな冗談に調子をあわせる、下級士官の義務的な笑い。

ダムの隔壁を調べおえると、二人は梯子《はしご》を何回か昇り降りして体を暖めた。帰り道、旧病室に入ったところで、ウォリスは彼女を呼びとめた。ディクスンの使っていた担架を指さすと、そこに坐るように命じ、突きでたパイプに懐中電灯をつるして、自分もとなりに腰をおろした。ほどよい距離を保って。

二、三度口ごもったのち、ウォリスは話しだした。「いいかね、船が沈んだとき、ここに閉じこめられたのは、われわれにとっては幸運だったかもしれないんだ。もし上にいたら、たぶん海に抛《ほう》りだされているし、拾われても、それから三日や四日は救命ボートか筏《いかだ》の上で過ごす羽目《はめ》になっていただろう。いまごろは、おそらく生きてはいまい。きみたち女性の場合は、ほぼ確実にそういえる。あのころの負傷した体では、運動だってできやしない。きみはまだ生きている。本来なら死んでいてもふしぎはないのに、だ。たしかにここは寒い。空気もにごってきている。だが夏はもうすぐだし、先生が育てている豆にも、いい結果が出はじめている。食料はたっぷりあって、水の不足もなく、タンクの中も乾いている。救助が来るのはかなり先のことになるだろうが、いつかはきっと助けだされるはずだ。だから当面、こわいことは何もないわけだよ。きみが眠れないほど悩むようなことは……」

長いあいだ返事はなかった。やがて、「わかります。ここにいれば、二度と魚雷の心配はないということですね」

ウォリスはにこっと笑った。「そう、そのとおりだ」

「わたし、前はきれいだったんです」と女はいった。「それに、火傷《やけど》をした顔がどんな風になるかも知ってます。わたしの……わたしのボーイフレンドが、燃える飛行機からパラシュートで脱出したものですから。彼の顔……顔ったら……。まるで美女と野獣だなんて、彼はよくわたしの両親にいってました」

にこやかに聞くのもいいが、笑顔がひきつっていないだろうか。そんな不安をおぼえながらウォリスはいった。「その一言《ひとこと》でわかるよ。彼の顔がきみには少しも苦にならなかったわけだ。とはいっても、この戦争ではたくさんの人が傷つくだろうし、傷ついた戦場の英雄《ヒーロー》には、みんなが特別の配慮をしてくれる。これは傷ついた戦場のヒロインについても同じことだ。女性の場合には整形外科医が、傷を消すのにもっと力を入れてくれると思うけれどね。しかし、きみは幸運なんじゃないかな。かりに外科手術ですっかり元通りにはならなかったとしても、先生はたぶん元通りになるとおっしゃってるが、きみはボーイフレンドと手術の結果をはりあうことができるんだから」

その口調が妙に明朗すぎたのかもしれない、無神経すぎたのかもしれない、マーリーという女はまた泣きだした。ウォリスは彼女の背中に腕をまわし、無器用に肩をたたいた。そのあおりでフードがうしろに落ち、焼けただれた顔の左半分が、懐中電灯の光に照らしだされた。その側では髪さえも、火傷の影響をこうむっていた。根元のあたりは灰色に変わり、抜け落ちている部分もある。一つだけほっとするのは、つぶれた耳が髪の下に隠れていることだった。その耳に包帯をまくドクターに何回か手を貸したことのあるウォリスには、それをもう一度見たいという気は格別なかった。ところが、対する顔の右半分は、なめらかで、傷一つなく、美しいのである。マーリーという女の顔で何よりも恐ろしいのは、むしろその点かもしれなかった。

「すまない。冗談の種《たね》にするようなことじゃなかった」

「わたしたち、婚約したんです」女は唐突にいった。「そのすぐあと彼は戦死しました」

「すまない」とウォリスはくりかえした。死んでしまいたいような、でなくとも、このいたたまれない状況から逃げだしたい気分だった。

「いいんです。そんなに好きな人じゃありませんでしたから。でも彼があんまり顔のことを悲観しているので、そうしてあげるのがいちばんいいような気がして。わたし、よく彼にいいました――あなたの顔のおかげで、わたしの美貌《びぼう》がいっそう引き立つわって。そういうと、ときどき笑ってくれました。でも二度目に撃墜されたときには、飛びだすことはできませんでした。

生きていれば、いまでも好きだといってくれるかもしれません――こんなふうになったときの気持ちを、彼は知っているんですもの」つづける声は低く、ウォリスは顔を寄せなければならなかった。「でも、ほかの人たちはちがいます。あなたのおっしゃる戦場のヒーローは、自分とそっくりの女の野獣なんかほしがりません。美女のほうがいいし、美女がいちばんふさわしいんです。自分の顔を見ることはできないけど、わたし、わかります。口元はひきつってるし、目もどこか変だし、頰《ほほ》なんかまるで……まるで木の皮みたい。この顔を見て、目をそむけたいとも、気味がわるいとも思わない人なんて、想像できますか？　これにキスしたがる人なんて想像できます？」

「できるね」とウォリスはいった。

いいながら、内心途方にくれていた。嘘をつくときに困ることは、その嘘がいかにも本当らしく聞こえる突っかい棒を、あちこちにあてがわねばならないことだ。思いやりのある善意の嘘ほど、その意味で、始末に負えないものはない。ウォリスは身勝手で自己犠牲的でもある動機から、彼女の気分を軽くしてやりたいと思ったのである。おいおい泣かれれば、聞くほうはうろたえるし、いつまでも悪夢にうなされていては、まわりの者ばかりか本人だって眠れはしない。それをなんとかやめさせ、不安をしずめてやりたかった。だが嘘をつくだけでは、ものの役に立たないことは本能的に知っていた。みんなの安眠を確保するため、彼がどんなに苦労しているか、ラドフォードとディクスンには想像もつくまい。

ほんのいっとき、ふれあうくらいに軽く、ウォリスは彼女と唇《くちびる》をかさねた。

女の顔には怒りや驚きはおろか、これといった表情は何もあらわれなかった。やはり説得力のない嘘だったのだろう。こうして自分は何もかもぶちこわしにしてしまう。しかしウォリスはほがらかにいった。「きみは目をあけているんだね。こういうとき女性はみんな目をつむるのだとばかり――」

「あなたが目をつむるかどうか見たくて」と女はうつろにいった。「目をつむったみたいでした。わたしを近くで見ることができないんです。一秒とわたしにふれていたくないんです」

とたんにウォリスはこの場から逃げだしたくなった。彼の体験的心理学は役に立たず、こうしてちょっかいを出したおかげで、ミス・マーリーの精神状態はさっきよりも悪化している。善意の嘘が不発に終わったのは、おそらくそれがばかげた、信じられない嘘――黒を白といいくるめるような嘘だったからだろう。彼がもうすこし真実をこめていたら、たとえ残酷な真実であろうと、信じてもらえたかもしれない。いや、それでも信じてもらえないか。しかし、もう一度試してみる時間はあった。

「やけどした顔が気になって仕方がないようだね」と、やさしく、「正直なところ、わたしにだって気になるさ。すこしはね。では、こうしたらどうだろう。わたしが片目をとじて、きみが見せたくない側を見ないようにするというのは。そうすれば、わたしは生まれてこのかた見たこともないような、きれいな顔にキスしているわけだ」

いいかえそうとする彼女の口を、ウォリスはすかさず自分の口でふさいだ。こんどはそのキスが、申しわけ程度のふれあいにならないように気をくばった。まるで大理石の彫像とキスをしているようだった。片側に欠陥のある、冷たい、ふっくらした大理石の顔。彼女はウォリスの胸に手をあげたが、押しのけようとはせず、とつぜん両腕を彼の背中にまわし、力いっぱい抱きしめていた。

ウォリスの思うに、それは情熱的な抱擁というより、むしろおびえた幼い妹が、心の安らぎを求めて大きな兄にすがりつくといったたぐいのものだった。それはまた情熱的なキスでもなかった。もっとも、そのあいだにも彼女の唇はやわらかく温かくなってゆくようであり、ウォリスのひらいた片目からは、こわばった表情がやわらぎ、消えてゆくのが手にとるように見えた。けっきょく彼はそんなにへぼな心理学者でもなかったらしい。ミス・マーリーの気をしずめるいちばんの方法は、じっさい些細《ささい》なことだったのだ。さて、いまからゆっくり十まで数えたところで、この息苦しい首締めをほどいたとしても、これがおそるおそるの軽いキスではなかったことは、わかってもらえるだろう。

女の顔に、とつぜんふしぎな表情の変化が起こった。光と影が妙なぐあいに踊るのは、タンク内の光源が一つから二つに増えたためらしい。ウォリスはばつのわるい思いをしながら、うしろにさがった。

「出なおしてきます」とディクスンがおさえた口調でいい、そのとおり外に出て、また入ってくると、こうつけ加えた。「朝食の支度ができていますよ。もしそういったことに興味がおありでしたら」

11

アンサの司令船では、依然として技術的な問題が人間的な問題に先行していた。貯蔵食料は、クルーが旅の終わりまで〈長期睡眠〉に入っているかぎり、充分にあるといってよい。しかし少数ながら、しだいに増えてゆく人口を船内にかかえ、彼らが温体のまま何世代にもわたって食料を消費するとなると、足りなくなることは目に見えていた。当然、食料を生産しなければならないわけだが、植物の種子は大量に積んでいるものの、栽培には船内の水温を上げる必要があり、そのさいもし適切な安全措置《そち》をとらなければ、栽培区域にいる冬眠者たちに致命的な影響を与えるおそれがあった。

さいわい司令船のクルーはよりぬきの精鋭、それぞれの専門分野の第一人者ばかりなので、純粋に技術的な問題にはさほど長い時間はとられなかった。しかし、その種の問題を解きやすくする技術関係の知識の大系化、および装置や紙面への記録といったことには、彼らはいつまでも心をいためた。すべての記録を終え、もはや温体でいる必要がなくなったのちも、まだこだわりつづけていた。

もっとも、ヘラハーと船長のつくる記録は、完全にはほど遠かった。後半生をかけて仕上げればよい仕事のせいもあるが、もう一つには、二人のかかえる問題が、すべて解決の容易でないものばかりだったからである。数世代のちに船内で起こる小規模の人口爆発をどのように回避するかもその一例であり、これは女性の選考にあたって、子どもを産みたいという強い心理的動因と体力とが最重要視されたことから、必然的にもちあがる問題であった。このほか、つかみどころはないが、すぐ目のまえにせまった個人的な問題――解法がプライベートでありすぎるため、専門知識や技術的ノウハウではかたづけられない問題もたくさんあった。

話し相手になることと心の支えぐらいにしかならないにしても、デスランはクルーにもうしばらく温かいままでいてもらいたかった。医療士のほうはもっとけじめがはっきりしていて、クルーが長居《ながい》すればするほど、二人が王朝の建設にとりかかるための暗黒の時間が遠のいてしまうと主張した。そうこうするうち、とうとうクルーの仕事はなくなり、かけがえのない生物時間を手持ち無沙汰《ぶさた》に浪費するだけとなった。デスランは医療士と打ち合わせしたのち、クルーに司令室への最後の呼集《こしゅう》をかけた。

最後といっても、それはヘラハーと自分にとってはの意味だ。デスランは心のうちでそう訂正した。

デスランとヘラハーは、クルーのひとりひとりに形式ばった別れのことばを述べていった。その間、くだけたことばも数多くかわされた。デスランを面くらわせ、しみじみとさせたのは、部下たちの発言にときおりはさまれる、不服従と尊敬のないまぜになったふしぎなことばだった。同時に、部下たちの抱いている不安もはっきりと見てとれた。自分たちの将来を、また船団全体にちった何万という同胞の将来を、みんな不安に思っている。種の存続をあやぶみ、個人的には、あと数分後にせまった〈長期睡眠〉が、二度と目覚めることのない眠りになりはしないかとおそれているのだ。

デスランには、クルーを安心させるようなことばの備えはほとんどなかった。しかし何かいわなければならない。

彼はこう切りだした。「到着時には、きみたちのほうが次席船長より先に加温されるように、こちらで処置しておく。そうすれば、この事態を彼に説明できるわけだし、彼がここの風景になれるのも早いだろう。まずい言いかたをしたかもしれないが、ここがどんな風になっているか、わたしには見当もつかんのでね。きみたちがびっくりすることはたしかだ。

もちろん最悪の場合、将来の船長たち以下クルーが管理をしくじって、きみたちが蘇《そ》生《せい》できないことも考えられる——原子炉が臨界《りんかい》事故を起こすとか、不手際《ふてぎわ》でタイマーがこわれるとか、子孫が殺しあいをしたり、不慮《ふりょ》の事故で死んでしまうとか。あるいは目覚めたはいいが、船団か司令船のどちらか、さもなければ両方ともが、目標太陽からそれて、とりかえしのつかないことになっているかもしれん」

(わたしは励《はげ》ましのことばを贈るべきではないか)デスランはわれにかえり、きびしく心にいった。(自分の悩みをそっくり相手に押しつけてしまうとは!)

「しかし大丈夫、安心して眠りたまえ」彼は真剣につづけた。「いまいった可能性はきわめて小さいから。まずゼロといっていいだろう。それはきみたち自身がいちばんよく知っていることだ。将来の航宙士、機関士、コンピュータ技術者のために、この船には、きみたちが長い時間をかけて念入りに作りあげた記録や教本がある。安心したまえ。本船は優秀なクルーに制御されて、必ず目標星系に到達する。

それからは……」

ガーロルたちの表情に気づいて、デスランはことばを切った。だれもが、それからのことに思いをはせているようだった。しかし何が起こるか、細かいところまでわかっているわけではない。ただ目覚めたとき、間近に一つの世界があること、それが表面積のほとんどを広大な海におおわれた涼しい世界であること、ただちに海図作成と調査をはじめ、第一次居留《きよりゆう》水域の選定を行なわなければならないこと（居留水域はほどよい深さで、有害生物はなるべく少ないのが望ましい）、そこにできるだけ早く定着し、余裕をもって船団本体を誘導しなければならないこと——考えられるのは、せいぜいその程度にすぎない。この着水前後は、旅の全行程の中でおそらくもっともむずかしく危険な部分であるだけに、成功したあかつきには充足感も大きいだろう。そしてデスランは、自分もまたその危険と報酬を、同胞とともに分かちあえるものと信じていたのだ。しかし、いまの彼にあるのは、残りの生涯をみたすことになる仕事と悩みと希望だけ——その希望すらあまりにほのかなもので、ときには自己欺瞞《ぎまん》と見分けがつかなくなる。

ヘラハーとデスランには、そして将来生まれてくる子孫の大多数には、報酬はいっさいない。この船を将来動かすクルーのことを思い、心がうずくのもこれが初めてではなかった。数十年間の報《むく》われない仕事を埋めあわせる希望、あるいは自己欺瞞が、どこかにないものかと思いめぐらすときには、いつも怒りと憐《あわ》れみのいりまじった思いがつきあげてくるのだった。いま彼のまえにいるクルーは、自分たちがどんな幸運に恵まれたか、まったく気づいていないのだ。

デスランは万感《ばんかん》をこめていった。「われわれが顔を合わせるのも、これが最後になる。しかし冬眠中の時間経過はほとんど意識されないので、きみたちは間もなくおたがい再会できる。目覚めたときどんな状況に出くわすか、もちろん、わたしには予想もつかない。言語、風習、価値感などは、まずまちがいなく変化しているだろう。多少の退歩も見られるかもしれん。きみたちにとって、変化はわずか数分のあいだに起こることだから、たいへんなショックにちがいない。しかし将来のクルーがどうなっていようと、どのような振る舞いをしようと、同情と理解と、そして尊敬の念をもって彼らに接してほしい。

彼らの祖先が、きみたちのかつての医療士であり船長であったという以外にまったくとりえがなくても」彼は調子をやわらげてくりかえした。「尊敬の念をもって接してくれることを望む」

12

争いは、残りの酸素ボンベの使い道にからむ意見のくいちがいから起こった。ガルフ・トレイダーがふたたび沈下をはじめたとき、アセチレンのたくわえが底をつき、酸素の一部をそちらにまわしてしまったのである。ディクスンは、どのみち窒息死するなら、つぎに沈みだしても浮力を与える必要はないと主張し、これに対しドクターは、まだ現実に窒息しているわけではないのだから、なるべく長期間海面近くにいて最善の結果を期待すべきだと反論した。ウォリスは危ういところで、あいだに割ってはいった。

体重では二人に劣るウォリスだが、口論が始まったとき重いパイプを手に仕事をしていたので、彼は一段高い立場から仲裁に入ることができた。酸素欠乏《けつぼう》と割れるような頭痛さえなければ、こんな争いごとは起きていないはずだ。しかし、もうすこし行儀《ぎょうぎ》よくしないと、頭痛はいまぐらいのものではなくなるぞ。ウォリスはそういいわたした。二人はきまり悪そうな顔をし、以後つかみあいの喧嘩《けんか》はふっつりとやんだ。しかし口論はほとんど四六時中つづいた。

つぎに船が異常に安定し、静まりかえったとき、ウォリスたちは酸素ボンベをつぎこんで、波の動きが感じられるところまでもう一度浮上した。すでに酸素のたくわえの半分は消え、空気は本格的ににごりだしていた。いまでは発電機を動かすにも二人がかりで、しかも運転中ひとりが失神した場合にそなえて、三人目が酸素ボンベをかたわらに待機するありさまだった。発電機の担当からはずれた二人には、菜園《さいえん》での仕事があった。そこには光があり、豆の若木《わかぎ》が必死に光合成のプロセスを進めているので、理論上、空気は新鮮なはずだった。しかし菜園に数分以上はいる者には、必ず鼻栓《はなせん》が必要なので、それをたしかめるすべはなかった。

六月中旬のある日または夜、女たちが菜園にうつり、男ばかりが発電機の担当にまわったとき、酸素供給のことが——その日またしても——話題にのぼった。

「炭酸ガスは空気より重い」と、だしぬけにラドフォードがいった。「それにタンク間の通気孔《こう》は、各タンクのてっぺんにある。扇風機かなにかを作って、きれいな空気を循環させたら——」

「いっしょに十一号と十二号から、鼻の曲がりそうな肥《こ》やしのにおいが流れこんでくる」とディクスン。「息がつまっちまいますよ。ペダルなんかこげるものじゃない」

「発電機は必要だ」うつろにラドフォードがいった。「植物は日中CO_2を吸収して、酸素をはきだす。暗闇では植物は余分のCO_2をはきだし、酸素はまったく作らない――」

「たいへん興味深い園芸学的事実ですが、それは前に先生からお聞きしたことがありますよ。菜園が順調に行っていることもね。しかし、もしそうだとしたら、なぜその影響があらわれないんですか?」

「きまってるじゃないか。豆の葉の近くに比べて、にごった空気が多すぎるからだよ!」

「きみら二人、ちょっと外に出てくれないかな」ウォリスがそっけなくいった。「それがいやなら、もっと楽しい話題を選んでくれ」

外に出ろという冗談に笑う者はなかった。これまでいくたび、どれほど多様な趣向《しゅこう》をこらして、この冗談を使ってきたことか。いまではそれは、おもしろくもなんともなくなっていた。そのあと何分か、ディクスンは無言のまま深い呼吸――ドクターによれば、過呼吸――をしながらペダルをこぎつづけていたが、やがてこう答えた。

「一つだけ楽しい話題がある。女です」柄《がら》にもない好色めかした口調だった。「これなら何時間でもべらべらしゃべれる。解剖学的なディテールだけじゃなくて、女がときに見せるふしぎな行動のこともね。たとえば、ここからそんなに遠くないところに、女がひとり住んでいます。神経質なたちらしく、興奮してよく泣くんですが、近所にもうひとり男がいて、この男がウインクをすると、女は落ち着き、泣きやむんですね。これが間のびしたウインクで、ぼくの目から見ると——つまり、ウインクしたり、流し目をくれたり、ぽかんと見とれたりして、さんざん積んできた経験からすると——実に意味深長なんです。それはきまって同じ目から送られ、まず百パーセント効果を発揮します。これがどういうことか知りたくてね。ぼくもジェニーも先生も……」

「おせっかいな……」ウォリスは狼狽を笑いでごまかした。

「ぼくがウインクしたらどうなるんだろうと、何回か考えたこともあるんです」ディクスンはすぐにつづけた。「ほかの人間がやっても同じことになるのかどうか、知りたい気持ちがありまして。しかし誤解されそうだし、第一、ジェニーがわかってくれません。先生だって——」

「……医師名簿から名前をけずられてしまう」とラドフォードがことばをひきとった。「イギリス医師協会は、患者と医師との関係にはひどく敏感だからね」

妙なことになったものだ、とウォリスは思った。彼がマーガレットと、片目をつむってしたキスは、たった一度だけなのである。それは絶大な効果をあげたらしく、近ごろマーガレットはよく包帯なしで姿を見せるようになり、ふさぎこんでいるときでも、みんなの前で話しかけ、彼女にいたたまれない思いをさせるかわりに、みにくい半面にウインクするだけですむのだった。これについてはウォリス自身あれこれ考えをめぐらせて、いちおうの結論をみちびきだしていた。いかなるプライバシーも存在しないに等しいこの環境で、だれかと〝大きな秘密〟を分けあっているという歓《よろこ》び、そしてたった一度ではあるが、自分をまだ魅力的だと認め、キスしてくれた者がいたという満足感――この二つが大きく作用しているのだろう。ただ問題は、秘密がもれたら最後、ドクター名付けるところのウインク療法は、効力を失うということだった。

なんとか好奇心をみたそうと、ディクスンは攻撃の方向を変えた。

相変わらず好色《こうしょく》めかした口調で、「ウインクする人間というのは、親密さのある種の形式に……淫《いん》しているような気がするんですがね。親密さといっても、もちろん初期段階のですよ。そしてこれは、男女間のウインクのことです。同性愛の方面に寄り道する気はありませんから」

「ほっとしたよ」とウォリス。

ディクスンの口調はよどみない。「当人が将校、または紳士、またはその両方であるとしたら、そのような親密さに淫するのは好ましいことではありません――その意図が道徳的に許容されるものであれば、話は別ですがね。ウインクのくりかえしが、〝暗黙の了解〟を得る、あるいは非公式に婚約するに等しいという説には、まだ議論の余地があるでしょう。しかし、結婚を約束したカップルが直面する問題は現にたくさんあるわけですし、これには男女間のかけひきにある程度通じることと――」

「わたしの意図は――いや、意図なんかないんだ!」ウォリスは笑いをこらえながらいった。

「男女間のかけひきに通じることと、すでに結婚して、そういった難問にぶつかり克服《こくふく》してきた人びとの理解とが、必要になります」ディクスンは、ウォリスのことばに耳を貸さなかった。「第一の問題は結婚式でしょうが、実はこれがいちばん簡単なんです。船長の免状を持った一等航海士として、また商船界では、イギリス海軍よりはるかに多く船上結婚式をやっているという意味でも、ぼくは先日していただいたことを、喜んであなたにもしてさしあげますよ。いってくだされば、すぐにも結婚はできるんです。もちろん、あなたひとりじゃなくて、お二方の意見が一致すれば、ですがね」

「なるほど」とウォリス。

「つぎの難問は、たぶん知識の欠如でしょう。そのう……地形とか……技術関係の知識の、部分的もしくは完全な欠如です。つまり、鳥や蜜蜂《みつばち》のたとえ話がありますね――」

「子どもの時分、兎《うさぎ》を飼っていたんだ」ウォリスはまじめくさっていった。「すると年とった頑固《がんこ》な親父《おやじ》が、人間のことを話してくれたよ」

「けっこうです！　あなたには、鳥や、蜜蜂、兎、人間についての基礎知識がもうあるわけだ。二つの性を結びつける――なにも恥ずかしいことはないんですよ！――微妙な衝動のことも理解していらっしゃる。一つだけ、もしかしたら認識不足ではないかと思うのは、純粋に物理的な問題で、これは鳥や蜜蜂はもちろん、人間の場合にも本来起こらないことなんですが、男女が結びつく過程でちょっとした気のゆるみや不注意から、南京袋《なんきんぶくろ》がずれて冷たい外気が吹きこみ、二人の作りだそうとしていた暖かい、ふんわりした、ロマンチックな雰囲気がこわれたり、肺炎やリューマチにかかったり、おまけに――」

「きみはどこで息をつぐんだ？」ウォリスは話題を変えようとした。「そんなふうにペダルをこぎながら話していて」

「新鮮な空気と運動のせいではないな」とドクター。「清い暮らしのせいでもなさそうだ」

二人を黙殺して、ディクスンはデリケートな話をつづけた。「その方面では、ぼくが苦労してかちとった経験が興味深いだろうし、たぶん価値もあると思います。それではまず、一組の男女が袋の山の中におり、心理的環境づくりも適切で、計画の実行にあたってたがいの協力が得られるものと仮定しましょう。すると残る問題は、原則として以下の項目にしぼられることになります。そのときの着衣、まっ暗闇のせまい空間で活動しなければならない不便さ、他人に迷惑をかけないように静かにすること……」いいながら、ラドフォードに刺すような視線を投げ、「……朝食のとき冗談のタネにする人がいますから。で、第一にあなたが考えるべきことは……」

ディクスンは、第一、第二、第三の問題点の詳述に入った。口調はもの静かで重々《おもおも》しく、その中に皮肉がこめられているにしても、みごとにおおい隠されていた。十五番目か十六番目、それに最後の問題点の説明が終わったとき、あとにおりた沈黙を破ったのはラドフォードだった。

「もう一度話題を変えようじゃないか、ディクスン」と、ほほえみながら、「艦長が不愉快な思いをしておられる」

「刺激が強すぎてまいっている、というべきかな」とウォリスはいった。

それから数日後には、発電機を運転しながらの会話は不可能になり、ペダルをこぐ二人のうちどちらかの失神や、失神者を純粋酸素で蘇生《そせい》させる作業は、しだいに日常茶飯《さはん》事《じ》になっていった。唯一の安息の場は、明かりがついているときの菜園だが、そこには一度に二人しか行けなかった。逆にもっとも不快なのは、睡眠とペダルこぎにはさまれた時間であり、考える以外にすることはなく、考えすぎればあとには不眠が待っていた。

だれもが異常に早く呼吸し、寒さにかかわりなく汗をかき、とるに足りないことでどなりあった。はじめはウォリスも、頻発《ひんぱつ》する口論を、階級をかさにいさめようとしていたが、寝ても醒《さ》めてもやまない頭痛に苦しむうち、ほかの四人に負けない剣幕《けんまく》でどなり、わめいているおのれに気づくこともしばしばだった。中でもいちばん手に負えないのはマーガレット・マーリーで、目覚めているあいだも筏《いかだ》の悪夢におそわれ、四六時中泣きつづけ、ウォリスの励《はげ》ましの甲斐《かい》もなく、また焼けただれた顔をかくすようになった。

ドクターの意見では、ウォリスの努力が足りないということだった。

「近ごろは、あなたのウインクもそんなに効《き》き目がないようですな」菜園で二人だけになったとき、ドクターがいった。「ウインクであれだけの効果をあげるのに、あなたが何をなさったにしろ――いや、ありていにいえば、彼女には効能促進剤が必要なのです」

この特殊な状況では、収穫漸減《ぜんげん》の法則がはたらくらしく、ウォリスはいくたびか効能促進剤を処方する羽目《はめ》になった。だが薬の投与が楽しいので苦にはならなかった。じっさい、空気がこんなに冷たく臭くなければ、たいへん楽しいことかもしれないとさえ思いはじめていた。頭蓋が爆発しそうな痛みに加え、わずか二、三秒のキスでも、無我夢中で相手を押しのけ、大きく息をしなければならないのである。ディクスンは、彼自身が好んでいうところの〝危うい瞬間〟に何度か出くわしたことから、軍人某《ぼう》は某女を正式な妻にすべきだとくりかえし提案した。だがドクターはこれに強く反対した。すくなくとも当面は、みんなできるかぎり平静をたもち、過激な行動は避けたほうがよい。発電機の運転を別にして、酸素を浪費するような行動はすべて……

呼吸することは、暖《だん》をとるよりはるかに重要な事柄《ことがら》となった。ラドフォードとウォリスのコンビはいうに及ばず、ディクスン夫妻さえも、いわゆる眠りの時間には寝場所を別にした。気のせいなのかもしれないが、袋の山を共有していると息がつまってしまうのである。五人は離ればなれになり、顔にカバーもかけず、蒸気機関車のように白い息を闇の中に吹きあげながら寝た。眠ることは不可能に近かった。できるのは、ただ横になり、あえぎ、考えることだけだった。

七月も終わりに近いある〝夜〟、ウォリスがいった。「考えていたんだがね。救命ボートの上では、人はみんな眠らないように、うたったりゲームをしたりするそうだ。ここでは問題の性質がすこしちがう。眠らないようにするんじゃなくて、もともと眠れないのだから、つぎには発狂しないようにすることだ」

彼は間をおき、息をついだ。「しかしある意味では、状況はおなじだと思う。環境に負けないように精神を鍛練《たんれん》するんだ。体の運動はだめだが、頭脳の運動をしていけない理由はない。一種のクイズをいま検討中なんだよ」

「話せば酸素をつかいます」とディクスン。「それに、ぼくらの頭がどんな風にはたらくか、もうわかっているんじゃないですか。いままで、さんざん話をしてきて」

「話しても、そんなに酸素をくわないような気がするんだがね」とドクター。「何にしても、もしクイズ・ゲームでこの苦しみがやわらぐなら、それだけの危険をおかす値打ちはあるわけだ。どなったり興奮したりしなければ、大丈夫だろう。ただし歌は当分禁止する」

「がっかり！」とマーガレット・マーリー。「わたし、第一ソプラノなのに」

「わたしだって」とジェニー・ディクスン。「それにクイズ・ゲームはそんなに好きじゃないの」

「わたしはギルバートとサリヴァンの専門家なんだよ」とドクターがのってきた。「学校のオペラ同好会では『ミカド』のプー・バー役を演《や》ったし、一時はプロの劇団で『アイオランシ』の大法官の代役までつとめたことがあるんだ」

「そんなこと一度も話してくれなかったじゃないですか」ディクスンがなじった。「それなら、ぼくの〈フランキーとジョニー〉をお聞かせしたのに」

「わたしにとっては、みんな初耳だね」とウォリス。「しかしくりかえすが、歌は当分のあいだ禁止だ。それから、おたがい何もかも知りつくしたわけではないということも、これでわかったんじゃないかな。もう一つ、このゲームがわたしの考えたとおりに運ぶとすれば、おしゃべりが減って考える時間のほうが長くなる。そうなれば、酸素の消費もごくわずかですむ……」

このクイズ・ゲームに出る問題は生《なま》やさしいものではない。ウォリスは説明をつづけた。現実には回答不能に近いだろう。ゲームはまず、各人に一つの回想テストを課すことから始まる。たとえば、「十一歳の誕生パーティに起こったことをどれだけ思いだせるか?」とか、「最後に読んだ新聞の日曜版に、ピンナップ写真以外に何がのっていたか?」とか。あとになると、問題はさらにむずかしくなる。ある本のある章の内容をどこまで覚えているか、無作為に選んだ過去のある一日のできごとをどれだけ思いだせるか、等々。五人は、各自与えられた問題について思いだせることを答え、以後何回も出発点にもどって記憶の総ざらいをくりかえし、細部を完全なものにしてゆく。その合間《あいま》に、進みぐあいの報告は行なわれるが、以上からも明らかなように、ほとんどの時間は考えるだけになるはずである。

ここでラドフォードが口をはさみ、心理学者たちの説をひきあいに出した。どんな記憶もすっかり失われるということはない。しだいに薄れてはゆくが、辛抱強く、くりかえし問いかけていれば、やがては全体が回復する。そう信じている学者は多い、とラドフォードはいった。各人が自分に問いかけたところで、本質的な差異はない。ジェニーにマーガレット、ディクスン、さらにウォリス自身も、ゲームの改良案をそれぞれ持ちだし、話しあいは長時間つづいた。そのため、じっさいゲームに入るまえに、五人のまぶたは重くなっていた。

つぎの〝夜〟、ウォリスたちはゲームをはじめた。最初はぎごちなく、だれもが自意識過剰になっていた。しかし間もなく、〈ゲーム〉は彼らの心をしっかりととらえた――それは競争であり、終わることがなく、むずかしく、勝者も敗者もなかった。眠りの時間のはじめには、みんなひっそりと横になり、荒い呼吸をしながら考えにふけるのが習慣となったが、彼らの考え、というか悩みは、呼吸のことにはなかった。

しかし空気はにごる一方だった。発電機の運転は一度にひとりと決まり、かたわらにはまにあわせの酸素テントが設営されて、その中に残りわずかなボンベの酸素が送りこまれた。その間あとの四人が過ごすのは、比較的新鮮な空気のある菜園で、菜園はいまや三号タンクのフロアのほぼ全面を占めていた。〝夜〟には〈ゲーム〉が気晴らしになったが、溺《おぼ》れる夢などを見て悲鳴をあげ、足をばたつかせながらとびおきることも多かった。その点はみんな似たりよったりで、女のほうが男よりわずかに回数が多い程度。しかも、いちばんやりきれないのは、目がさめたあと、窒息死の恐怖がこんどは現実となって迫ってくることだった。

夜の眠りがとれなくなると、彼らは照明のある菜園で〝昼間〟眠り、夜は〈ゲーム〉で時間をつぶすようになった。しばらくはそれでしのぐことができた。だが船がふたたび沈みはじめると、荒々しい険悪な議論がまたもぶりかえした。残りの酸素をつぎこんで浮力をあげるか、それとも呼吸用に酸素を確保し、船体が破れるのを待つか。炭酸ガス中毒による窒息死か、たんなる溺死《できし》か。論争は果てしがなかった。

そのとき、船体がきしるような音を発した。いまのところかすかだが、それにかぶさるように、大きな金属的な吐息。ガルフ・トレイダーが水圧に砕《くだ》けようとしているのだ。

13

それはおそろしくゆっくりと進行した。あまりにもゆっくりしたプロセスなので、内心や外面のパニックは時がたつうちにおさまり、ついには五人ともただ横になって、船体がまわりで分解してゆく音を聞くだけになった。もっとも、厳密にいえば、耳ざわりな音のおおかたは船尾から来るようで、ほかは反響なのかもしれなかったが……

船尾方面からの不規則な吐息のような音にまじって、軋《きし》りと、金属が水中で裂ける空《うつ》ろな悲鳴に似た音が聞こえてくる。それらも不規則だが、回数はしだいに増えている。下にある甲板《かんぱん》の震えは、袋地のクッションを通しても感じられた。金属がきしり、裂ける音はいつまでも止まなかった。

「これは長いことかかりそうだぞ」だしぬけにドクターがいった。「発電機を運転していれば……菜園《さいえん》の空気はどんどんきれいになる。こうして寝て聞いているだけだと……陰惨《いんさん》な気分になってこまるね」

「先生の野菜が塩水にやられますよ」とディクスン。しがみついたジェニーがいまにも泣きそうなので、彼女を勇気づけるというか、自分たちを勇気づける軽口《かるくち》をたたかざるをえないのだろう。ウォリスもマーガレット・マーリーの手をとっており、彼女がにぎりかえす力は指が痛いほどだったが、彼には気のきいた台詞《せりふ》も明るい話も何一つ思いうかばなかった。

「なぜ音は船尾のほうばかりから来るんだろうな」とウォリスはいった。「たしかに船尾は下がっているが、たかだか二十フィートか三十フィート……それくらいでは水圧の差は……たいしたものじゃない。機関室がやられたから、その部分の船体は弱っている……しかし船首だって同じようなものなのに、そちらでは何も起こってない」

いいおえて数秒後、耳をつんざくような轟音《ごうおん》が船首方面にあがり、短い間隔で続発すると、右舷づたいに近づいてくる気配を見せた。轟音のたびに甲板が揺れ、トレイダーは明らかに左舷に傾きだしている。着実に高まる水圧が、魚雷をくらった二個所の付近に弱点を見出し、溶接部の縦線にそって船体をゆっくりとこじあけてゆく。そんな光景を想像するのは、たやすいことだった。前部でまたも轟音が起こり、きしる音と裂ける音は、今度は左舷側から容赦なくせまってきた。

「そら、でかい口をきくから」とディクスンがいい、すかさず「……ですよ、艦長」とつけ加えた。

まもなくタンクの壁が内に反《そ》りかえり、すさまじい量の海水が五人を打ちのめし、もみくしゃにし、息絶えだえの肺に押し入ってくるだろう。ウォリスたちは寝ころんだまま、最期《さいご》の時を待ちうけた。周囲の騒音はいやましに高まってゆく。だが、壁はもちこたえており、船倉《せんそう》になだれこむ水音はついに聞こえないまま、大音響は衰《おとろ》えはじめた。ウォリスはマーガレットの手をにぎりしめたまま、相手に負けないほどの力をわが手にこめていたが、最後にはようやく彼女の指をこじあけると、手探りで懐中電灯をさがした。明かりがついたところでながめるタンクの壁は、相変わらずからからに乾いていた。数分後、どちらかといえば柔らかな衝突音が一度だけあり、船はふたたびひっそりと静まった。

「おいおい」というウォリスの声は、喜びのあまり裏声に近かった。「われわれは沈んでいるわけじゃなさそうだぞ！　どうやら海底におりたらしい！」

はじめ信じる者はなかった。だが、いましがたまでの裂ける音、きしる音、ぶつかる音と考えあわせると、この新理論は事実にうまく合致していた。潮《しお》の満ち干《ひき》か海流の影響で、トレイダーが、なだらかに傾斜する海底におりたという説は、大いにありそうだった。先に船尾が接地したため、浮かんだままの船首が、弧を描くようなかたちで流されたのだ。はじめの吐息に似た音から察すると、海底はおそらくだらだら坂の砂地のはずで、あちこちに岩が露出しているのだろう。ややドラマチックな轟音のほうは、魚雷の爆発によってゆるんだ外板《がいばん》が、接地の勢いではがれる音であり、そのあとに聞こえたのは、ただよう船体が岩場でこすれる音だったにちがいない。やがて船は海底におり――以後ただよいだす気配がないところをみると、ちょうど満ち潮だったのか――その場所にしっかりと固定された。しかも海底の勾配《こうばい》が、船尾を下に向けたトレイダーの姿勢とほぼ平行していたため、内部の人間には変化が感じとれなかったというわけである。

「われわれは運がいい」とドクターがいった。

「みんな絞首台に上がるまで、死ねない体なんじゃないかしら」とマーガレット。

「それくらいでは、まだ窒息死に近すぎて安心できないな」とディクスン。「ベッドでなきゃ死ねない、というのは無理か？」

これを潮に、ひとりずつ交替で発電がまた始まり、あとの四人は菜園に落ち着いた。

そうこうして八月なかばになるころ、かさばる酸素テントなしでもペダルこぎが相当な時間つづくことにディクスンが気づき、ほどなく酸素ボンベはまったく不要になった。息苦しさもなく船の全長を踏破《とうは》し、窒息死の悪夢にうなされることもなく眠れる暮らしが、またもどってきた。酸素はボンベがまだ八本、アセチレンは一本残っていた。混乱の中で見落とされていたもので、これは今後起こりうる非常事態にそなえて保管されることになった。

ドクターの菜園は成功したのである。

だが、どうしたものかドクターは、称賛の声をあびても、喜ぶどころか腹をたてている風に見えた。怒りの理由をウォリスが知ったのは、それからしばらくたってのち——婚礼の司式をディクスンに頼み（やせても枯《か》れても、彼は商船隊の一等航海士兼船長代理である）、式をあげ、発電作業と〈ゲーム〉を免除されて、三日間のハネムーン休暇を終えた日のことだった。七号タンクで二人きりになり、蒸留装置をもう一つ組み立てている最中、軍医大尉をまえに、ウォリスがまたぞろ菜園の成功をほめようとしたことが、打ち明け話のきっかけとなった。

「自信はありましたがね」とラドフォードは腹だたしげにいった。「しかし、それだけの時間があるとは思わなかった。いまごろはみんな死んで海の藻屑《もくず》だろうと思っていた。ところが食物も水も空気もなくならず、こうして生きている！」

「それがいけないのかね？」ウォリスはほほえんだ。

「よいことずくめとはいかんでしょう」と辛辣《しんらつ》な口調で、「生きていれば、いろいろと問題が生じる。一例をあげるなら――そうですな、生物時計の一つが止まってしまった」

「ほう」

「そうです。おわかりのように、まだおおっぴらにする段階ではない。二人とも、これには頭を抱えています。子どもを産めるような場所じゃないんだから。じっさい赤んぼうと母親にとっては、わたしの知るかぎり最悪の環境で、両親もその点は承知している。はずみでそうなったと考えてよいでしょう。だが目下《もつか》の状況では……」

ラドフォードは憤懣《ふんまん》やるかたないようすで肩をすくめ、また仕事台にかがみこんだ。

「気持ちはわかる」とウォリスはきまじめにいった。「しかし先生、あなたは園芸家である以上に腕のいい医者だ」

「頭ではおわかりかもしれない」そういうと、ラドフォードはさらにことばをつづけ、沈没船の暗い冷えきった船倉の中で、大型絆創膏《ばんそうこう》二、三本のほかにはろくな医療用品もなく、赤んぼうをとりあげることの難しさを諄々《じゅんじゅん》と説《と》きはじめた。ウォリスは苦心惨憺《さんたん》の末、話の筋道をそらし、居住区のインテリアや船内の環境をどう改善してゆくかにドクターの関心をふりむけた。

こまごまとした雑用は減らず、大改造の計画さえいくつか抱えているものの、手持ち無沙汰《ぶさた》に過ごす時間はなおありあまるほどあり、ときには退屈は息詰まるような重圧となって、はじめのころの空気のにごりと似た悪影響を一同に及ぼすこともあった。それに対する唯一の解答が、〈ゲーム〉の視野をひろげることにあるのは明らかだった。空気に不自由しないいま、可能性は大きくひらけている。ひっそりと横たわり、考えごとをしていなければならないのとは大違いで、話もできれば、たがいの記憶を掘りおこしたり、心理トリックをいろいろ仕掛けて楽しむこともできる。だが、ウォリスがマーガレットと二人きりになったその夜は、底にひそんでいた大問題がまたもや浮上することになった。

　持ちだしたのはウォリス自身だったが、ディクスン夫妻の件にはふれないため、内容は一般論に終始《しゅうし》するばかりで、相手を傷つけまいと気づかうあまり、話はまたふりだしに戻っていた。とにかく、二人は結婚してまだ三日——正確にいえば、三日と四夜。ウォリスは危険な立場に立たされているのである。

「わたしだって、ここは赤ちゃんをつくるような場所ではないと思うわ」とうとうことばにつまった夫に、マーガレットが助け舟《ぶね》を出した。「正常な神経の持ち主なら、まず考えもしないわね。だけど、この三日ほどは、わたしたち、決して正常な神経のままでいたわけじゃないと思うの——少なくとも、わたしはそうじゃなかった。だから、いくら理性をはたらかせようとしても、限界が……つまり……」

「実際問題として不可能だね」と優しくいいそえる。

「そう」マーガレットは溜《た》め息をついた。「だけど、この問題を持ちだしたのはあなたのほうで、わたしじゃないわ。なにか考えが——答えのようなものが、あったわけでしょう?」

「さあね」ウォリスはとぼけた。「しかし袋の山は、ま、別々に作れるわけだから」

「この人でなし!」

「冗談だよ」あわててウォリスはいった。

腕の中で、マーガレットが身をこわばらせた。長いあいだ無言のままだったが、不意に力をぬくと、体をすりよせてきた。

「その目をとじて。それから、キスして」

ディクスン夫妻の考案になる込みいった共寝《ともね》の方法は、船内の気温が、耐えがたいほどの寒さから肌寒いくらいの涼しさにまで上がったいま、もはや必要不可欠ではなくなっていた。水深が浅いのと、たぶん暖流の中にいることによるものだろう。また気温の周期的な上昇もあり、その原因が、日ざしに暖められた砂地または岩礁《がんしょう》地帯から返ってくる引き潮にあることは疑いなかった。発電機と菜園と蒸留装置が順調にはたらいていることもあって、船内の住み心地はさほど悪いものではなくなり、そうした中で、ころあいよしと見たディクスンが、みずから志願して最初の風呂に入った。

風呂に入るのはドクターのにこにこ顔を見たいがためである。ディクスンはだれにもそう言いわけした。――決して近しい友人たちが、是非にとすすめるからではない、と……

居住区ではいろいろと改善が進み、男たち三人にはかかりきりの計画があるものの、没頭できる対象となると船内に数は限られていた。船の現在位置は不明。フランスまたはスペイン沿岸まで南下しているのではないかとウォリスは考えているが、それは推測の域を出るものではなく、彼らは海底に座礁《ざしょう》する一カ月前から、船舶のエンジン音をまったく聞いていなかった。発見され救助される確率はほとんどゼロに等しく、その事実から目をそらすためにも、彼らはお茶の間心理学と中世の宗教裁判をつきまぜたような一種独特の営《いとな》み、すなわち〈ゲーム〉に熱中した。

船用機関学ハンドブック第一部と、脂《あぶら》じみた青写真の束《たば》を除けば、船内に読むものは何もない。そのため〈ゲーム〉は、各人の一ページを――というか正確には、一時間あるいは一日を――毎回読みとる方式に変わっていた。それは次のような形で始まるのが常だった。答える番に当たった者は、まず、任意に選ばれた過去のある日について、記憶にあることをできるかぎり思いだすように要請される。ふつう回答者は、はじめ何一つ思いだせない。しかしあとの四人が綿密に問いただし、なにがしかの事実を相手から引きだす。そしてなおも食いさがり、一つの人生の小さな断片が丸ごとよみがえるまで、必要とあれば何日もこれを続けるのだ。このやりとりのあと双方がおぼえる疲労感は、長時間のペダルこぎをうわまわったが、その意味で〈ゲーム〉には、安眠がとれるという効用もあった。

記憶の発掘作業は、ときには回答者自身がしたか、あるいは近くで聞いた会話の復原という形をとることもあり、そんなとき回答者には、関係人物全員をくわしく描写したり、声音《こわね》や仕草をできるかぎり再生する義務が加わった。また質問する側も、回答者を通して何十回となく会話に立ちあうため、ついには本人と同じくらいそのできごとに精通した。終わりごろには、ひとりひとりが役を持ち、記憶の中にある人物たちの行動を演じていることも、しょっちゅうだった。しかも当の記憶たるや、回答者本人がついしばらく前まで、自分の中にあるとは思ってもいなかったものなのである。

前半生に起こったドラマチックな事件を思いだすのは、さほどの苦労ではない。そのため〈ゲーム〉の楽しみと興味の焦点は、ごく日常的なありふれたできごとの再現に移っていった。ディクスンについていうなら、たとえば一九三五年四月十二日、午後四時から五時のあいだ、彼が学校から帰宅したときの記憶である。母親を演じるのはマーガレット。彼女は父親役のドクターに話しかけ、一方ウォリスは弟役を受けもち、ものまねの名人とわかったジェニーが、居間でつけっぱなしになっているラジオを演じるのだ。ときには五人はただの気晴らしに、思いだすのがたやすい滑稽《こっけい》なできごと、楽しいできごとを反芻《はんすう》した。また場合によっては、ドクターがとっておきの計画を実行に移し、いままで読んだ本の中から、その文章を逐一《ちくいち》思いだすようにと迫ることもあった。はじめは、だれもが不可能だと思っていた。ところが、あるときウォリスが『不思議の国のアリス』から数場面の暗唱を延々とやってのけて以来、五人はあらためてこの問題を考えはじめた。

記憶が鮮明になったこと、〈ゲーム〉が五人にとってかけがえないものになったことは、驚くばかりだった。

十二月になり、海水は夏のあいだにたくわえた最後のぬくもりを失った。『アリス』が完了すると、ドクターはうきうきとディクスンとウォリスの心に探りをいれ、学生時代、二人がその中の役を演じたことのある『ジュリアス・シーザー』の発掘にかかった。その間、彼らは並行してマーガレットから『マダム・バタフライ』をしぼりだしていた。

それはまたジェニーが、夫であるディクスンのことばに従えば、いままでになく美しいけれど、どう見ても西洋梨に似てきた時であり、さらにそれは、第二の生物時計が停止した時でもあった。

ウォリスがこれを告げると、ドクターはすさまじい悪態《あくたい》をつき、その日一日中だれとも口をきこうとしなかった。

14

「あなたはまったく何も心配する必要はない」診察のあいま二人きりになったところで、医療士のヘラハーがいった。「ご存じのように、船にはあらゆる医療設備がととのっています。この方面では、特にそれがいえる。到着の時点で母星はなくなっているにしても、基本的にこれは植民計画なんですからな。出産にともなう医学的な問題は、十二分に配慮されている」

「わかっているさ」とデスラン。

「また、こういう事実もある。根が遠慮深いたちならいわないところですが、こう見えて、わたしはたいへん優れた医療士なんです。これが自然の道理であることを肝《きも》に銘《めい》じていただかなくては。多少苦痛はともなうけれども、母体や胎児への影響は最小限なのだ、と」

「それもわかっている」とデスラン。「べつに筋のとおった理由があるわけではないんだ。まして尾が結ぼれるほど悩む理由なんぞは、どこにもない。いままで何百万年と、アンサ人がやってきたことなんだからな。心配するようなことは何もない。とはいっても、だ。もしこれがわたしの子どもじゃなくて、きみの子どもであったらどうする？」

「そのときが来たら」と医療士はにこりともせずいった、「いまわたしがいっていることを、そっくりわたしに返してくださいそして様子をごらんになるんですな。説得がちゃんと通じるかどうか……」

ガルフ・トレイダーにも知識と能力はあった。だが医療設備が根本的に欠けていた。たっぷりと使える湯さえもなかった。乏《とぼ》しい湯の補給をうけもったのはウォリスで、彼はバケツにくんだ海水の中にプロートーチの炎をさしこみ（菜園《さいえん》がうまく行っているので、酸素をいくらか燃やす余裕はある）、海水をわかして使った。だが、ほとんどの時間、仕事といえばまず発電だった。じっさい妊婦とドクターを除く三人には、かつて経験したことのない長い苦しい作業がのしかかった。光こそ何よりも必要なものであったからだ。

時間のかかるむずかしいお産だったと、あとになってラドフォードは述懐《じゅっかい》する。だがその前後、ことにジェニーに対しては、彼は大丈夫、大丈夫で押しとおした。赤んぼうが母胎《ぼたい》をはなれ、足の裏をたたかれて元気なうぶ声をあげるようになってからも、厄介事は減らなかった。急ごしらえのサークルベッドのまわりに湯をつめた罎《びん》を並べ、ウォリスが毛布のそばにアセチレン・トーチをかざし（ところどころ焼け焦《こ》げまでつけて）暖めた中に、赤んぼうを寝かせたものの、赤んぼうの肌が紫色に変わり、応急の酸素が必要になった。溶接用のボンベを一本使うほかなく、あわてるあまり、うっかりアセチレンを与えるところだった。そして赤んぼうが一段落するころには、これまた酸素を必要としていた母親のほうが、ショック症状を起こしていた。

ジェニーの反応が鈍《にぶ》いため、その夜はディクスンとマーガレットが彼女の体に腕をまわし、体をぴったり寄せて眠った。これはドクターの提案によるものだったが、ふだんなら二人の女と寝ることにからんで何かしらジョークをとばすディクスンも、さすがに沈黙を守った。

それから数時間のち、母子のために事情の許すかぎり暖かい環境が確保されると、少しはなれた闇の中に震えながら坐《すわ》るウォリスとドクターとのあいだで、奇妙な小声の会話が始まった。ラドフォードは饒舌《じょうぜつ》の発作《ほっさ》におそわれているようで、しゃべりだすとキリがなく、ウォリスはもっぱらドクターの仕事をほめたたえ、礼をいう役にまわった。しかし彼自身こごえ、神経がたかぶっているため、ことは思いどおりには運ばなかった。

「あれには感服しました、先生」長広舌《ちょうこうぜつ》のあいまに、すかさずウォリスが口をはさんだ。「いや、びっくりした……あれほどごたごたしたものだとは……何も知らなかったとはいえ……」

「知らなくて当然」とラドフォードはいった。「そこまではこちらも期待していない。しかし、あなたは心配することはないんだ。一つだけ、マーガレットに、カンガルーのことを思いだすようにというだけかな。このカバーオールは彼女のデザインなんだが、実にぐあいがいい。つまり、インディアンがやってる赤んぼうの背負子《しょいこ》だ。そいつを背中にではなく腹のほうにかける。食べさせるのに楽だし、温もりもとれる。ここは赤んぼうをひとりで寝かせておくには寒すぎる。それからジェニーは、しばらくペダルこぎから外すほかないですな。マーガレットもそうだ。だんだん体重が増えてきている。あなたの家系には双子は？」

「いや。しかし……」

「なんにしろ、心配ご無用。今回は大変だった。病院に入院していても微妙だったかもしれん。あなたのほうはもっと楽なはずだ。とにかく予行演習もやったことだし。心配しなさんな。つぎのはもっと手際《てぎわ》よくいきますから」

「まるで首を長くして待っているみたいだね」

ラドフォードは長いあいだ沈黙していた。だが、ふたたび話しだしたとき、口調や態度は平常にもどっていた。

「そんなつもりで言ったわけではないのです。かりにそう聞こえたのだとしたら、患者の扱い方が長年のあいだにしみこんで、あなたに対しても出てしまったんでしょう。しかし、あれが難産だったのはたしかで、奥さんの場合も同じくらいだとしたら、よほど運に見放されていることになる。これは診断と、知りえたかぎりの病歴に基づいて出した事実です。未来の父親のおろおろを軽くしようとする激励演説ではない。なんにしても、できるかぎりのことは——」

「それはわかってるんだ。嘘いつわりなし、そんなことはだれも心配していない……」

「でしょうな」ラドフォードはつきはなした口調でいった。「むしろ心配しているのは、わたしなんだ。震えあがっているといったほうがいいか。もちろん最善を尽くす気ではいるが、それはありきたりの理由——ヒポクラテスの誓いとか、医者の倫理とか、そういったことからじゃない。正直な話、わたしのせいで、だれにも死なれたくないのです。考えただけで夜は悪夢にうなされる。こんな場所で死体が出たら、どうしますか？」

疲れたのだろう、ドクターは坐ったまま眠ってしまったが、そのときも、また以後の何週間か暇をみて考えるようになってからも、ウォリスはついにその問題に答えを与えることができなかった。それはおよそ不愉快な問いかけであり、答えを出そうとすると始まる一連の思考は、あまりの恐ろしさに結論まで行き着くこともためらわれるたぐいのものだったからである。マーガレットが関わってくる場合には、特にそれがいえた。彼女が死ぬと考えるだけでも気分がよいものではない。ところが死ぬばかりか、死んだのちも四六時中そばにおり、腐敗のプロセスは刻一刻と進行してゆくのだ。死体はどこか遠いタンクの片隅、おそらく道具ロッカーか何かの中に安置され、臭気をさえぎるため外部には船荷《ふなに》が山積みにされるだろう。しかし彼女は相変わらず船内におり、だれもがそれを承知しているのだ。ウォリスにしてみれば、それは別れともいえない別れであり、そのような事態に自分が耐えられるとは思えなかった。

ドクターにとりついた悪夢はウォリスにもおそいかかり、赤んぼうのように頭をなでられながら、妻の腕の中でめざめることが多くなった。マーガレットは夫の悩みを知りたがったが、話せるはずもない。ただ自分が抱かれている以上の力をこめて、妻を抱きしめるだけだった。そしてドクターにならって、この件はなるべく念頭におかず、ありえないこととして棚上げにするすべを学んだ。

〈ゲーム〉は大打撃をこうむった。赤んぼうをぐっすり眠らせるため、できるだけ口数少なくとジェニーが望んだからだが、その反面、赤んぼうはとんでもない時間に目覚めて安眠をさまたげた。不本意ながら、ウォリスもこれには腹がたってならなかった。眠りに入るのは、条件のいちばんよいときでもなかなか難しいうえ、睡眠は彼にとってなにより好ましいあり方の一つなのである。とにかく冷えた食事とペダルこぎの死ぬほど単調なくりかえしを忘れ、退屈きわまる冷たい金属の牢獄《ろうごく》から逃れられるのは、眠りの中だけなのだ。眠ってさえいれば、熱いシチューや粥《かゆ》を食べたり、ひと晩中紅茶を飲んだりする夢を見るのも自由。料理が、贅《ぜい》をこらしたものでも珍奇《ちんき》なものでもないのは奇妙なことだった。どれもただ温かいだけ。その愉悦《ゆえつ》の中に、新たに加わったジェラルディーン・エリザベス・ディクスンの泣き声がとびこんでくると、ウォリスは歯を食いしばり、甘美《かんび》な温かい夢を逃すまいと空《むな》しくあがきながら、最低の気分にひたるのだった。

赤んぼうの世話と授乳は、さまざまな意味で困難をともなった。

男たちが発電室に集まった機会に、ドクターが話しだした。「つまるところ問題は、窒息死させずに、いかにぬくぬくした状態においておくかということだ。ことに着替えのときだが——そこでもう一つ問題が持ちあがる。毛布はありったけ回した。それから、袋地の四角なきれをナプキン《ナッピー》用に……」

「おむつね《ダイアパー》」(英語と米語の相違、どちらもおむつの意)とディクスン。

「……壁に打ちつけ、湿りけをとったほか、綿《わた》に負けないくらい柔らかにした。ところが母性本能はそれでも不満足らしい。まだ湿っぽいし、これをナプキン《ナッピー》にしたら肌がいたむといいはる。スパルタ人が赤んぼうをどう扱ったか話して聞かせたんだが……」

「それはレストランで膝《ひざ》にかける布でしょう」ディクスンは強情だった。「エチケット知らずは襟《えり》にはさみこんだりするけれど」

「……どうもラチがあかん」ラドフォードは耳を貸さずにつづけた。「たしかに皮膚は多少あれるが、総合的所見《しょけん》からいって、きわめて健康な赤んぼうであるし、じっさい文句をつける筋あいはないんだ。一つだけ文句が出てこないのは授乳の問題だね。あれはどこへ行っても同じで、面倒もわりあい少ない」

「今のところ、ぼくの悩みはですね、先生」ディクスンがにやにやしながらいった、「母乳から冷たい乾燥卵《たまご》スープの離乳食《りにゆうしよく》にいかに切り換えるかという――」

「これはまじめな話だぞ！」ウォリスが癇癪《かんしやく》を起こした。「赤んぼうのこととなると、愚痴《ぐち》やすったもんだが多すぎる。これでは士気にもひびく。こんなに黙りこくっていて精神衛生にいいわけはないし、で、何を考えているかといえば暗いことばかりだ！　きみの娘さんだがな、ディクスン、まわりで多少の話し声があっても眠れるくらいでなければいかんのじゃないか。わたしの姪《めい》などは平気の平左《へいざ》だった。放送無線《ワイアレス》がガンガン鳴っている部屋の中で――」

「ラジオ」と機械的にディクスンが訂正した。

「その考えには賛成です、艦長」すぐさまラドフォードが口をはさんだのは、上官の表情に気づいたからである。近ごろのウォリスはユーモア感覚に乏しくなり、マーガレットの出産が近づきつつあるいま、堪《こら》え性《しょう》もなくなっていた。ドクターはこうつけ加えた、「みんな〈ゲーム〉を恋しがってますよ。女性たちでさえ……」


司令船の育児室は、水温を血液の温度近くに保った小さな仕切り部屋だった。観察用の透《す》きとおったパネルをはった個所を除けば、壁も天井も床も、すべて柔らかな多孔質《たこう》のプラスチックでおおわれているので、室内をやみくもに泳ぎまわる二体のちっぽけな生き物が、何かにぶつかって怪我をするという気づかいはない。

「どうです、あの泳ぎっぷり！」とヘラハーが興奮気味にいった。「あんな元気な子を見たことがありますか！　自慢はしたくないし、親馬鹿なところも差し引いたうえでいいますが、あんなにきりりとした、しかも完全な健康体の男の子はめったにおりませんぞ！」

「同感だね」とデスラン。「ただし条件がある。うちのがまた、めったにいない元気なかわいい娘だということを、きみが認めるなら……」

ガルフ・トレイダーにのしかかる海水のかなたでは、戦争は終わっていた。はじめはヨーロッパ、それからほどなく日本でも戦火はおさまり、世界はふたたび心細い均衡《きんこう》をとりもどした。しかしトレイダー内部では、戦争のことはほとんど話題にのぼらなかった。表《おもて》舞台から退場したのが非常にきわどい時期であったため、味方の勝利を望み、信じはするものの、それを確信にまで高めるすべはなかった。理由はもう一つ、〈ゲーム〉に打ちこんだ三年あまりのあいだに、情景や音声や人物を想起する能力が極度に研《と》ぎすまされ、気が滅入《めい》るばかりの戦時中の記憶には、だれもふれたがらなかったせいもある。

この時期、タンクの居住性と内装に大きな改善はなかった。断熱材と建材の量に限りがあり、多量のペンキを使えば有毒ガスがこもるという理由で、ドクターが難色を示したからである。船の通過する音が聞こえることもあったが、距離は遠く、それもときたまなので、信号はしだいに送られなくなった。船体外板《がいばん》をバール類でたたくのは、子どもたちに不安を与えるほかに、おとなたちの心に誤った考えを芽生《めば》えさせるもとにもなるからだった。なんにせよ正しい考えとは、〈ゲーム〉をどのように改良するか、その方法の模索であり、それが最優先であることはだれもが承知していた。

日々の四分の三が、眠り、話し、考える以外に何もすることのない状態では——しかも眠りは、本来要する時間よりも短いらしい――彼らは最初の半年のうちに、退屈のあまり発狂していてよいはずだった。ウォリスがかつて読んだ科学小説の中に、こんな説をとなえる人物が登場した。ある一つの事実なり物体なりを研究する時間がたっぷり与えられるなら、そこから宇宙の全構造を推論することも可能だというのである。トレイダー内部の人びとには、時間があり、たくさん事実もあり、ときにはじっさい宇宙の本質についての議論もかわされた。しかし肝心なのは、おのれの精神をよりどころにするしかない環境におかれながら、彼らがいまだに発狂していないことだった。ドクターによれば、むしろますます正気になっているという――もっとも診断を下した当人に、こしばらく、おとなげない常識外《はず》れのマナーが目立つうらみはあったが……

いま彼らはフランス語を掘り起こすのに熱中していた。学校でまなんだこと、諺《ことわざ》、耳にはさんだ会話の断片、等々がありったけ集まったら、何週間かフランス語だけで通そうというのがそもそもの発想で、この種の試みは数カ月前すでにラテン語で実験ずみだった。子どもたちは乾燥卵の空《あ》き罐《かん》を積み木がわりに、いろんな物を作ってはこわして遊んでいる。しかしタンク三つ離れたところにいるので、騒ぎは気がちるほどではなく、ドクターひとりが黙々とペダルを踏むかたわらで、会話はつづいた。フランス語の文法や発音、それに類した学校時代の記憶を無意識にあさっていたせいだろう、よくあることだが、話はいつしか本筋からそれ、別の問題にうつった。将来また一つの大きな〈ゲーム〉になるであろう、子どもたちの教育である。

ペダルこぎに忙しいので、かろうじて口をはさめる程度のドクターを除けば、あとの四人には言いたいことは山ほどあった。しかし、それまで一考《いっこう》もされなかった側面——宗教教育にふれたのはウォリスだった。

「どの程度教えるか、またどういう形で教えたらよいものか、それはわれわれ各人が宗教をどう受けとめているかによると思うんだ。基本点だけを教えて、特定の宗教に深入りするのは避けたほうがいいかもしれない。しかし厄介なものだね。これに関して、なにか固い信念のようなものを持っている人間はいるのかな?」

宗教に関する固い信念の持ち主といえばドクターである。他人にむりやり押しつけることはしないが、だれが発言するかとなれば、まずここは名乗りでるところだろう。しかし彼は黙々とペダルを踏んでいる。マーガレットが最初に口をひらいた。

「聖書は全部読んだわけではないけれど、十戒《じゅっかい》というのがあるわね。これはだれもが納得できると——」

「それから子ども向き教義問答のはじめのところ」ジェニーが割ってはいった。「掘り起こさなくても、ほとんど思いだせるわ。こんなふうに始まるの。問い——だれが世界をおつくりになったのですか?」

「答え」と彼女の夫がいった。「ブルックリン海軍工廠《こうしょう》です」

「ディクスン」二つの生物時計がふたたび止まったと知った二日前のあの瞬間から、ひたすら守ってきた沈黙を破って、ドクターのきびしい声がとんだ、「そういう不敬《ふけい》な口をたたくな!」

15

同じ大洋のまた別の一角《いっかく》では、記録をつぎつぎと破る壮挙《そうきょ》がなしとげられていた。在来の潜水艦より大型で、馬力もあり、はるかに大きな水圧にも耐える新登場の原子力潜水艦が、海上とのコンタクトをいっさいとらないまま丸二カ月も潜航をつづけ、世界をあっといわせたのである。ガルフ・トレイダーの住人たちにしてみれば、苦笑を禁じえないニュースだろう。しかし彼らには知るよしもなく、その驚異の潜水艦のクルーがほうびに名誉市民権を与えられ、アンコールとして早くも、潜航したままの世界一周や北極点通過を語りはじめたころ、トレイダーの人びとは〈ゲーム〉の息詰まるようなやりとりから解放され、こころゆくままの雑談に花を咲かせていた。

「それにしても感心するね」いいながら、ドクターは男たちに目をやった。「どちらの家族にも男の子と女の子ひとりずつ。こうした配分はなかなかできるものじゃない。よくやった」

「いやいや」とウォリス。

「なんのこれしき」とディクスン。

ドクターはつづけた。「そこまでの配慮がなかったら、一夫多妻制がみにくい頭をもたげていたところだ。あるいは逆に、女よりも男のほうが多くなっていたら――」

「死よりも苛酷《かこく》な運命というやつですな」ディクスンがつぶやく。

「……しかし現状のままでも」ドクターはディクスンのことばを黙殺した、「われわれ個々の身体歴は、これからすこし考えたほうがいいと思う。ここにいる人間はみんな、入隊時の健康診断をパスしている。ある程度の健康体であることは、おたがいに知れているわけだ。それよりも、わたしにはみんなの先祖に出た病気のほうが気になる。ことに遺伝病だね。血友病《けつゆう》だとか、白血病だとか、結核、それから……」と、あてつけがましくディクスンを見やり、「……狂気。いまの子どもたちは大丈夫だが、そのつぎの世代からは近親結婚も問題になってくるだろう。

もっとも、これはわたしの考えすぎかもしれないが」

ドクターはぎごちなくしめくくった。

遠い壁ぎわでは、子どもたちがひっそりと、ほとんど人目《ひとめ》を避けるようにして、彼らだけのゲームに興《きょう》じている。しかし、ささやき声の会話はわずかながらウォリスにも聞こえ、近いうちおとなたちの前で『白雪姫』の通し上演が行なわれることは見当がついた。白雪姫を演じるのはゲリー・ディクスン（ゲリーはジェラルディーンの愛称）、よこしまな女王にはアイリーン・ウォリス、そしてデイヴ・ウォリスとジョー・ディクスンが残りの七役をかけもちするという趣向である。子どもたちはその場その場で物語にかなり手を加えているようだった。

ドクターのことばを受けて、ウォリスは口をひらいた。

「いや、考えすぎとは思えないな。妙な話だけれども、近ごろわたしは、この船の中こそ自然な日常世界のような気がしてしようがないんだ。海の上にあるのは、話に聞くだけの実体のない世界、つまり〈ゲーム〉の中で掘り起こした本の内容みたいに――」

「〈ゲーム〉や本といえば」とラドフォード、「ずっと考えていたんだが、もうすこし専門化するのもいいんじゃないかな。よってたかって一つの本なり芝居なりを思いだすんじゃなくて、各人に自分の読んだものを思いださせるんだ。それも独力でやって、リクエストに応じて話して聞かせるわけだよ。われわれが読んだりやったりしたことの中には、人と共通しない部分も多い。思いだす能力も向上してきたことだし、そろそろそんな芸当をしてもいいだろう。

たとえば、わたしはホーンブロワー三部作を五回通り読んでいる。あれなら、できんことはなさそうだ」

「わたしも『幸福な帰還』は読んだわ」とマーガレットがいった。「ただし、一度だけ。専門的な方面はちんぷんかんぷんだったけれど、ホーンブロワーってすてきね。感じがよくて、分別《ふんべつ》があって、心配性のヒーローというところが新鮮だった。おまけに体はひょろりとして、髪はうすくなりかけてるの。彼にはほんとにのめりこんだわ」

「不貞《ふてい》な人妻だ」とディクスン。

「ホーンブロワーものは、いろんな点で科学小説と似たところがあるね」とウォリス。「もちろん、時代は過去であって未来じゃないが、描かれるのが少しばかり毛色の変わった世界だから、そこのことばやテクノロジーを理解するのに多少の努力がいる。その努力によって楽しみも倍化するんだ」

といっても、わたしはフォレスターの権威じゃない」ドクターのふくれっつらに気づき、あわててウォリスはいい足した。「読んだのは『戦列艦』だけで、それも一回きりだ。だから、思いだせるようなら、先生、第一部と第三部の物語はぜひとも聞きたいものですな。わたしが五回とかそれくらい読んだ小説というと、ドクター・スミスという人のものだね。いや、先生、医者ではなくて、ただの理学博士なんですが――その小説というのが、こちらの想像力を、これでもかこれでもかと試してくるたぐいのもので、中に出てくる恐ろしい異星の生き物が、まったく邪悪そうな見かけに反して、なんと善玉《ぜんだま》なんだ。

同じような発想の小説はほかにも書かれている――たぶん出来もいいだろう」ウォリスは熱っぽくつづけた。「最後にニューヨークに寄港したときも何冊か買いこんだよ。ただ、それが科学小説を知った最初だったものだから、頭にこびりついてしまったんだね。特にキャラクターのひとりというか一匹というか、翼を生やした竜がいて、これが鱗《うろこ》、かぎ爪、のびちぢみ自在の四つの目玉、そういった見た目にも恐ろしい特徴ばかりなのに、そこいらの人間のキャラクターよりもよほど人間的なんだ。もちろん悪玉《あくだま》も出てくる。出だしの章はちょっと思いだせるよ。こんなふうだ……」

ウォリスはいっとき目を閉じた。ことばのひびき、印刷されたページの印象、その両者が描きだす情景――それらの重なりあうイメージが心にうかび、彼は語りはじめた。

「〝星団AG二五七‐四七三六から隔《へだ》たること遙か、全土が軍事施設より成る、とある惑星の一角に、ヘルマスの基地と酷似《こくじ》した要塞が不気味なたたずまいを見せていた……外観はしかも冷たく暗い。なぜならその居住者は、高度の知性を除けば、人類と共通する資質を何一つ持たない生物であったからだ……〟ええと、そうだな……うん……〝生き物は必ずしも蛸《たこ》には似ていない。また鱗があり、歯があり、翼はあるものの、ちょっと見の類似を別にすれば、それは海蛇《うみへび》にも蜥蜴《とかげ》にも禿鷹《はげたか》にも似ていなかった……」

「そういう小説を読める人は、たくさんはいないと思いますよ」ディクスンが、ことばに詰まったウォリスにかわっていった。声にはかすかな畏怖《いふ》があった。

「うん、まったくだ」とラドフォード。「もっと聞きたいものだね」

「子どもたちが寝てからにしてくださいね」マーガレットがきっぱりといった。「聞いたら、死ぬほどおびえてしまうわ！」

しかし子どもたちはたいへんな勢いで成長し、それにともない知識欲も旺盛《おうせい》になってゆくようで、時がたつうち、小耳《こみみ》にはさむ話にも不必要におびえることはなくなった。ウォリスは、科学小説のほかにもたくさんの小説を読んでおり、やがてそれらを語るようになった。加えて彼には、海軍生活で身につけた専門知識もあった。同じことは、事実や小説とりまぜて、ほかのおとなたちが思いだす事柄《ことがら》についてもいえた。うたうことは、くりかえしによる飽きが少ないため、相変わらず物語を聞く以上に喜ばれたが、歌やオペレッタでは、終わったあと大した議論の材料にならないといううらみもあった。そして星空や航海術の説明、ジェニーお得意の『牧場《ランチ》ロマンス』（当時のパルプ雑誌）、グレイの解剖学教科書に『グレー・レンズマン』——子どもたちは胸ときめかせ、もの珍《めずら》しげにこうした話を聞く一方、そのすべてにいくらかうんざり顔も見せはじめていた。

これについては数時間の話しあいが持たれたが、不安げな表情がまだ一部の者にあるのを見て、ドクターはこう切りだした。

「子どもたちに聞かせる話がほとんどすべて間接の情報だということ、これは承知しておいたほうがいい。犬とか都会とか森とかいっても、本当にあるのだろうかと、内心疑っていることはありうる。全世界をことばで説明するのはむずかしいし、模型や絵ぐらいでは決して充分とはいえない。

それに、いまさしかかっている年頃は、肉体的にも精神的にも不安定な時期だ。学んだ知識を生かして何かやってみたい。とはいっても、そのときできる長期間の活動は、精神活動にかぎられてしまう。そのことに親たちと同じように気づくには、やはり相当な時間がかかるだろう……」

だが日々の大半を精神活動にふりむけ、この環境にしては驚くほど健康な若い肉体をおさえつけておくのは、思春期の人間には決してたやすいことではなかった。けんか、ののしりあいは日常茶飯事《さはんじ》、はては殴《なぐ》りあいも起こり——当然のことながら、子ぼんのうの親たちもいらだち、ときには真底《しんそこ》腹をたてて、争いに巻きこまれる始末で——これは五年たっぷりつづいた。だが子どもたちが若くして結婚すると、さすがに波風《なみかぜ》もおさまってきた。もっとも例外がひとりいた。ディクスン家の第三子で、次男のリチャード・ディクスンである。

ウォリス夫妻が、女の子であれ男の子であれ、もうひとりの子どもをもうけることはなかったので、若いリチャードはどうやら独身をとおすほかなさそうだった。医学的見地からも、また個人的にも、ドクターはマーガレットが三人目の子どもを産むことに賛成ではなく、ウォリス夫妻も、その理由が納得できるほどには医学知識を吸収していた。

だがリチャードの両親を相手に、連れあいなしでもさほど心配はないということを納得させるには、さすがのドクターも骨を折った。フロイトやその一派が説《と》く性的欲求不満の影響については、ドクターはまったく反対の立場をとり、その例証として自分をひきあいに出した。たしかに少々気むずかしく、ときにはつきあいにくいこともあるが、これは自分が生来へそまがりで短気な性格だからだろう。ディクスンはたちどころにこの意見に賛成した。

しかし若いリチャードは、四六時中へそまがりで短気な人間なのだった。

アンサの司令船でも時は流れ、住民と彼らの抱える問題は急ピッチで増えていった。大きな厄介事の一つは、若いクルーのあいだに芽《め》ばえた反抗心で、これは一触即発の危機をはらんでいた。船長にしてみれば、その原因は理解を絶するものだった。

「きみの孫が三人、こちらの孫が四人ぐらいで人口爆発といえるものか！」デスラン船長の激《げき》した声のまえには、ヘラハーの口もとにうかぶ賛意のしわもいっこうに効《き》き目がない。「かりに人員がいまの倍になったとする。また、あとに来る世代をあらゆる精神的拘束から解放する効能が、これにあったとしよう。ただし言っておくが、以上はどちらもありえない仮定だ。というのは第一に、きみの訓練法はその結果からみて催眠条件づけに近いものだし、第二に、男性における生殖不能の発生率は、近親結婚の割合に正比例しているからだ。だがこの二つの仮定を認めるにしても、これはまだまだ大きな船だし、食料の増産にふりむけるスペースはたっぷりある。問題はさし迫ったものじゃない。ところが、それをいくらいっても、ヘイナーは納得しないのだ！　あの若い愚か者のこまったところは――」

「若い、とおっしゃいましたな？」すかさずヘラハーがいった。「で、われわれは若くないと？」

「自分の思考力がそこまで衰《おとろ》えたとは、どう見ても――」

「船長、それがあなたのよく見せる症状の一つなのですよ」

デスランは長いこと沈黙し、考えていた。医療士も年をくったのか意地が悪くなってきたものだ、と彼は思った。もっとも、頭のさえは相変わらずすばらしいが……。しかし自分だって、この不服従を黙って見逃しておくほど老いぼれてはいない。ふたたび話しだしたとき、デスランのおだやかな、抑えた口調には、はるかに大きな怒りがこもっていた。

「ヘイナーの知能と適性は、あの世代の中では群をぬいている。あいつのばかげた考えに、腹をたてると同時にがっかりしている理由はそれもあるんだ。あのばかげた考えさえなければ、わたしはためらいなく彼をつぎの船長に任命していただろう。しかし、きみの息子のヘイナーに、きみの取り越し苦労の血が流れている可能性には目をつむるとしてもだ、反動質量を浪費してまで、ほかの船が見えるところに行く正気の理由がどこにあるのかね？」

「そういう言い方をすれば、ないというしかありませんな」ヘラハーは問いかけの口調を無視し、内容にだけ答えた。「しかし、ここにあるのは、まったく正気とばかりもいえない状況でしょう。退屈は知能の高さに比例します。ヘイナーの提案に支持が集まる理由もそこにあるわけですよ。これはわたしの専門外だが、彼のアイデアに手を加え、訓練プログラムに組みこむことができるならば……」

デスランにしても医療士と同様、これがはなはだしく不自然な状況であることはわかっていた。健康で聡明な若者たちが、色のついた光点の観測、それと大差ないディスプレイの監視――それだけを唯一の目的に人生を過ごすのだ。しかもそこから得られる情報は、一年やそこら、場合によっては一世代やそこらでは変わりようもなく、したがって修正活動を起こす必要もない。こうした光点の意味と重要性はくりかえし力説されているものの、第二世代練習生の一部には、それらはけっきょく色のついた光の点にすぎず、そんなものでくよくよ悩むのはばかげているとする空気が、しだいに蔓延《まんえん》しはじめていた。司令船こそわれらの世界、年長者たちのいう外界など信じられるものか、というわけである。ただし、とデスランは心にいった。これと似た宇宙船がもう一隻《せき》、直視パネルの中にくっきりと姿を現わすなら、疑惑はふきとんでしまうにちがいない。広大なコンピュータ室の中でまたたく光、その一つ一つが独立した船であり、そう思って守り導いてやらなければならないという、はっきりした証拠になるからだ。

もちろん、あのばかな若造どもが、わが目で見たものにも疑いを持つとか、直視パネルに映るイメージを学習マシンの映像と同じようなものだと錯覚する、といったおそれがなければの話だが……

デスランは、ヘラハーへの怒りがふたたびこみあげてくるのをおぼえた。医療士には一つ癇《かん》にさわる癖がある。彼が医療士の背びれを引き裂いてやりたい心境でいるときにかぎって、彼の心をあさってての方角にそらしてしまう特技である。なおいらだたしいことに、そのあさっての方角には決まって、答えをどうしても出さなければならない問いが待ちうけており、答えを出そうとデスランが頭をしぼるうち、医療士の不服従は罰されもしないばかりか、口にもされないままに見過ごされてしまうのだ。

この問題の切実さとはかかわりなく、デスランには一つたしかなことがあった。司令船の位置を変える許可は与えないという決意である。船団が目標星系に近づいたとき、そのコントロールの中心は星の海のどこかにまぎれこんだまま行方知れず。そんな恐ろしい光景が、つかのまデスランの心にうかび、消えていった。

とはいえ、司令船が定位置を守るとしても、それは他の船をこちらに引き寄せられないということではない。たとえば先頭集団のうち比較的近いところにあり、消耗品と見なされている宇宙船がそうだ。当然マイナス面は考えられる。機関士練習生たちにしてみれば、この船に推力をかけるまたとないチャンスを失うことであり、血気さかんな若い航宙士やコンピュータ技術者たちにすれば、コントロール・センターの移動にともなう厖大《ぼうだい》なリプログラミング作業の楽しみをみすみす見逃すということである。だがプラス面が大きいこともたしかだった——特にヘラハーと彼がドラマの背後にまわり、みんなの関心を遠い将来までつなぎとめておく演出者になることができるなら。

コンピュータ室にある一個の光が、位置の変化をつけながら、ゆっくりと接近してくる——それは、たんにおもしろいゲームという以上のものになるだろう。しかも接近は、あくまでゆっくりでなければならない。訓練の一部には、目標到達時とは別に用意されたわずかな反動質量を使い、はるかかなたの船を制御し誘導することも含まれているからだ。そして、消耗船が到着する。巨大な〈長期睡眠〉タンク一個を除けば、あとはたいした取得《とりえ》もない鈍重《どんじゅう》な宇宙船——積荷《つみに》は、アンサに生き残っていた最大の食用家畜。だが、それが到着したときには、不信のしのびこむ隙《すき》はもはやなくなる。なぜなら消耗船のタイマーはすべて、到着時のみ積荷を加温するようにセットされているからだ。もし船をじかにながめ、そこに行けるようになるだけではまだ不足というなら、居住空間なり食料源なりを求めて、さらに奥へ進むがよい。目の前にある固い氷を見れば、どんな狂信者も現実を思い知るだろう。

またこれには、もっと微妙で長期的な効能もある。知能の低い家畜が眠っているだけとはいえ、近くに別の船が見えるなら、宇宙空間の寂しさと恐ろしさも相当にやわらぐはずだ。数百隻の船団とその目的を、たえず思いださせる象徴にもなるにちがいない。しかし、この船のかかえる多くの重要なプロジェクトと同じように、これも達成までには長い歳月がかかるだろう。

デスランがおそらく生きて見とどけることのできない、長い長い歳月が。

16

月日が流れるうち、ドクターの髪はまっ白になり、ディクスンの頭にも白髪《しらが》がふえ、ウォリスの髪はきれいになくなった。ジェニーとマーガレットは男たち以上にふけこんだが、そのことを口にする者はなく、ガルフ・トレイダーには鏡もなかった。〈ゲーム〉は住人たちの暮らしにすっかりしみこみ、〈ゲーム〉をやめるのは、呼吸をやめる以上にむずかしいことのように思われた。子どもたちも加わって、いまや彼らの楽しみは、巨大な金属タンクも割れよとばかりにビング・クロスビーや、ギルバートとサリヴァンの歌をうたうことであり、有名な芝居はもちろん、ときには過ぎ去った人生の平凡なひとこまを演じることであり、また、小説の中にほんの端役《はやく》で登場する人物のもっともらしい素姓《すじよう》、心理、将来の行動を、つきつめた思索的な討論によって組みたててゆくことだった（ラドフォードはホーンブロワーものの第四作を完成させたが、もしC・S・フォレスターがこれを聞いたなら、西部小説か何かへの転向を本気で考えたことだろう）。

討論の中でとくに話がはずむのは、ウォリスが思いだした小説のうち、人間ともいえない脇役のひとりを中心にすえるときだったが、ふしぎなことに、こうしたユーモラスで荒唐無稽《こうとうむけい》な思索ほど、討論は真剣なものになった。とはいえ船内の生活は、決して、歌と生きいきした会話と喜びだけではなかった。離反はあり、衝突はあり、リチャードが直接関わりあっている場合には、反乱に近い事態も起こった。

十七歳にしてリチャードは、争いごとに火をつける天性の才能をいかんなく発揮していた。よく使う手は、年長者にむかって――ということは初代生存者たちであり、兄や姉ではない――許される限度すれすれの行動をとってよいかどうか聞く、というものだった。そんな境界線上の問題を、リチャードはひとりひとり個別にたずねてゆく。当然、禁じる者もおり、許可する者も出てくるわけだが、そのうえで彼は、周囲が考えていたよりもはるかに大がかりな行動をとり、おとなたちがいがみあうのをいいことに自分は安全圏に逃れてしまうのである。暴力沙汰《ざた》の一歩手前まで行った口論を、ウォリスが階級をかさにきて（他愛ないいさかいだけに気は進まないのだが）おさめたことも一度ならずあった。そして近ごろではウォリス自身、気がつくとリチャードの処罰問題を、ディクスンやドクターを相手に訴えていることが多かった。しばりあげ、水風呂に、二、三日つけておく刑罰から、四号タンクの突出した通気パイプにつるすというものまで

――中でも後者は、帆桁《ほげた》つるしにいちばん近い彼らの処罰法であった。

ウォリスが冗談半分にこの話をしているわけではないとわかると、ドクターはリチャードにことのほか興味を示すようになった。船内の数少ない独身者という点では、たがいに共通するところがあるという前置きののち、ラドフォードが話しだしたのは、ほかにも共通する部分をつくる計画だった。ウォリスが疑いをはさむと、ドクターはこうつづけた。リチャードはいまがいちばん難しい年頃で、青年期の活力と悩みは、きわめて異常というほかない状況のもとでゆがめられている。このゆがみをいくらかでも是正《ぜせい》するには、自分が重要である、それどころか周囲の者よりもどこかでまさっている、と自覚させたらよいのではないか。ラドフォードの医学知識のほとんどは、〈ゲーム〉でひろめるには内容がくどく、退屈すぎる。だがリチャードの関心をこの方面に引きつけ、自分のあとつぎにすることができるなら……

ウォリスには納得がいかなかった。だが、それから五カ月後、疑問の晴れるときが来た。初代ディクスン、ウォリス両夫妻にとってはじめての孫が、わずか数分の間をおいて、二重の喜びとなって訪れたのである。それはだれにとっても目のまわるような時間だった。ことにラドフォードとリチャードにしてみれば、二人の母親から同時に赤んぼうをとりあげるわけで、めったにない非常時となったが、彼らはみごとに難局を乗りきった。船内に落ち着きがもどるころ、いつのまにか大騒動の渦中《かちゅう》から押しだされる格好になっていた年長者たちのあいだで、リチャードについてのまじめな話しあいが持たれた。

「あなたの息子さんは、きっといいお医者になるわ」しめくくりにマーガレット・ウォリスがジェニー・ディクスンにいった。「これからはもう心配ないわね。見てなさい、落ち着いてくるから」

「もちろん、わたしのリードがよかったからさ」ドクターがまんざらでもない顔つきでいった。「こっちがかけつけたときには、二人目が生まれて五分ばかりたっていたことは認めるが、それだって、やはり――」

「……あなたのリードのたまものだ、と」ディクスンがことばをひきとり、誇らしげにつけ加えた。「二十ヤードばかり遅れてのリードとはね！」

「それは解釈の問題だね」そういうドクターの顔は、リチャードの実の父母よりも得意そうだった。

しかし、人間的には相当かどがとれ、医師のあり方をたたきこむラドフォードの特訓が効《き》いたことはうかがえるものの、リチャードは、はたが期待するほどには、何事にも腰をすえるようすはなかった。見た目もしあわせそうではなく、不満たらたらであり、ばかげたアイデア、危険なアイデア、その両方のアイデアを飽きもせず持ちだすのだった。よく出してくるアイデアの一つは居住空間の拡張案で、船橋楼甲板《せんきょうろうかんぱん》の下の貯蔵スペースないしは後部ポンプ室への通路をひらくというものだった。たまたま気弱な心境でいたとき、ウォリスはそこをつかれ、やってみろと許可を与えた。準備には長い期間がかかるだろう、そのうちには興味をなくすにちがいないという魂胆《こんたん》からだが、ウォリスの予測は誤っていた。

その時期、ガルフ・トレイダーの人口は十二人、うち二人は幼児であり、またラドフォードの菜園《さいえん》はまるまる二つのタンクを占領していた。これの狙いは酸素不足を補《おぎな》うよりも、よけいな汚物《おぶつ》を吸収させることにあり、じっさい空気中の酸素は濃すぎるほどで、通常の値《あたい》まで下げるため、いまではラドフォードは一部汚物やごみ類の焼却を奨励《しょうれい》していた。菜園は炭酸ガスのほかに一酸化炭素も吸収するのかというリチャードの問いに、ドクターは確信はないが、たぶん大丈夫だろうと答え、以後はアイデアがどんどん出揃った。

まず発電機のガソリン・エンジンと圧縮ポンプを使って、からのボンベに圧縮空気をつめる。用心のため、エンジンの排気ガスは、パイプを通じて菜園の海水タンクに送り、水に溶けにくい一酸化炭素は、植物に吸収させる。圧縮空気が確保されたら、手ごろな

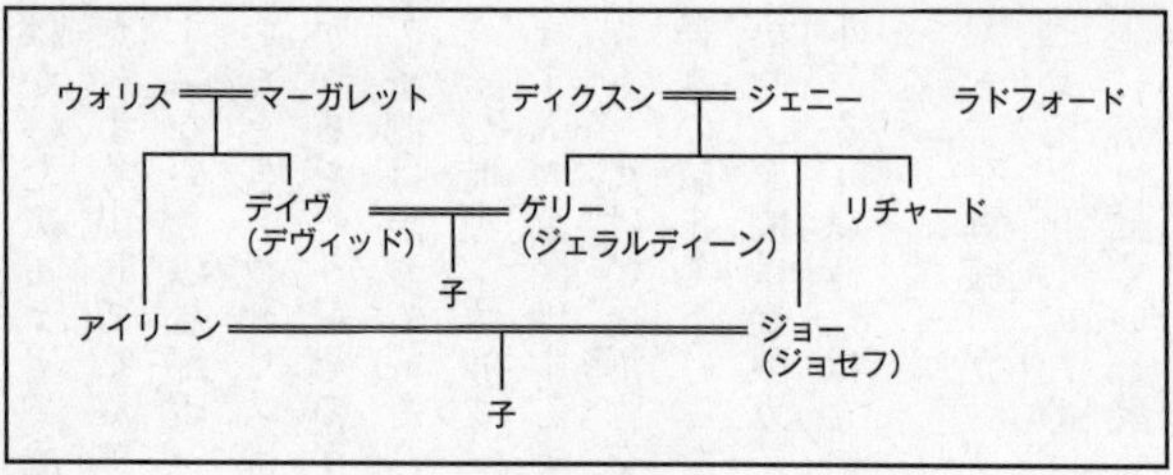

区画とのあいだを隔《へだ》てる金属板に穴をあけ、水を流しだす一方で圧縮空気を送りこんでゆく。船内には大量の空気がたまることになるが、トレイダーは海底にしっかりと固定されており、浮力のことを思いわずらう必要はないので、危険はまったくない。めあての区画の排水が終わったら、外からの水漏れがかりにあるとして、海水がどれくらいのペースで流れこんでくるかを数日間にわたって観察し、見極めたところで道をきりひらく。不慮《ふりょ》の事故にそなえて、抜け穴をすぐさまふさぐ手だても講じる。このほか計画の進行につれて形をとってゆくアイデアも多いにちがいない……

リチャードが話しおえるころには、兄のジョゼフと、ウォリスの息子のデヴィッドは、すっかり彼の味方についていた。ウォリスすら、自分もまんざら年をくって頭がかたくなったわけでもないらしい、と思いはじめていた。先刻まで絶対反対であったはずが、いまではリチャードの熱意に動かされていることに気づいたからである。しかし良識は多少なりとも残っており、リチャードのいう　"新天地"　をひらく計画の第一案には、拒否権を発動した。
　ガルフ・トレイダーは、なだらかに傾斜する海底に、船尾を下にむけて横たわってい
る。リチャードの第一案は、後部ポンプ室の海水を抜き取るというものだった。しかし
ポンプ室の容積は大きく、排出された海水は、最後部のタンク三つを六フィート近い水
深にしてしまうおそれがある。それ以上に、ポンプ室が海にひらいていることは、ほぼ
たしかといってよい。ウォリスは、初代ディクスンと長いあいだ相談したのち、第二案
に賛成した。
　それは短い通路と二つのキャビンから成るスペースだった。本来は機関員の居住区の
一部であったものだが、リヴァプール到着後なにか通信装置がすえつけられるとかで、
内部はからっぽになっていた。通路は水密《すいみつ》ドアを隔てて露天《ろてん》甲板にひらいており、六、
七ヤード行ったところで、また一つの水密ドアに行きあたる。ドアは前部方面とを結ぶ
昇降路の出入口で、おりれば機関室に入り、のぼれば船尾楼甲板に出る。第二の魚雷が
おそったとき、機関室の生き残りが昇降路をへてボート・デッキにむかう直通路はあっ
たにちがいない。それに、露天甲板は波に洗われているので、その方向から通路に入ってくる者
はいない。それに、二つのキャビンは使われなくなって久しい。とすれば、水密ドアが

開かれなかった見込みは大いにあり、短い通路と二つのキャビンにたまった海水は、それほど大量ではないということになる。

計画はほとんど二年近い歳月をかけて達成された。

その間、予行演習としてリチャードは、船底の改装された肋材《ろくざい》部にあるスペースの一つをへて、ビルジに達する道をひらいた。タンクの床には、便所の一つに使われているのとおなじ気密ハッチがあり、そのスペースに通じている。肋材部のせまい区画におりると、床にはまた気密ハッチがあり、それは船が乾《かん》ドック入りするまで開けてはならないことになっている。リチャードはその区画におり、頭上のハッチを締めさせた。懐中電灯と圧縮空気のボンベをたずさえ、まったくの馬鹿力で足元のハッチをひらくと、気圧をあげて逆流を防ぎながら、海水のたまったビルジをのぞきこんだ。すると、泳いでいる魚が見えた。魚を見たというより、人間以外の生き物を見たのがそもそもはじめてなので、その感激をリチャードはのちのちまで語って飽きなかった。懐中電灯の光が完全に消える前に――バッテリーはくりかえしの充電のために、もう長時間は使えなかった――彼は急いで下部ハッチを元にもどすと、あけてくれと天井をたたいた。

上部ハッチのあけ方は、気圧の急降下をくいとめるには性急すぎ、リチャードは鼻血をだし、しばらく耳が聞こえなくなった。しかし、一号タンクにうず高くつもってゆく汚物の山をはじめ、好ましくない不用物をまとめて捨てる場所ができたと、一同に伝えるだけの余裕はあった。

リチャードは口数多くしゃべったわけではない。しかし言外の意味には、だれもが気づいた。これで人が死んだとき、死体を葬《ほうむ》る場所が見つかったのだ……

一種のおぞましさはあるものの、役に立つこと測りしれないこの発見の意味を、機関員のキャビンから水がなくなるまでの長い待機期間、ウォリスはいくたび考えたことか。だが最後の水がごぼごぼと流れだした瞬間、そんな考えはふきとび、抜け穴をつくる合図を送っていた。もし穴から海水がなだれこんでくれば、全員がずぶ濡れになり、必需品の一部も放棄しなければならないが、十二号タンクから脱出し、ハッチをふさぐだけの時間はたっぷりあるはずだ。それに、いまではウォリスも、リチャードと同様、あちらに行きたくてうずうずしていた。もっとも、なぜ行きたいのかとなると、リチャードとちがって理由をはっきり述べることはできそうもなかった。

数分後には人びとは、まだ熱のさめない金属のふちでやけどするのもかまわず、抜け穴を押しひろげ、むこう側に侵入していた。初代ディクスン、リチャード、ドクター、アイリーン、そしてウォリス自身——子どもの世話や発電作業に忙しい者以外は全員が、笑い、歓声《かんせい》をあげながら、ちっぽけな通路と二つのキャビンをかけまわり、甲板の水たまりを子どものように足ではねちらし、鉢合わせしては、この場所を乾かすの、ドアの蝶番《ちょうつがい》に油をさすのとヒステリックに話しあった。だが騒ぎはしだいにおさまり、やがて人びとはひっそりと二つの舷窓《げんそう》に顔をよせた。

前部に面した丸窓《まるまど》からは、航海甲板とメインマストの外形がぼんやりと望まれた。冷たいグリーンの黄昏《たそがれ》の中におぼろな影がうかび、その手前にはキャットウォークや露天甲板の手すりやデリック（クレーンの一種）が、もっとくっきりと見分けられる。船べり越しのながめは砂地の海底で、ところどころに岩礁《がんしょう》が露出している。魚はろくに見当たらず、海草もほとんどない。ウォリスは、丸窓のガラスが水垢《みずあか》にくもっていないことに驚いたが、なにか強い海流とか潮汐《ちょうせき》作用が海草類の付着を妨《さまた》げてきたのだろうと解釈した。前方と上方のながめは、はりだした船尾楼甲板によって中途でさえぎられている。しかし第二の丸窓は、船の側面に取り付けられていた。

そこには見上げるような黒い断崖が立ちはだかっていた。断崖は上へ上へと伸び、二百フィートほど頭上で、ついにはさざ波をうかべた、明るい、鏡のような海面をつきぬけている。

ラドフォードがだしぬけに笑いだした。「さて、これで月ばかりか日日《ひにち》も数えられるぞ」

いまだかつてウォリスが聞いたこともない厳粛《げんしゅく》な声で、リチャードがいった。「さて、これで船のそとにも何かがあるとわかった……」

それから間もなく、船外をながめる喜びと感激に冷水をあびせるようなできごとが起こった。そのときまでガルフ・トレイダーに、死者は出ていなかった。

最初はジェニーだった。糖尿病の治療と抑制については、リチャードもラドフォードに劣らず知識をたくわえていたが、船内にインシュリンがあるはずもなく、二人にできることは何一つなかった。その後ほどなく、リチャードの父親がつまずいてハッチの縁《えん》材《ざい》に頭を打ちつけ――考えるのは死んだジェニーのことばかり、という有様《ありさま》だったのだから無理もない――二度と意識をとりもどさなかった。つぎにはマーガレットが、ドクターとリチャードの一致したみたてによれば肺炎にかかり、彼らはできるだけ穏やかな言いまわしでウォリスに事実を打ち明けた。もはや打つ手は何もない。ウォリスがなるべく長いあいだそばにいてやるのが、せめてもの慰《なぐさ》めである、と。こうしてウォリスは付き添いを始めたが、それは長くもあり、またおそろしく短かったようにも思われ、マーガレットがいつ息を引きとったのか、彼にはわからずじまいだった。片目をとじ、片目を涙にくもらせたまま、どれくらい妻の手をにぎっていただろうか。やがてリチャードがそっと肩をたたき、ウォリスを病室から連れだした。

その後ラドフォードとウォリスは、暖《だん》をとるため、またいっしょに眠るようになった。だが、その年の冬は寒さがきびしく、また寄る年波のせいで、短時間の発電作業もままならない状態が、すでに何カ月か続いていた。眠ることもできず、ふるえながら横になっている夜が多くなった。それはウォリスたちが船内に生き残って日が浅く、脱出の見通しばかりをくよくよ思い悩んで、ほかのことにほとんど気がまわらなかったころとよく似ていた。いまでは、さすがにウォリスも思い悩みはしない。しかしマーガレットの死があとに残した虚脱感は、日を追って大きくなっていった。まるで手足の一本をなくし、そのショックだけが薄らいでゆくという感じだった。しかし眠りに入ることのできる夜も、ないわけではなかった。

そんな一夜が明けてのち、「ゆうべは何をなさるつもりだったんですかな?」とラドフォードがいった。ちょうど朝食の時間で、どうやらウォリスを元気づけようとして切りだしたらしい。「むしゃぶりついてこられたときには、男ながら一瞬、貞操《ていそう》の危機を感じましたぞ!」

「どこかほかで寝ることにするよ」とウォリスはいった。

ラドフォードはいっとき沈黙し、やがてぎごちなく口をひらいた。「いや、あなたがたの夫婦仲がよかったことはわかっている。寝ぼけて腕をまわしてこられても、べつに気にはなりません。あれは具合がいい。正直な話——寒い思いをしなくてすみますからな。近ごろは寒くて寒くて……」

それから数日後、ラドフォードは肺炎の自己診断を下し、ウォリスはふたたびあの長い悲しい付き添いを始めることになった。だが、こんどはリチャードもいっしょだった。目鼻だちこそ両親の血をひいているとはいえ、この数年間にリチャードは、それに負けない多くのものをドクターから受けつぎ、いまでは若いながら、ふしぎに老成して見えた。ドクターの容態《ようだい》は悪化する一方で、意識の晴れ間もしだいに短くなってゆく。リチャードは涙もなくこれを見守り、ときおり語られる師のことばに耳を傾けた。

「実地に使う機会はまずないと思う。しかし、とにかくおまえの頭には、症状も疾病《しっぺい》も治療法もありったけ叩きこんでおいた」あるときラドフォードがこう話しだすのを、ウォリスは聞いた。「おかげで理論面では、おまえはかなり優秀な人間になっている。ところが実際面で経験があるのは産科だけだ。肝臓も横行結腸《おうこう》も、その器官が立ちあがって顔でもひっぱたいてくれないかぎり、見分けはつかんだろう。もちろん、無理もないことだ。ここには教科書や図はおろか、多少ましなスケッチを描く道具もないのだからな。だがこの二、三日のうちに、おまえにも少しはわかるときがくる。この約束はぜひとも守ってほしい——いや、これは命令だ！　わたしが何を考えているかわかるな？

わたしは五体満足なままでビルジに入りたくはないのだ！」

ドクターが何を考えているか、リチャードは理解した。ウォリスにも理解できた。

「よし！」とラドフォードは力なくいった。「おまえを本物の医者に育ててやる。だがその前に、もう一つある——じっさい些細《ささい》な問題だが、それでおまえの地位はおおやけになる。わたしも昔やったものだ。全部思いだすには苦労したよ。わたしのあとについて復唱しなさい。

医神アポロン、アスクレピオス、ヒギエイア、およびパナケイアに誓う、わたしの能力と判断にしたがって……」

リチャードは注意深くゆっくりと誓いのことばをくりかえし、いつか将来、このことばをだれかに言いわたすときのために記憶に刻みこんだ。何にしても、忘れるおそれはなかった。〈ゲーム〉のおかげで、トレイダーの住人たちに物忘れの習慣はないのだ。しかし「先生」という呼びかけに、リチャードが窮屈《きゅうくつ》そうな表情も反発も見せなくなるまでには、長い時がかかった。

やがてウォリスにも、見慣れた症状の現われるときがきた。とめどのない震え、胸をかきむしりたくなるような激しい咳、しだいに長くなる譫妄《せんもう》状態——ただし今度は、それを外側からではなく、内側から見ているという点がちがっていた。自分はラドフォードほど従容《しょうよう》と死を受けいれることはできそうもない。じっさい恐ろしさのあまり、ウォリスはほとんど口がきけなくなった。しかし、のちに意識の晴れ間がやってくると、ウォリスは空や木々やマーガレットのことを思い、彼らがこれまでに消費した食料のたくわえのことを心配した。現実に不足するということは遠い将来までなさそうだが、デイヴィッドなりジョゼフなりは、罐詰《かんづめ》の足しにするためにも、食物栽培のことをすこしは真剣に考えるべきではないのか。そして彼は横たわったまま、子どもや孫たちの演じる〈ゲーム〉に耳をすました。

それはむかしから彼の好きな小説だった。星の海に迷子になった巨大な宇宙船とその内部に芽《め》ばえた文明の物語。ジョゼフが主人公ヒュー・ホイランドの役を受けもち、その息子がミュータントのジョー＝ジムを演じている。だが若者たちはそれを短篇に仕立てていた。艦長の大好きな小説を最後まで通して語る時間はもうないだろう――リチャードが全員にそういいふくめる声も、耳にとどいていた。そしてウォリスは思った。ガルフ・トレイダーのいまの状態を考えるなら、これはなかなか似合いの物語とはいえまいか。

17

船長の位《くらい》はデスランからヘイナーに受け継がれ、ヘイナーから同じ名前の息子に受け継がれ、さらに〝狂人〟ヘルタグに受け継がれ、ヘルタグは第三世ヘイナーに殺害された。アンサ司令船の人口は四十から五十のあいだに安定した。そのおおかたが女性であった。これは将来の見通しからいっても現実面からいっても、厄介な問題ではあったが、近親結婚の弊害《へいがい》に比べれば、ささやかな悩みだった。男性の生殖不能がいちじるしく増化することは、はじめから予測されており、対策もたてられていた。ある種の奇形や知能の低下についても同じことがいえた。しかし、予測されなかった事態も生じた。原始時代への大頭《おおあたま》の先祖返りが目立つのもその一つで、彼らはその捕食習性ゆえに、幼児期のうちに別の区画に収容しなければならなかった。もう一つは、見かけこそ正常だが、先祖返りした不幸な兄弟たちの肉体より、はるかに化けものじみた歪《ゆが》んだ精神を持つ子ら――しかも、おのれの精神異常を隠しおおせるだけの知能をそなえた子らの誕生であり、ヘルタグ船長もそのひとりだった。

三代目のヘイナーは、肉体的にも知能的にも並み以上の若者ではなく、船長候補生ですらなかった――その時期訓練を受けていた五人の若い見習い機関士の中では、ランクは四番目だった。だが事件は、ヘイナーが教官の機関士といっしょに司令室の当直についていたときに起こった。ヘルタグ船長が、ふだんとまったく変わりない声音《こわね》で、「ここでは目新しいことは何も起こらんな」というなり、船団着水パネルのロックを解除したのである。ヘイナーたちが気づいたときには、すでに三十あまりの部隊が――それも先頭集団の食料船ではなく、船団の主力部隊が――継続時間も方向もそれぞれでたらめな針路変更の指令を受け、動きだしていた。

一隻《せき》一隻に乗っている数百の植民者たちをどうするのか。そんな意味のことを叫びながら教官がとびだし、力ずくで船長を押さえこもうとした。ヘルタグが正気でないことは、すでに見た目にも明らかである。だが教官は老人であり、ヘルタグを司令パネルから引き離そうとする試みは、ヘルタグの狂気と凶暴性をいっそうかきたてるだけに終わった。老教官の体から、とつぜん黒っぽい雲がわきあがった。ヘルタグが歯を使いだしたのだ。

そのときヘイナーが争いの中にわりこんだ。彼はヘルタグの背びれに組みつくと、みずからも歯をむきだしにした。以前、見習い医療士のひとりから聞いたことがある。アンサ人の急所を、歯とかその種の小さな堅いもので強く押すと、相手は一時的に麻痺《まひ》状態におちいり、意識を失うという。ヘイナーは急所をさがしあてた。だが、いざ自分の歯をそこに押しあてようとしたとき、相手が不意に身をよじり、ふりかえった。ヘイナーの歯は船長の皮膚を傷つけ、深く切り裂いた。

ヘルタグは激しく身悶《みもだ》えすると、ひとしきり自分の体をありえない形に結《ゆ》わえるような動作を見せて、死んだ。

そもそもが見習い機関士、それもあまり見込みのない下《した》っ端《ぱ》であったため、ヘイナーには、司令船の統率者にのしかかる途方もない重責についての知識や認識はほとんどなかった。だが彼は、ヘルタグの機関士殺しを阻《はば》み、船団にそれ以上の混乱がひろがるのを防いだ功労者である。いずれにせよ、〈長期睡眠〉に入った数万の植民者――アンサ最後の生き残り、そして将来への唯一の希望――の身の安全は、早くから、くりかえしクルーの頭にたたきこまれていたので、まったく感情的な理由から、ヘイナーは船長に抜擢《ばってき》されていた。だが、そうした裏の事情はともかく、ヘイナーはなかなか頼もしい船長になった。在任中、航宙部とコンピュータ部を啓発《けいはつ》し、ヘルタグがちりぢりにした船の軌道修正にあたらせることにも成功した。それは二十年近い歳月に加えて、大ガーロルすら感嘆するような、正確無比のコンピュータ操作を要する仕事であった。

ただしヘイナーの船長就任は、その時期だれにも異存のない名案であったものの、危険な前例を残すことになった。専門や技能の序列を無視した昇格、技術的な力量よりも個人的好悪に基づいた昇格。そして問題の解決、というか難局の結着を、暴力的手段に求めるという前例である。

司令船においては、内乱はそんなに遠い先のことではなかった。


一号タンクのじっとりと湿った隔壁《かくへき》から十二号タンクの〈艦長の梯子《はしご》〉まで、そして船底の〈リチャードの穴〉から船尾楼甲板《ろうかんぱん》下の〈リチャードの部屋〉まで、トレイダーのいたるところで哲学的戦争がひそやかに進行していた。一方の側には女たちの大半と老人たちがおり、一つの信念のもとに結ばれている。すなわち〈ゲーム〉を通じ、長年語りつがれてきた知識は、すべて千古《せんこ》不易《ふえき》の事実であり、たとえるなら二、三年前わが子がはじめて口にした片言《かたこと》の思い出と、真実味においてはまったく変わりないという信念である。中には狂信のあまり、記憶された虚構を記憶された事実とときおり混同する人びともいた。だがもう一方の側はこの対極にあり、ほとんどすべてに対して狂信的なまでに疑い深いのである。そのどこか中間のあたりに、ドクター・キンブル・ブッシュ・ディクスンはいた。

職業的な義務として、彼は中立でなければならない。だが、専門外の問題について何につけ動じやすいたちであることも、中立にこだわる大きな理由になっていた。けれども、いまこの瞬間ドクターはひとりきりであり、彼の意見は彼個人のものだった。中央部タンクの絶対の闇の中を〈リチャードの部屋〉めざしてきびきびと歩きながら、だれもかれも悩み事ならほかにいろいろあるだろうに、と彼は考えていた。確実に進行する金属の腐食、高まる湿気《しっき》、しだいに増える機械や電気系統の故障、ますます乏《とぼ》しくなる罐詰《かんづめ》食料、電球、衣服の材料……。だが公平に見れば、彼らも彼らなりに悩んでいることを、ドクターは知っていた。ことに若い世代にはそれが目立ち、なんとか解決しようとする動きも多く見られた。ただ彼らが水圧の作用と電気の性質に、少々根負《こんま》けしているところが問題だった。停電はたび重なり、また冬には空気ははなはだしく湿って、順番を待って発電機のペダルこぎをしたぐらいでは、たいして暖まりもしないのである。そのため呼吸器病による死亡率は、若年者と老人の双方で高まっていた。もしみんなが人のいうことにもう少し熱心に耳を貸し、一致協力してことにあたるなら、何かはできるだろうに。いや、何もできはしないか。

そもそも彼には、分裂の理由がさっぱりのみこめなかった。これは血気《けっき》はやる若さが、老いに逆らっているというような単純なものではない。食料と水と（多少の余裕はあるものの）空気を節約するには、頭をはたらかせる以外の活動は不可能であり、体を動かしての自己表現が好ましくないという点では、老いも若きも意見は一致していた。そんなきびしい環境にある閉じたコミュニティで、仲間同士が争いあうなど考えられないことである。そして若者たちに血気はやるところはあれ、老人たちがぼけているようなことは決してないのだ。ガルフ・トレイダーに、老人ぼけはありえないのだから。

いま彼にある世襲の医学知識が、ほかのいろいろなものと比べて、歳月の影響をほとんど受けていないことには確信があった——専門化し、伝統的に独身を通した前任者たちの教えは厳格だった。その中で初代ドクター・ラドフォードは、こう教えたのである。やがては髪や歯が抜け落ちるときも来るだろう。だが〈ゲーム〉はおまえたちの精神を高度にとぎすませるので、ぼけ老人になりさがる心配はまったくない、と。

ドクター・ディクスンは十二号タンクを横切ると、依然としてわずかな狂いもない手足の動きで梯子をのぼりはじめた。〈リチャードの部屋〉に入るとともに、舷窓《げんそう》からさしこむ青みがかった薄明かりが、絶対の闇に取って換《か》わった。とたんにつまずきだしたのは、記憶によって物の位置を判断することをやめ、目で遠近を測るようになったからである。キャビンの周辺にすわる五人の若者たちに挨拶すると、彼は組まれた足のあいだをすりぬけ、左舷に立った。若者たちは話のつづきを始めたが、そのあいだ彼は、わずかにくもった丸窓《まるまど》からおもてをのぞいていた。

航海船橋《せんきょう》や甲板装具のシルエットと、左舷にそそりたつ絶壁には、ぞっとするような濃い闇が凝縮している。海面から流れこむ灰色の光は、その闇にがつがつと呑《の》みこまれ、輝きはおろか反射の機会もなく、どこかの時空に送りこまれてしまうかのようだ。燐光《りんこう》をはなつ生き物がときおり流れの中を通りすぎると、墨《すみ》を流したような闇を背景に、その姿は目もくらむばかりに見える。

海上は月明かりの夜で、雲はあるかないかという程度にちがいない。雲とは、非常に高いところにうかぶ水蒸気の不定形のかたまりで、ときには月をすっかり隠してしまうが、太陽光線を完全にさえぎることはなく、ある条件が整うと広い地域に水を降らせる——ただし、どっと流れ落ちるようなことはなく、天井に細かい水漏れが無数にできたのと似ている。月とは、空気のない乾ききった天体で、惑星よりは小さく、二十三万八千マイルの距離を隔《へだ》てて地球の周囲をめぐり、太陽の光を受けて光る。その太陽とは、母なる銀河系の周辺近くにあるＧ型恒星で……

というか、そんなふうに年配者なら語るところだろう。さらにたずねれば——いや、たずねなくても——彼らはこれに、気の遠くなるような量の天文学的データをつけ加えるにちがいない。しかし、いま彼のそばにいる若者たち、特に十三歳のアーサー・サリヴァン・ウォリスあたりなら、こういう説明をするのではないか。これは海上の人びとが予備発電機を運転しているからで、大型発電機のほうは休憩時間にあり、トレイダーでやっているのと同じように配線チェックが行なわれているのだ、と。そして、船首方面に住む人びとがG型太陽説を信奉《しんぽう》しているのに対し、アーサーが、（おそらく数千人がかりでペダルをこがねばならないような）超巨大発電機の存在を必ずしも鵜呑《うの》みにはしていないことを、ドクターは知っていた。アーサー・サリヴァン・ウォリスは、何事につけ頭から信じこむことのない人間なのである。

しかし、いまアーサーのしている話には、異端のところや常軌《じょうき》を逸《いっ》したところは何一つなかった。ドクターは丸窓からふりかえり、話に聞きいった。

「……だから、食料は永久にもつということはない。かりに将来の人口を大幅に削る案に、みんなが賛成したところでね」アーサーの話はつづいている。「人口を減らすことに反対の者はいない。はじめて子どもを持った夫婦なんかはことにそうで、子どもを産むのがどんなに危険で苦痛なことか、ようやく思い知るんだ。だけど、ふつうは二人目ができるまで、だれも何かをしようとはしない。ま、生活環境がどんどん悪化しているから、人口は自然に減ってては行くんだけど。十二人以下になったことは、そういえば

「もっと食料を栽培すればいいんだわ」姉のアイリーネ・マクドゥガル・ウォリスが口をはさんだ。

「着るものも、それでいくらか助かるだろうからね」と、いとこのビング・チャーチル・ディクスン。「植物繊維は体をすっぽり包む服にはならない。すぐずたずたになるし、第一に洗えない。だけど暖かいことは暖かいんだ。もし植物がもっと増えるなら――」

「ぼくは賛成だな」と四人目のメンバー、ランドルフ・ブルータス・ディクスンがいった。「豆の茎《くき》はぼろになるとチクチクするけど、いまみたいにすっぽだかで動くよりはいいよ。赤んぼうのころから暖かい思いなんてしたこともない」

五人目のメンバーが笑った。名前はエリザベス・グレイヴズ・ディクスン。彼女は何につけ笑った。笑っていないときには、ひっそりと笑みをうかべて、指をもてあそんでいる。トレイダーの中で、彼女は疑いもなくもっとも幸せな人間であった。

「菜園《さいえん》をひろげたって駄目だ」アーサーは辛抱強くつづけた。「導線も電球もそんなにはないんだからね。いまみたいな調子で電球が切れていけば、保存食料ほども長続きしないし、明かりをつける場所がふえれば、もっと早くなくなってしまう。電球がなくなれば、光はなくなる、豆はなくなる、空気もなくなる。ぼくが見るところでは、この問題は船の中では解決できないと思う。とすれば、救助を求めるしかない」

それを聞いた瞬間、ドクターはアーサーに軽い失望を感じた。海上の人びとの注意をひく試みは、近ごろはそう頻繁ではなくなったものの、ずっと行なわれてきた。その中には、モールス信号で船体をたたくという単純な方法から、〈リチャードの部屋〉に明かりを引きこみ、夜間、丸窓を通して明滅させるといったものまであった。しかし、やればやるだけ、あとの幻滅が何カ月も尾をひくばかりで、いまではこうした試みは積極的につぶされている。救助のことを思うのは、青春の一つの過程としてある、女の子のことを思うのに似ていた。

「この〈部屋〉を使おうと思うんだ」とアーサー。「ここからだれかを海面に送る。露《ろ》天《てん》甲板へ出るドアはかたく錆《さ》びついているし、丸窓もおなじだ。だけどガラスを破って、窓をすり抜けるというか、だれかおとなに押しだしてもらえば、あとは泳いで上がっていくだけでいい。窓は、七つか八つの子どもしか抜けだせないと思う。やせていれば、十ぐらいまでかな。

選ばれた子どもは、上の人たちに何を伝えるか、まずみっちり仕込まれる。ほかに、なにか証拠を持っていく。メッセージでもいいし、艦長の認識票でもいいかもしれない。

これは生きて海岸にたどりつけなかったときや、口でいう説明をはじめ信じてもらえなかったときに、役に立つ……」

「ち、ちょっと待ってくれ！」ドクターは仰天《ぎょうてん》して割ってはいった。「それは不可能だぞ！　丸窓はやせた八つの子にも狭すぎるし、窓枠にはガラスのかけらが刺さっている。水がなだれこんでくる最中に、かけらをみんな砕《くだ》くことができるものか。子どもの体は、出る前からずたずただ」

「だから、おとなに志願してもらうんだよ」アーサーは真顔《まがお》でいった。「志願者は自分が死ぬとわかっているから、パニックにもおちいらない。何かに体を縛《しば》りつけておいて、水がなだれこんできても、丸窓から流されないようにするんだ。そのあいだ子どものほうは、できるだけ水の上に頭を出して、過呼吸の状態になって、おとながガラスのかけらをみんな砕くのを待つ。水が丸窓の上のふちのところまで上がれば、部屋の天井の部分にたまった空気が、流れをゆるくするから、おとなの手を借りて窓を通りぬける時間はたっぷり——」

「いやよ！」

反対の声をあげたのはアイリーネだった。彼女は憤慨《ふんがい》するというよりも、むしろおびえた声音で理由を述べたてた。「それは〈部屋〉をなくし、船を盲《めしい》にしてしまうことだわ！　わたしは我慢できそうもない。親たちはいいかもしれない。そとが見えるとこわくなるといって、ここに来るのもいやがってるから。だけど、船のほかにも別の世界がある――錆びた金属板や、湿った敷きわらや、いつまでもつづく寒さやいやな臭《にお》いのほかにも何かがあるということを、わたしは見て確認していたいの。

わたしはここに住んでいたい」アイリーネは強硬につけ加えた。「いつまでもいつまでも光を見ていたい。光のみなもとが何であっても、そんなことはかまわない」

あとにおりた長い沈黙をアーサーが破った。

「きみの意見には全面的に賛成だよ、アイリーネ。だから、ぼくは二番目にいいと思う案を最初にしゃべったんだ。第一の案では、子どもは巻きぞえにならない。ただ〈リチャードの穴〉を、いまの用途《ようと》以外に使うことになる……」

アーサーの語る最良の案なるものに、口出しもせず耳を傾けながら、ドクターは、自分より勇気のある男なら、最初の二言《ふたこと》三言《みこと》聞いただけでアーサーを断固しかりとばしていることだろう、と思った。しかし、やがて話しだしたとき、ドクター・キンブル・ブッシュ・ディクスンは自分の声にまじるかん高いひびきに気づいた。それは、承知のうえで愚劣《ぐれつ》な行為に出ようとする相手をさとすとき、初代ドクターが使った金切《かなき》り声とどこか相通じるものだった。

「ビルジは通りぬけできない。それはわかっているはずだぞ、アーサー！　こういった船では、ビルジの清掃をしていて死んだ人たちもいるという。肋材部《ろくざい》に入ったまま、出口がわからなくなってしまうんだ。懐中電灯を持っていて、垢水《あかみず》が二、三インチの深さしかないにしても、二重底のあいだに入って船の全長の半分がたを通り抜けるなんて、まず不可能に近い――第一に隙間《すきま》がせますぎる。まっ暗闇の、完全に水没したビルジの中で、呼吸ホースを引きずりながらヘルメットをまっすぐ立てて進むなど――！」

「ホースの扱いには気をつけるよ」答えるアーサーの声もまた、年長者の説得に耳を貸さず〈部屋〉を切りひらこうとした祖先、リチャードの声にそっくりなのかもしれなかった。「ヘルメットは肩にくくりつけておくさ。〈穴〉からホースを引いて、バケツの中にいつも新鮮な空気をためておくというところが肝心なんだ。底があいているので、顔をまっすぐにして空気が漏れないようにする必要はあるけれど、どっちみち暗いから、のぞき窓なんか要《い》らない。

　長いあいだ考えて考えて、船尾の裂け目をねらうことにしたよ」アーサーは真剣につづけた。「一発目の魚雷は、船首倉《そう》を破っている。船首倉に出るには、途中、前部コッファダムをのぼらなければならないけれど、そこは被害が大きいようだし、残骸でふさがれているかもしれない。二発目の魚雷があたったのは後部の喫水《きっすい》線の下で、こちらのほうが〈穴〉にずっと近いから——」

「それは考えぬいたことだろうさ」とドクター。「しかし、どう見てもまだ不足だ！　〈穴〉にいる生き物のことは考えたのか？　どれもみんな小魚だ。二インチ以上の大きさのやつはいない。それより大きな魚が入ってこられないとしたら、どうやってきみが出ていける？」

闇の中で歯がきらりと光り、アーサーはほほえんだ。「大きな魚は、入ることに興味がないのかもしれないよ、先生。おもてで待っていれば、小魚をたらふく食べられるんだもの」

「こういうのは気にならないか？」ドクターは別の方向から切り崩《くず》しにかかった。「旅が始まって十ヤードかそこら、きみはこの船で死んでいった人たちの骨のあいだを進むことになる。死んでそんなに日のたっていない者もいるから、小魚たちはまだ仕事をすませていないかもしれない……」

アーサーの小馬鹿にしたような声がひびいた。「まるでぼくの親父がエドガー・アラン・ポーを話して聞かせているみたいだな」

説得はそれからも折にふれて続いたが、それが空気の無駄づかいにすぎないことは、ドクター自身とうに気づいていた。そしてあくる年の春まだ浅いころ、ランディ・ディクスンをホースのくりだし役にして、アーサー・ウォリスが脱出を実行にうつす日がやってきた。

ガルフ・トレイダーの細長い、狭い、錆びついた世界は、いま冷たく暗く静まりかえっている。二台の発電機はとまり、女たちが船首方面の遠い一号タンクに移り、あらゆる手をつくして子どもたちを沈黙させているいま、船内にひびくのは、アーサーのバケツ・ヘルメットが足元の甲板の裏側をこする音ばかり。男たちははだしでフロアを踏みしめ、口をきくときも声を殺し、震えながら、アーサーの前進を追った。〈リチャードの穴〉から十一号タンク下の肋材部へ、アーサーはじりじりと進んでゆく。船尾の開口部まですでに道のりの半分以上きており、この先十二号タンク、後部コッファダム、燃料庫の下を過ぎれば、あとは機関室下のもうすこし狭いスペースをくぐりぬけるばかり。だが、そこまで来て、なにか異常が起こったようだった。

金属面をこするヘルメットの音が、大きくなり乱れてきた。合間《あいま》に聞こえる柔らかな、こもった音は、こぶしで金属面をたたく音なのか。それから間もなく、音はやんだ。

ことわりもなしに荷箱の位置を変えるという、許しがたい犯罪をおかした者がいた。子どもたちのだれかが、遊びの最中うっかり動かした可能性は大いにあるが、すなおに認める者はいまい。位置の移動も二ヤード足らずだった。しかしアイリーネ・マクドゥガル・ウォリスは知らずに闇の中を進み、膝《ひざ》から太腿《ふともも》にかけてひどい傷を負った。痛み、恐怖、いまだ記憶に新しい十一号タンク下での弟アーサーの死――そのすべてが、ことの成り行きを決定した。

対立は深まっていった。箱はだれかが計画的に、殺意をもって動かしたのであり、それは暴力行為に等しい。アイリーネはそう主張して譲《ゆず》らず、そのだれかとは、ひとり乃《ない》至《し》それ以上の年配者としか思えないと、さらに述べたてた。それまで船の歴史に暴力がかかわったことはなく――内輪の小さなもめごとは口喧嘩《くちげんか》に終始《しゅうし》するので、数には入らない――そのため荷箱事件は双方の悪感情をあおりたてた。ドクターが調停に乗りだしたが、亀裂を埋めることはできず、若者たちはしだいに船尾方面へと引っ越していった。十一号タンクには彼らだけの菜園《さいえん》ができ、また彼らだけの〈ゲーム〉が始まった。発電作業の輪番《りんばん》制はその後もつづき、年配グループがオペレッタやシェイクスピア作品を掘り起こすときには、足りない役をおぎなうため、声のよい者がひとりふたり送られたりした。しかし発電の最中ことばはほとんど交わされず、人材の交換も間遠《まどお》になった。やがてその若者たちも老い、みずからも手に負えない反抗的な若者たちを子に持つようになった。しかし、親になるという共通の基盤も、広がりゆく両派の亀裂を埋める役にはたたなかった。初代生存者の知識は、以後の船内の歴史とともに、すべて〈ゲーム〉を通じて両グループの手に入った。だが、いま歴史は分岐をはじめていた。

暴力行為に類するものはその後絶えたものの、分裂が直接の引き金になった死は、見過ごせない高率になった。少なくとも、両グループに代々出入りする医師たちの目には、そのように見えた。船尾方面はもっとも寒い区域であり、じめじめと湿っぽく、腐食はがっちりと根をおろしていた。また、どの世代にも、若く、頭がよく、ほどほどに健康な少年や少女が少なくともひとりはいて、彼らの知る唯一の世界から脱出しようと、かつてのアーサー・サリヴァン・ウォリスのように、ビルジの凍《こお》りつく闇の中で死んでいった。

同じころ、頭上はるかな高みでも、男たちや女たちが彼らの世界を逃れ、月や火星や木星衛星群をめざしていた。もちろん、旅のなかばに死んでゆく者もいた。

デスラン五世ひきいる、食料船への第三次（そして最後の）遠征隊は、ゆっくり移動する魚群のように、司令船と目標の船とを隔《へだ》てる空間に浮かんでいた。だが、祖先が知っていたアンサの小魚とちがい、ここにいる魚たちは、彼らの生まれた海をいっしょに運ばなければならず、しかも敵船まで運べる量は限られたものだった。いまこの瞬間もなお、敵の船長と味方の首席通信士とのあいだで、和平交渉がつづいている理由はそれもある——デスラン五世は皮肉な思いにとらわれながら、宇宙服の通信装置にひびく二つの声に聞きいった。敵の船長は気短《きみじか》な老人で、彼と同じく男性である。それに対する通信士が、ことのほか知性と自信にあふれた、非常に若い女性とあれば、この取り合わせから平和な調停策がみちびきだされるとは、とても思えない。しかし敵船の注意をそらし、遠征隊が気づかれずに到着する手助けにはなるだろう。

デスラン五世は、自分が正義の側にいることを、あらためて心にいいきかせた。そうでもしなければ、この卑怯《ひきょう》なやり口に、われながらいたたまれなくなりそうだった。

「こちらの子どもらの健康状態をきくということは、だ」食料船のヘルセッゴーン船長が怒りをふくんだ声で話している。「子どもの実数をたずねる、その前置きの質問にすぎん。すなわち、それはおとなの現勢力を探るということだ。われわれがそんなに愚かだと思うかね？　子どもらは元気にやっとるよ——肉もたっぷりあるしな。おとなの数は、こちらでは野性のラルティみたいに繁殖せんので、きみらよりも劣るが、それでも不足はない。われわれは司令船にはもどらん。強制してきても、効果のほどは、いまのきみのばかげた理屈と同じようなものだ！

なぜ食料をくださいと正直にいえん？　きみらは食料がほしいんだろう？」ヘルセッゴーンはつづける。「もちろん、答えは依然として〝否《いな》〟だ。食料をとるだけでは、きっとおさまらんだろうからな。われわれの祖先は六世代前に、きみらの狂信思想を逃れて、こちらに移ってきた。それを今更《いまさら》ひるがえして、そちらの……そちらの……」

「規律はいま、そんなに厳しいものではありません」落ち着いた、女らしい、歯ぎしりしたくなるほど理性的な声が、司令船から流れた。「どのポストにも六名ないしそれ以上の見習いをつけるという方式には、もうこだわっていません。いちばん重要な船長のポストでさえ、候補生をふたりおいているだけです。わたしたちも気がつきました。技術的な訓練を厳格に守りすぎたため、あなたがたが食料船に移るという結果を招いたのです。ただ、肉類の供給を減らされるとまでは思っていませんでした。それが事態を悪化させたんですね。そちらは食用動物をいっぱい抱えている。百世代かかっても食べきれないほどだろうに。そんな怒りが先にたったのです。でも、いまでは技術面のほかに文化の方面を勉強する機会も充分にありますから、その点はまったく心配ありません」

　デスランがいま現在の行動に場ちがいなひけ目を感じてさえいなかったら、その若い女性が、双方の祖先の批判からヘルセッゴーン自身の批判へと、すばやく論点を切り換えた手ぎわに、賞賛を惜《お》しまなかっただろう。食料船操縦室の水は、すでに熱くなっている。いまごろは沸騰《ふっとう》寸前にちがいない。

「あなたは聡明な方です」感じのよい声にかすかな疑惑をこめて、彼女はつづけた。「せっぱつまれば、わたしたちが別の食料船をひきよせて、そちらを無視する場合もありうるということはおわかりですね。しかし、無視したいと思ったことは一度もありません。船をもう一隻《せき》無駄づかいする気もありません。その中にいる動物たちは、目標世界の海に放せば、きっとアンサ人の体に適した食料源になるのですから。わたしたちの願いは一つです。あなたがたともう一度手を結びたいのです。それも、なるべく早く。船団は目標太陽に近づいています」

　いっときの沈黙があり、やがてヘルセッゴーンの激昂《げっこう》した声がひびいた。

「船団は出発したときから目標太陽に接近中さ。そういった同工異曲の理屈を、先代も先々代も聞いてきた。最後のとどめになるのは、いつも必ず、目標太陽の光が船の鼻づらを暖めだしているという情報だ。どうやらそいつを聞くときには、こちらは歓喜のあまり身をよじって、みどりの泡を吹きださなきゃいかんらしいな。当時もそうだったし、いまもそうだが、そんな情報ではよけい腹がたってくるだけだ！　嘘をつくだけでもよくないというのに、そういう独創性の欠如した嘘は、知性への侮辱《ぶじょく》だぞ！

もう接続を切るが――」

「待ってください！」司令船から切迫した声がとんだ。「それはみんな本当です！　ご存じでしょうけれど、そちらの船は、はじめ乗員三名の中隊誘導船になるはずが、のちに司令船直轄《ちょつかつ》の無人船に変更になったものです。操縦室には一部、内部機構の手動装置がそなわっています。照明、加温、積荷《つみに》の投棄用などで、その部分は建造の最終段階においで、どうしてもテストが必要だったものです。しかし推進部の制御装置はありませんし、船外をながめる手段も――」

「そうだ、外は見えん」ヘルセッゴーンがどなった。「だから、宇宙空間は明るいピンクで、黄色い星がちらばっているといわれれば、こちらは信じるほかないわけだ！」

そのあとにヘルセッゴーンは、アンサ人男性が女性に対してめったに使うことのない、ある種の異常な生殖法を形容した罵声《ばせい》をつけ加えた。

「あなたが信じようと信じまいと、それはわたしの知ったことではありません！」通信士がどなりかえした。ほんとうに怒っている。ただ時間稼ぎをしているだけではなかった。「目標太陽までもうすぐなのですよ！　食料源だけをめあてに、あなたと話しているわけではないのです。それは肉があれば、わたしたちの健康状態もよくなるでしょう。しかし何よりも気がかりなのは、子どもたちのことなんです……」

軽い衝撃とともに、デスラン五世は食料船の広大な船腹に着いた。クッション付きの磁石がすべて外板《がいばん》にすいつくよう体をうごめかすうち、二十八名から成る残りの一行も到着し、それぞれ体を固定していた。時間を惜しんで、船体中央部のロックに移動する。船がアンサ上空の軌道上で建造中であったころ、使われていた職員専用ロックである。一行はその外扉《がいひ》をあける作業にかかった。彼らの動きは、すでに操縦室のディスプレイに現われているだろう。だれも気づかないでいてくれ、とデスランたちは祈った。宇宙服内の水はそろそろにごりはじめている。

「……こちらの医療士たちは心配しています」怒りをふくんだ女の声が話している。「わたしだって心配しています！　なんといっても子どもには、いえ、おとなにだって不自然な環境です。たとえば低い水温は、知能の発達をさまたげるおそれがあります――これは広く知られた事実で、医療士たちはそう断言しています。とにかく子どもの生活環境に対して、そちら側が何の手も打っていない以上、わたしとしては、あなたに現実を把握する能力がないと……」

食料船操縦室の水は、比喩《ひゆ》的な言い方をすれば、その瞬間蒸気となって爆発した。知恵おくれだというほのめかしに、ヘルセッゴーンが激しく反発したのである。デスラン一行はすでにロックの中におり、外扉をとじ内扉《ないひ》をあけて、使える限度の切断ビームを船内の氷にむけてふるっていた。彼らの場合、蒸気の爆発は、熱湯と融《と》けだした氷塊《ひょうかい》がまじりあい、比喩を文字どおり現実に近いものにしていた。

デスラン五世はロック内部に残り、あとの隊員は橋頭堡《きょうとうほ》をのばしに出かけていった。彼はロックの外部アンテナをさがしていた。食料船の金属壁を破ったとき見失ったもので、司令船とのコンタクトはぜひとも再開しなければならない。アンテナを見つけ、プラグにさしこむと、別の波長から通信士の声が流れてきた。

「……聞こえますか?」声は不安げだった。「あちらも気づいています。くりかえします。攻撃だとわかったようですが、正確な位置はつきとめていません。司令船よりデスラン船長へ。食料船は接続を断ちました。しかし何かが進行中であることは、あちらも気づいています」

「わかった」とデスランはいった。「よくやった、ヘイエリン。その波長に合わせていてくれ。そのほうが聞きやすい……」

ふいにデスランは息ができなくなった。宇宙服内部の水は、ねばつく生暖かい泥に変わり、視界がうすれてゆく。鰓《えら》をおおう宇宙服のプレートを夢中ではぎとると、にごった水を排出しようと必死にもがいた。だが流れこんできた新鮮な水は煮えたっており、彼は苦痛のうめき声をあげた。意識を失うまぎわ、手近にうかぶ氷のかたまりを二つつかみ、両の鰓に押しあてた。ゆっくりと息をつぐうち、氷の周辺を流れすぎる湯はさめ、肺を焼くほどではなくなった。口がきけるようになるとすぐ、デスランは隊員のひとりに通信機のそばで待つよう指示を与え、すばやく内扉から泳ぎでた。

ロックの外側では、主船倉《せんそう》を埋める固い氷を融かして、大きな半球がくりぬかれていた。しかし船倉があまりにも巨大なので、それに比べれば半球もちっぽけに見える。隊員の高熱ビームが氷壁を切り裂き、半球はじりじりと広がってゆく。水はところによっては沸点《ふってん》に近い温度で、そこから少しはなれると、また凍《こご》えるほど冷たい。行くてには氷塊が透明な岩のように浮かび、中にはデスランと同じくらいの大きさのものもあった。一方の氷の壁から食用動物が一頭、後半身だけを水中に突きだしている。魚雷形の太い胴体、とぎすまされた幅広の尾びれ。むかいの壁には、別の一頭の頭部から背びれにかけてがのぞいている。遠いむかし、仲間たちとこの船倉で冷却に入ったときのまま凍りついた顔――その表情をながめるうち、デスランはふと笑いがこみあげてくるのをおぼえた。

半球の中がこの騒ぎでは、やがては水温もほどよい具合に落ち着き、氷塊もちぢんでゆくだろう。しかし食用動物たちは、この部分的加温から生きのびることはできまい。しぶとい生き物にはちがいないが、蘇生《そせい》には水温を急上昇させるほかに、心臓や神経系に活を入れる適量の放射線照射が必要なのだ。もっとも、仮死状態から永遠の死に入ったのが、この二頭だけだと思うのは早計《そうけい》だろう。デスランはそう心にいった。

そのとおり、氷をすかしてながめると、身をよじるようにして凍りついた群れの中に、食用になる部分の欠けているのが何頭か目につく。なかば食われた生き物たちは、一個所にかたまって淡いピンクの霧に巻かれており、船倉中央部から船首にむかって、その霧が細い帯となって伸びている。第二次遠征隊が集めてきた情報から、デスランはその霧の正体を知っていた。敵には高熱ビームはなく、トンネルをくりぬくのに化学薬品を使うため、それが氷の中に淡いピンクの軌跡《きせき》を残すのである。デスランの口早《くちばや》な命令のもと、隊員たちは、鰓に接する服の開口部に氷片《ひょうへん》をつめ、敵のトンネルめざして進みはじめた。

トンネルに入ると、泥爆弾によるものだろう、ふいに水が黒ずみ、闇のむこう側から金属の魚の群れがおそいかかってきた。銀色の群れは、最大射程からバネじかけの銃で射《う》ちだされるので、動きはそれほど速くない。だが目標に当たると、かるく押す程度でも、矢《ダート》のもとに仕込まれた火薬が爆発し、矢じりは宇宙服の生地《きじ》から、さらにその下の肉にまで深くくいこむ。先頭に立つデスランは、氷のかたまりにぶつかったのをさいわい、それを楯《たて》がわりに押して進んだ。けれども、あとにつづく一団はデスランほど幸運ではなかった。金属ダートの多くは楯のわきをすりぬけ、トンネル内は負傷者の咳とうめき声にみたされた。矢じりの上塗《うわぬ》りに神経をおかされ、とつぜん体の自由がきかなくなって、壁や仲間にぶつかる音も聞こえる。

だが闇はしだいにうすれてゆき、広々とした居住プールが目のまえにひらけた。あたりは敵ばかりだった。男も女も子どももいる。保育ネットや装飾用植物はあちこちにあるものの、味方のダート銃には狙いやすい標的である。デスラン側のダートには、医療士たちの手で速効性の麻酔剤が仕込まれており――何にしても、これは皆殺し作戦ではないのだ――一方、敵側には身を守る宇宙服はない。だが食料船の人びとは、飛んでくるダートが無害なものとは知らず、銃や銛《もり》、はては歯を使ってすさまじい反撃にでた。双方の死傷者はじりじりと増えていった。デスランたちの側もすでに手ひどい目にあっており、殺意にかられていたのである。麻酔ダートのかわりに、高熱ビームを使う者が現われた。

「殺すんだったら女だけを狙え！」デスランはとっさに叫んだ。

やがて戦いは終わった。操縦室とその周辺区画、付属プール群とそのあいだをつなぐトンネルには、くまなく捜索の手がのび、生きているアンサ人はすべて引きたてられた。死体はあとに放置された。水温はすでに下がりはじめているので、食用動物たちとともにそのまま冷凍保存されることだろう。生存者の大半は子どもたちで、彼らは司令船に送られ、デスラン五世と敵船長だけが最後に残った。

宇宙服を着せられた重症のヘルセッゴーンを押し、みずからも食料船をあとにする道すがら、デスランは腹だちまぎれに語りかけた。

「あなたに話したことは本当だ。もちろん、あらいざらい打ち明けたわけじゃない。あなたも含めてみんな、自分の殻《から》にとじこもり、文明を忘れかけている人たちだ。どんな反発が起こるか、わかったものではないからな。しかし肉だけが目的ではなかったことは言っておく。ぜがひでももう一度、あなたたちと手を結びたかったのだ。

あなたもきっと気づいたと思うが、今度の遠征隊はわたしを除けば、あとは女性ばかりだ。男の出生率が司令船では二十分の一にまで減少し、その大半が生殖不能に生まれついているというのが理由だ。

だから、あなたたちが必要だったのだ、どうしても」デスラン五世は怒りにたかぶった声でつづけた。「殺す気はなかった。死なれては元も子もない。はずみで死ぬことはあっても、それだけですませたかった。だから奇襲攻撃をかけたのだ。前回の調査で、そちらの子どもたちが、うちのに比べて健康で、性別のバランスもずっとよくとれていることはわかっていた。たぶん日ごろの食物が影響しているのだろう。その子どもたちが、どうしてもほしかったのだ。

子どもがいなくてはアンサ人に未来はない。司令船を動かすクルーもいなければ、この旅のいちばん大事なところで、船団をみちびく人員もいないのだ。そのあたりは目に見えたことだと思う」

だがヘルセッゴーンは何も見てはいなかった。戦闘が終わる直前、高熱ビームで沸騰《ふっとう》した水域をくぐりぬけたため、彼の両眼は、その背後にある精神と同様、いままでは永遠に閉ざされていた。前後の空間にうかぶ二隻の巨大宇宙船も、また暗い星々を背景に、かがり火のようにひときわ明るく輝く一個の太陽も、もはや見ることはできない。旅の終わりがもう目のまえに迫っていることを、ヘルセッゴーンは知ることもできず、また信じようともしなかった。

19

ガルフ・トレイダーの船尾方面では、若者グループの集落は、第三世代以降あまり栄えてはいなかった。第一には、〈リチャードの部屋〉の丸窓《まるまど》にグリーンの水垢《みずあか》がうっすらととりつき、むこう側がすけて見える程度から遂《つい》には完全にくもって、士気を大いに阻喪《そそう》させたこともある。もはや砂地の海底も、岩も、はるか頭上で波だつ銀色の海面も見ることはできず、そうした風物はやがて受け売りの知識、というか〈ゲーム〉の一部となり、虚構に転じる一歩を踏みだした。第二の大きな不幸は、これは誰しも似たようなものだったが、三組の若い夫婦にビタミン不足の症状があらわれ、それがとりわけ髪の毛に目立つことだった。男たちの頭は若くして禿《は》げあがり、女のうち二人の髪は、ところどころ白くなり、抜け落ちる徴候を見せていた。しかし最大の不幸——ドクターにいわせれば、医学的災害——は、若者グループの女性全員が赤んぼうをみごもっていることだった。

ふつうなら船内の世界に生まれでる子どもには、母親からは髪の毛、父親からは髪の毛とひげが与えられる。はじめのころの軍服や南京袋《なんきんぶくろ》は、とうの昔にすりきれてぼろになり、そのぼろさえも、ますますじっとりしてくる大気の中で朽《く》ちはてていた。したがって毛髪から作った衣類は、誕生からある年齢に達するまで、すなわち、体のバランスと知能が適度に発達し、もっとかたい植物繊維が着られる年ごろになるまで、幼い子どもが身のまわりにおく防寒具のすべてだった。植物繊維は寝具《しんぐ》にはよいけれど、ほかにはたいした使い道はなく、植物と髪をまぜて作った衣類は、あっけなく破れ、すりきれた。髪の毛は、なるほど暖かく、しなやかで、細工もたやすい。その唯一の短所は、のびるのに時間がかかりすぎることだった。

持ち主の年齢性別を問わず、使える長さに髪がのびるのを待って、生えぎわから切り落とす習慣は、幾世代もまえから定着していた。例外は、まもなく思春期を迎える若者たちで、彼らだけは髪をのばすことを許されていた。あと数年もして結婚すれば、はじめての子を自分たちの髪で暖かくくるんでやりたくなるだろう、という親心からである。

男のひげはどんなにもじゃもじゃ、というか、ふさふさしていても、健康な頭に生える髪の量と比べれば、その何十分の一にもあたらない。しかし若い夫婦の髪は、全身の健康状態も含めて、ドクターのみたてによればはかばかしいものではなく、ビタミン不足の問題は若者グループのあいだに深刻な危機感を生み、そのあおりを受けて〈ゲーム〉は何日も死に絶えたような観を呈した。つぎに髪を切る時期がきたとき、ドクターが自分のなけなしの髪の寄付を申しでた裏には、そのような事情もあったのである。ドクター・ジェイムズ・アイクラン・ウォリスは十九歳で、(てんかん持ちの母親が、妊娠後期に何回か卒倒《そっとう》したことによる)背骨のひどい湾曲に加え、見た目にも、また触れた感じもおぞましい皮膚病に悩まされていた。感染する病気ではないという繰りかえしの説得も効果はなく、申し出は予想どおり拒絶された。しかし、あとにおりた気まずい雰囲気は、かねてよりの自論を押しだすには好都合で、このときとばかりドクターは、前部に住む年配グループとの対立が、非常識なばかりか、いまや有名無実であることを、とうとうとまくしたてた。

結婚の司式《しき》と五年目ごとの視察のため、選任の艦長が後部に姿を見せる数少ない機会、および若者グループが船体中央部に出かけ、黙りこくって発電作業にいそしむ時間——その二つを除けば、両グループの接点となるのはドクターだけ。したがって彼は、年配グループの居住区の利点を若者グループに伝えられる立場にいた。住み心地のよさ、いくらか高い気温、そして非常用にたくわえられた余分な衣類——ショック症状を起こした患者には、これらは決定的な違いになりうるのだ。環境がわずかに改善される程度であることは、彼も認めざるをえない。だが、それでも重要なことに変わりはなく、彼のたかぶった論調に、ときには若者グループが何日も口をきかなくなるようなこともあった。年配グループさえ、いまではどこかしら冷やかだった。これは彼の激昂《げっこう》した声が船の奥にまでとどき、その中に相手側に聞かせてはまずいことばがまじるせいである。しかし決して使ってはならない論法が、一つだけあった。彼が医師だからというのが一つ、また引っ越したところで結果に変わりないということもあるが、それは若者グループの女たちに、出産に耐えて生きのびる確率を正直に打ち明けることだった。

説得が空振《からぶ》りに終わったとき、ドクターは失望はしたが、驚きはしなかった。

だが……

最初の女は出産のさいに死んだ。子どものころリューマチ熱にたびたび苦しみ、心臓の具合がよくなかったことを考えれば、これはさほど意外ではない。赤んぼうは女の子で、たたかれると元気なうぶ声をあげたが、まもなくチアノーゼを起こして死んだ。数日後、その父親が〈リチャードの部屋〉から十二号タンクのフロアに転落し、頭蓋骨折で死んだ。落下の途中、なぜか梯子《はしご》を避けたふしがあり、速度をゆるめるため手をのばした形跡もなかった。

年配グループから二人の女が、錆《さ》びた罐《かん》いっぱいの粉ミルクと二パウンド近い髪の毛をかかえて現われ、惜《お》しみない同情と救いの手をさしのべた。船尾に来ることは反乱にも等しいが、女たちの話では、若者グループの痛ましい暮らしぶりをドクターから逐一《ちくいち》聞かされて、いたたまれなくなったのだという。こうして、最初の女と病歴はそっくりであったにもかかわらず、二人目の母親は息子とともに生命をとりとめた。三人目の女は、三人の中では最悪の健康状態であったので助からなかったが、娘は生き残った。偶然は重なり、それから数日後、赤んぼうの父親が発電機の事故にあった――これは故意によるものではなく本物の事故だった。

ペダルこぎを全速まで上げようとしたとき、歯車がつまったのである。ちょうど左のペダルを強く踏みこんだところだったため、ペダルは二つに折れ、ぎざぎざの断面がふくらはぎを八インチにわたって切り裂いた。ドクターはできるかぎりの手当てをした。髪の毛で縫合《ほうごう》し、葉と植物繊維でかたく包帯をしたが、男は出血しやすい体質で、助かる見込みはなかった。

ここに至って、若者グループはふたたび年配グループに吸収された。はじめは一種のぎごちなさがあった。年配者の世話のしかたには義務的なところがあり、あまり仲のよくない、遠い親戚の孤児たちをひきとったような気分が強かった。しかし、このぎごちなさはしだいに薄れていった。若者たちは、彼らの〈ゲーム〉から外されていたデータを貪欲《どんよく》に吸収する一方、三世代にわたる新鮮な記憶を年配グループにもたらしたのである。その中には、四つの独立した脱出行の立案、準備、実行にまつわる会話が含まれており、それらはトレイダーの全歴史の中で、疑いもなくもっとも感動的な記録であった。まるでなにか目に見えぬ重荷《おもに》が、グループの団結という一事《いちじ》によって取り除かれたようだった。使い古された諺《ことわざ》ではないが、まさしく、全体は各部の総和に優《まさ》っていたわけである。

タンク内部は、デッキも船体外板《がいばん》も、いたるところ赤く錆びつき、ざりざりしている。例外は発電室にある一枚の壁だけで、そこは教育の目的からいつもきれいに磨《みが》かれていた。壁に毎日びっしりとおりる水滴を利用して、アルファベットや書物の文章、物語からとった絵や人物、その他まったく独創的な絵やことばの組みあわせが書かれるのである。一方、〈ゲーム〉自体も、いままでにない新しい局面を迎えていた。オペレッタ、芝居、物語、船の歴史の断片などが、歌われ演じられるだけではない。そこには、真実性と深みの点でもの足りなく思われた脇役たちの生涯――ことに悪玉《あくだま》や異星人の隠された経歴や動機づけを掘りおこす、胸おどるような探究の仕事があった。そのうちのいくつかは、これまで船内で行なわれた何にもまして、楽しく刺激的で、努力しがいのあるものだった。しかしルネッサンスは、たんに〈ゲーム〉の知的・芸術的充実だけにとどまらなかった。

季節が夏に入ると、彼らは日に何分かずつ船体をたたいてSOSを送るようになり、これを数カ月つづけた。多少ばかげた気もしないではなかったが、この行為は、なにか漠然《ばくぜん》としたかたちで、外世界に対する彼らの信念を強めてくれるようだった。電灯線の絶縁体が腐って、むけ落ちてゆくのも問題だった。ショートはするわ、もはや残り少ない電球も切れるわで、何日間も明かりのない生活を余儀《よぎ》なくされた。タンク内の配線をやりなおし、発電機を組みたてなおす野心的なプロジェクトが実行にうつされ、結果は大成功に終わった。照明のあるタンクは三つだけとなり、菜園《さいえん》のうち二つの区域は、闇の中に枯《か》れるままに残された。しかし人口は昔ほど多くはないので、照明する個所が少なくなれば、電球の消費も減るという理屈が通った。

もう一つの大胆な試みは、ガラスが熱の良導体であり、また植物は温度が急にあがると枯れるという事実に基づくもので、これも順調に進み、船は目をとりもどした。火を急に近づけると舷窓《げんそう》のガラスがわれ、〈リチャードの部屋〉とその下の十二号タンクに海水がなだれこむ危険は常にあった。しかし、おそれていた事態は起こらず、ガラスの外面に付着したグリーンの水垢は、黄色に変色し、はがれ落ちていった。〈部屋〉の寒さと湿り気に耐える覚悟さえあれば（そのつもりの者が大部分だったが）、いまや岩と砂地の海底も、さざ波のやまぬ海面も、こちらをのぞきこむ好奇心いっぱいの魚たちも、ながめるのは自由だった……

彼らは〈部屋〉に明かりさえ持ちこんだ。捨てられた電灯線の中から最良の部分を選びだし、回路の保護にはヒューズをとりつけ、貴重な電球をいためないように気をつけた。明かりは非常時に、信号用に使うものと定められた。

錆びはいたるところにはびこり、歩くドクターの足をいためつける。しかし彼には、そうでなかった状態の記憶はなかった。タンク外板の継ぎ目からは、中に押し入ろうとする海水が、常時じくじくとしみでている。それもまた、ありふれたことだった。もっとも、古き良き時代には、タンクの壁はなめらかで、からからに乾いていたということだが……。タンクの中も、ぴかぴかのきれいな道具や機械がいっぱいで、フロアは、高さ十フィートもある食料や南京袋の下に埋もれ、袋は手にとりほうだいであったという。いまタンクの中はほぼ空《から》っぽであり、錆びついた無用の残骸があちこちの隅に見えるほか、七号タンクに残りの食料がかろうじて貯《たくわ》えられているにすぎない。照明が三つのタンクに限られたいま、残った二つの菜園は、食料の不足分をおぎなうよりも、むしろ光合成のために必要である。さらに電球のことはいうまでもないとして、飲料水の精製と、発電機の潤滑油《じゅんかつゆ》の確保――この二つがますますむずかしくなってゆくのが問題だった。

ただ、これらは、当然のこととして受けいれられて久しい、日常的な問題である。この船にもいつか最期《さいご》がくることは、ドクターも承知している。しかし正気でいるかぎり──そう、〈ゲーム〉のおかげでガルフ・トレイダーの住民はみんな正気だ──死のまぎわのことを思いわずらって、自分の人生をだいなしにしてしまう人間はいない。実際、だれにいわせても、ここには不満の種《たね》になるようなものはない。

総じて、いまは生きてゆくには幸福な、刺激に富んだ時代であり、十九歳のジェイムズ・アイクラン・ウォリスは、自分がこのときに生を享《う》けたことを心から嬉しく思った。

目標太陽はもう間近にせまり、司令船そなえつけの小型望遠鏡からも、その惑星群はかすかなしみに分かれて見えた。だが二隻《せき》の船を隔《へだ》てる宇宙空間では、それとは比較にならぬほど大きく、しかも性能の高い──その巨大さゆえ、無重量状態の中でしか建造のおぼつかない──観測装置のフレーム構造が、しだいに形をとりつつあった。遠いむかし、種族の第二のふるさとを見つけるため、アンサ星系に建造された巨大望遠鏡の、ほんのわずかな縮小版である。反射鏡の銀色に塗ったプラスチック膜が、宇宙空間にはりわたされるときには、それは第三惑星の海洋に立つ波の一つ一つを解像するだろう。この大きな望遠鏡があれば、海陸の精密なチャートが得られ、また、先に飛びたった高加速探測機からのデータをたよりに、着水域を決めることもできる。

しかしその一方では、船団各部隊の位置を確認し、必要とあれば修正する仕事が残っている。すべての船の推進装置を同時に作動させる司令誘導システムも、テストはこれからであり、着水に先だつ総員加温のためのマスター・コントロールも、まだチェックされていない。着水そのものは出発時のクルーの仕事だが、彼らは用意万端《ばんたん》とどのわないかぎり、加温されないのである。

ヘグレンニ船長とその見習いクルーが、深い眠りにあるガント船長やガーロル航宙士らに向ける感情には、いくぶん複雑なものがあった。母星アンサに生まれ、そこで訓練を受けた伝説的なクルーであるという意味では、宗教的な畏怖《いふ》に近い敬意をおぼえずにはいられない。しかしその反面、嫌悪にきわめて近い感情もこみあげてくるのだ。

ヘグレンニは、そんな感情が内にあることをやましく思った。だが同時に、彼女は、旅の始まりにおけるガント船長の行動をも、思い起こさずにはいられなかった。ガントは恐るべき難問を、初代デスランとヘラハーに押しつけると、自分ははやばやと冷却に入ってしまったのである。司令船と船団の指揮権をガント船長に返還するときには、その難問への解答は、あらゆる点で遺漏《いろう》のないものにしなければならない。彼女はそう決心していた。なにしろ、あまりにも多くの時間と苦悩と悲惨な死の代価をはらって、この解答にたどりついたのだ。ガントが多少のやましさを味わわないことには、彼女の気分はおさまりそうもなかった。

頭脳をおしかためていた氷が融《と》け、思考の電気化学的プロセスが順調にはたらきだすと、温体《おんたい》にかえったガント船長は、たちまちレポートの猛爆《もうばく》にさらされることになった。はじめは船長の日誌にあるデータであり、デスランの提案についてガーロルが伝えるもっとくわしい情報であり、ガントに宛てたデスランの最終的な私信であり、つぎには高度に圧縮された司令船の歴史が、女性船長へグレンニの報告という形で伝えられた。しかし彼女の存在そのものが、デスランの解決法の正しさと、それがすさまじい結論に到達したことを示す、疑いもない証拠であった。

この状況にはどこか気ちがいじみたところがある、とガントは、さめやらぬ驚きの中で思った。馴染《なじ》みのものが、ほんのわずかな異質の要素の混入によって、ぞっとするものに変わり、善は悪に打ち砕《くだ》かれ、歓《よろこ》びは絶望とすれすれのところを流れている。心理学者たちが警告していた情緒の変動とは、このようなものだったのだ！

ガーロルが力説するところでは、船内で犯された二、三の誤謬《ごびゅう》は、技術方面のものではなく社会学的な性格のものであるという――なるほどコンピュータ室では、見わたすかぎり準備完了の信号が輝き、司令船と船団の航行ならびに針路修正がきわめて能率的に行なわれたことを示している。難をいえば、室内の水が、十六世代になんなんとする期間リサイクルされたため、吐き気をもよおすほど不快な味に変わっていることぐらいか。ガーロルのいう二、三の社会学的な誤謬が、避けられないものであったことはわかる。〝狂人〟ヘルタグの暴虐《ぼうぎゃく》な支配と、司令船クルーの半数が食料船に移住する、その引き金となった意見の対立がそれであり、すべてはそこから始まった。のちに初代デスランの禁止令に反して、〈長期睡眠〉にあるアンサ人の加温を図《はか》った一派があり、彼ら異端派に加えられた厳罰、ならびにデスラン五世と食料船のヘルセッゴーンとのあいだに起こった戦争(そのおかげで司令船は、生殖能力のある男性要員を確保できたわけだが)――この二つがさらに誤謬として加わる。世代を重ねるほど精神病質と奇形が増えてゆくクルー、そして病気、苦悩、数多くの無用の死。すべてがそれらの誤謬の産物であり、目のまえにいる小柄な、やせた、怒れる女性船長もまたその一員であった。

彼女はガントのことばを待っている。

「これで無事、目標星系に到達したわけだ」ガントは愚《ぐ》にもつかぬことをいった。「みんな大喜びしていいところだが、きみは本当に……つまり、確信をもって――」

ガントはいいよどんだ。ヘグレンニが報告を始めたときから、この女性の中にデスランやヘラハーのかすかな面影《おもかげ》を見出そうとやっきになっていたのだが、いまではあきらめていた。彼女を見て思いだすのは、アンサの海に文明が広がりつつあった時代、追いたてられ餓死《がし》していった古代の捕食《ほしょく》生物ばかり。彼らもまた、やせ細り、病《や》んだ、発育不良の蛮族《ばんぞく》であった。

「推力がいったんかかれば望遠鏡は廃棄されます」ヘグレンニはいらだたしげだった。「わたしのデータが信頼できなければ、写真を調べなくとも、惑星を直接観測するぐらいの時間はありますが」

「きみのデータを信用する」ガントは重い口調でいった。「わたしには何もかもがショックだったのだ。奇蹟を期待するあまり、考えが口をついて出てしまったらしい」

つかのまヘグレンニの表情がやわらぎ、ガントは一瞬そこに、医療士ヘラハーの思いやりとデスランの献身をかいま見たような気がした。

ヘグレンニはつづけた。「あなたのショックと失望はわかります。わたしの中にも同じようなものがありますから。船団は目標星系に無事到達し、あなたがデスラン船長に課した問題は解決されました。しかし目標世界には生物が住んでいます。居住区域は予想外に広く、数世紀まえ、最初の写真がとられたころには痕跡《こんせき》もなかった機械力や道路網《もう》が、いま広汎《こうはん》に認められます。彼らは知能の高いガス呼吸生物で、陸地面に密集して住み、太陽系を行き来できる程度の文明は持っているようです。目標惑星の月と、水分の蒸発した第四惑星には基地があり、また内側のガス巨星、第五惑星の衛星群にも、基地のある気配が濃厚です。これはわたしや部下には解決できそうにない問題ですので、指揮権をあなたにお返ししたいと思います」

どちらの船長も、長いあいだ沈黙したままだった。やがてガント船長は、対等の者同士がかわす敬意のジェスチャーをゆっくりと行なうと、形式ばった口調でいった。「これをもって、きみを船長の職務から解任する」

20

目標世界は母なる太陽の周囲をまわりつづけている。大いなる美と静謐《せいひつ》の惑星——その平和はいまでは見かけばかりでなく現実でもある。きわめて綿密《めんみつ》な、細部におよぶ調査からも、戦争の形跡は認められない。昼の側にところどころおりた煙の雲は産業の副産物であり、夜の側では都市が、街灯と広告の光だけできらきらと輝いている。病気と死は依然として多いが、それはインドや中国といった、いまなお慢性の食料不足にあえぐ窮乏《きゆうぼう》地帯に限られている。しかし、スペイン南西岸のとあるちっぽけな入江にも、人を寄せつけぬ高い断崖と岩礁《がんしよう》によって海陸からともに隔《へだ》てられ、深度二百フィートの海底に、もう一つ、だれも知らない窮乏地帯が存在していた。

ガルフ・トレイダーのジェイムズ・アイクラン・ウォリス艦長は、結婚の罪悪について説教をたれていた（彼がドクターのみならず艦長にまで選ばれたのは、年の功のほかに、将来のことを人並み以上に思いわずらうという、初代をはじめ歴代の艦長すべてに見られた性癖が、近年とみに目立ってきたことによる)。その皮肉をきかせた、にがにがしい口調は、このごろでは第二の天性ともなっていた。

「そんなに遠くない過去には、結婚が必要悪と考えられていた時代がある。それより前の時代には、〈ゲーム〉の伝えるところによれば、結婚は悪どころか、幸福な安定した暮らしに必須《ひっす》の条件と考えられていた。そのようなしあわせな状態は、二度と戻ってはこない。いま、男が女を好きになったり、女が男を好きになったりすれば、危険が生じる。性行為などというのは気ちがいじみた犯罪であるばかりか、利己主義のきわみ、計画的な殺人にも等しい!」

「話題を変えましょう」ヒザー・メイ・ディクスンが、丁寧ななかにもいらだちをこめた口調でいった。つづけてその双子の妹が口をひらいたが、声はいらだたしげなだけだった。「出産の話は前にも聞いています。先生、何回も何回も――」

「それをもう一度くりかえしたいのだ!」ウォリスはぴしゃりといい、つづけた。「ここには医療設備も、食料も、着るものもない。母親と子どもが安心できる適当な生活環境すらない。寒さと湿気《しっき》は、ここ何年かでまたひどくなってきた。このため若い者はみんな心臓を病《や》み、肺を病んでいるが、これは寒さや湿気に悩むことのない、服も食料もたっぷりある人間にとってさえ深刻な問題なのだ。おまえたちは栄養も行きとどいていない。ある種のビタミン類は、話にならぬほど不足しているし、病気や感染に対する抵抗力は、事実上ないに等しい——しかも、これは十年前の船の状況と比較しての話だ。医学知識の語る健全な肉体との比較ではないのだよ！　おまえたち女は出産には耐えられない。いまの生活環境で赤んぼうが生きのびるのも、同じように不可能だ。わたしはありのままを述べているだけだ。仮定でいっているのではない。残りは七人きり。この中から、だれひとり失いたくはない——」

「結婚しなきゃ増やすことだってできないのに」と、だれかが小声でいった。声音《こわね》からすると、ヘンリー・ジョー＝ジム・ディクスンか。若者四人は笑った。だが年長者の側に笑い声はなかった。

ドクターの口調には怒りがあった。「いま、わたしは〈ゲーム〉の改良案を練《ね》っている。ホーンブロワーものや異星への着陸場面を思いだしたり再演したりするのは控えて、もうすこし身近なところに題材を求めたらどうかということだ。お父さんたちやわたし自身の思い出などもいい。たとえば、おまえたちが生まれる前後のできごとだ。

わたし個人でいえば、そのあたりは〈ゲーム〉で絞りだすまでもなく、はっきりと思いだせる」ドクターは容赦なくつづけた。「臨床的にどんなふうだったかは一から十まで覚えているし、そのときの情景や……声なんかも説明できる。お父さんたちの記憶も、この時期のは鮮明だ。なにしろ、おまえたちが生まれて何分もしないうちに、二人ともやもめになってしまったんだから……」

彼の狙いは、若者たちにショックを与え多少とも理性を吹きこむことにあったのだが、いまの脅《おど》しのあとに沈黙がおりたところを見ると、作戦は成功したのかもしれなかった。ほか二人の年長者は何の問題もない。彼らは妻たちが死んだときの模様を、なんとか忘れようと苦労している。その一方、双子の姉妹と、十六歳と十九歳の二人の若者は、こと記憶に関するかぎり現場に居合わせなかったも同然なので、彼らは問題であった。警告を始終《しじゅう》くりかえしていれば、ことばの重みはうすれる。ぞっとするどころか、かえってうんざりしてくるものだ。ドクターが脅しをかけたのは、警告の背後にある陰惨《いんさん》な意味をしみとおらせるためであり、〈ゲーム〉を持ちだしたのもその論法の一つだった。

もちろん、これは脅しにすぎない。実行するなどもってのほかであり、いつかそんなときがくると考えるだけで、ドクター・ウォリスは震えをおぼえるのだった。

〈ゲーム〉は神聖なばかりでなく、食事や呼吸と同じように、船の生活の欠かせない一部となっている。〈ゲーム〉が始まれば、生きる苦しみもやわらぎ、胸のときめきや幸福すら味わえる。錆《さ》びてがさつく冷たい金属の上をはだしで歩き、衣類と名のつく毛髪や植物繊維の切れはしをかぶって震えている——日ごとのそんな悪夢のひとときを忘れられるのも、〈ゲーム〉があるおかげなのだ。

いざとなれば、発電機も菜園《さいえん》も忘れることができよう。発電機は光をつくるというより、体を暖める道具になりはてているし、菜園は、照明が不充分で温《ぬく》もりが得られない今、かろうじて命脈を保っているにすぎない。食料は、〈リチャードの穴〉でとれる魚に心理的な抵抗はなくなったものの、その程度で解消する問題ではなく、凍《い》てつく湿った空気は、リューマチや結合組織炎となって筋肉、関節を締めあげ、追い打ちをかけるように副鼻腔《ふくびくう》炎や神経痛や歯痛《はいた》が、頭をがんがんと鳴りわたらせる。しかし、それさえ忘れることができる。〈ゲーム〉があれば、彼らは震えのとまらぬ病みおとろえた肉体をはなれ、きびしい張りつめた頭脳の鍛練《たんれん》だけに、意識をふりむけることができるのだ（その頭脳——トレイダーの住民には知るよしもないが、それはいろいろな意味で、地球上もっとも研《と》ぎすまされ、もっとも高度な発達をとげた頭脳なのである）。そんなすばらしい〈ゲーム〉を使うにこと欠いて、彼らがなんとか忘れたいと願っている事柄《ことがら》を思いだすために供《きよう》するなどというのは、究極の冒瀆《ぼうとく》行為であり、本来なら思いつくはずのない倒錯《とうさく》した恐ろしい発想であった。

しかしドクターからすれば、若者たちを性行為から遠ざけるのに何か思いきった警告が必要であった。総じてガルフ・トレイダーの暮らしは我慢できないほどではなく、出産やそれに類する事故で死者が出ないかぎり、士気はこのままに保てるはずである。今年の冬はとりわけ寒さがきびしく、見上げる海面の荒れようからすると嵐も多いらしい。しかし状況はまもなく好転するにちがいない。これ以上、悪化のしようはないのだから。

黄道《おうどう》面をずっと上がったところ、この星系の内側にあるガス巨星の軌道と交差する付近では、アンサ船団の先頭集団が、目標世界を目のまえに減速し、集結しつつあった。そのはるか後方、星系の最外縁《がいえん》部、太陽がひときわ明るい星としか見えない空域では、船団の本体がこれまた減速し、ゆっくりと集結をはじめていた。司令船では、大きな決断は大部分すでに下されていたが、決断の意味を語り、論じ、疑う仕事はまだ終わっていなかった。

「それはわたしも同感だ。彼らが高度な文明段階に達していたのは、不幸なめぐりあわせというほかない」話しつづけるガントの声は腹だたしげだった。「未発達の状態なら、あっさり海におり、時間をかけてコンタクトをとることもできたろう。平和共存の道もひらけたかもしれない。しかし、このありさまでは、われわれのやることは戦争行為、大がかりな侵略に見えるに決まっているし、相手もそう受けとって対処するだろう。かりに船団を軌道にとめておく予備燃料があって、その間、意志疎通をはかったとしても、これだけの数の船を従えて、こちらの平和な意図が納得させられるものかどうかは、大いに疑問だ」

「そもそも彼らの惑星なのですから」とガーロル。

「丸ごとほしいわけではないんですよ」機関士のひとりが議論に加わった。「海洋だけだ。連中はそれを、船を浮かべることぐらいにしか利用していない」

「その点は、わたしを含めた全員が、前にも一度は持ちだしている」ガントはきびしく先をつづけた。「答えは倫理的には不満足だが、こういうことだ。もしわれわれが諦観《ていかん》をもって、従容《しょうよう》と運命を受けいれる種族であったら、アンサにとどまり、沸騰《ふっとう》する海といっしょに滅びていただろう。実際にはそんな種族ではないし、そのような決断もしなかった。これはわれわれの存亡を賭けた戦いなのだ。船団の総責任者として、わたしのとるべき道は明らかだと思う。残念なのは、戦う相手が異なる知的生物――もしかすると友好的かもしれない生物だということ、もう一つ、異質の環境での生存の闘いが、先の見えない本物の戦争になってしまうことだ。しかし、われわれは戦うし、戦いを有利にみちびくためにはあらゆる努力を惜《お》しまない。さもなければ、母星にとどまっていたと同じことに――」

「それでも意志疎通の試みはしたほうがよいと思いますが」と別の声が割ってはいった。

当然のことながら、声の主は首席通信士のダスダハーだった。

「わたしもそう思う」とガント。「しかし、いままでにどんな成果があがっているのかね？」

ダスダハーはためらったのち話しだした。「彼らは惑星の乾燥した表面に住むガス呼吸生物です。したがって、科学技術史のごく初期において無線通信の原理を発見していたと考えられます。一方、海水を呼吸するわれわれは、宇宙旅行のとば口にさしかかるまで、電離層の存在すら知りませんでした。つまり、双方にはアプローチの根本的な相違があっておかしくないということです。加えて、彼らの聴覚器官、発声器官が気体に適した構造であるのに対し、われわれは水を媒体として話したり聞いたりするわけですから、障害の大きさはおわかりいただけると思います。

目下《もっか》わたしの部署では、水中で作られた音波の周波数を変え、稀薄なガスの中でも聞こえる音にする装置を開発中です。もちろん、その逆も成りたつような装置です。実験結果はなかなか良好なので、相手方の使う周波数について何らかの知識が得られさえすれば、たがいに聞くことは可能になります。相手が何をいっているかは、もちろん別問題ですが、運がよければ……ある種の……単純なメッセージぐらいは……」

ダスダハーがつかえ、沈黙すると、ガントがいった。「計画の変更をせまるのだったら、実地にためしてもいない音声変換機や願望思考以上に手ごたえのあるものを提出すべきだな。この計画は、最善とはいえないが、いちおう合意が成立している……さて、着水行動についてもうすこし詳しく検討してみたいのだが……」

消耗船に関するかぎり、手順の変更はまったく不要だった。先頭集団を形成する家畜および食用動物は、到着に先立って自動的に加温され、船が海中に入るやいなや放出される。あとは彼らの能力しだい。最低限、形質の分岐は起こるだろうし、中にはそのまま生き残る種もあるかもしれない。冷凍睡眠の状態にあったアンサ人は、全船団に行きわたったタイマーによって加温されたのち、司令船にいるガント以下のクルーや、各中隊の責任者から、無線で状況の説明をうける。理想をいえば、説明のタイミングは、状況をのみこむ余裕があり、しかもパニックが広がらない程度の早い時期が望ましい。戦いか死か、選ぶ道はその二つだけであり、もし種族として生き残りたいのであれば、彼らは死力を尽くして戦うしかないのである。

「この生物との意志疎通云々《うんぬん》については、もうたくさんだ」ガントはきびしい口調でつづけた。「われわれは現実的でなければならない。彼らは異星の種族だ。それだけに、共通する部分がまったくない効算は大きい。かりに万が一、物の見かたや哲学や好き嫌いで共通するところがあったとしても、それを知るほどの時間はないだろう。彼らにとっては、われわれの到着は戦争行為であり、種族の存続という観点に立つなら、こちらも戦争のつもりで応じなければならない。

着水区域は、隠れやすさと安全を考慮して選んである。海面にまで突出した岩塊《がんかい》とか、それに類する障害物が付近にあって、海面上の通行に都合のわるい区域、このほか隠れた基地を作れるような海底洞窟《どうくつ》やその種の地形も重視した。探測機からのデータと望遠鏡による観測のおかげで、船団は最適の環境に着水できる。水は呼吸可能だから、かさばる防護服は必要ない……」

着水と同時に、加温されたばかりのアンサ人はちりぢりになり、持てるだけの装備をかかえて泳ぎ去る。時間がたって、もし宇宙船が敵の手で破壊されていないようなら、もっと重い複雑な要具を運びだすため、あえて戻ってもよい。ただし、安全が確保されればの話である。要は、この異様な新世界がさほど異様でもなくなるまで、身を隠し、生きのびることにあるのだ。味方のうち相当の数が、追いたてられ、殺されることになるだろう。だが皆殺しにはなるまい。一部は生き残り、攻勢に転じるときが来る。やがては平和が訪れるかもしれない。

しかし現時点でむしろ銘記《めいき》しておくべきは、この新世界がおそらく敵にとっても異様なものであることだろう。目標惑星はガス呼吸生物のものであり、彼らは海洋面に無数の船をうかべている。水を恐れる生物ではないことはそこかしこにうかがわれるが、彼らは海に住んでいるのではなく、水中で呼吸しているわけでもない。アンサ人の本能や進化史とは無縁なのだ。アンサ人全体からすれば、殺される数より生き残る数のほうがはるかに多いだろう。ガントはそう信じていた。

そこから当然、話題は兵器のことに転じた。

「……われわれへの攻撃にいちばん使われそうなのは、限定された大量破壊兵器だ」とガントはつづけた。「通常の爆薬を深みで爆発させ、その圧縮効果によって死傷者を出す。おそらく相当の数が投下されると見たほうがよい。個々に落ちてくることもあるだろうし、最大限の損害を与えるため、計算されたパターンをとることもあるだろう。これに対するわが方の防御は、高度の機動性、すみやかな分散、それに小型の収容ドームだ。ドームは海底に固定し、プラスチックとガスとガスをつめたスポンジの各層で衝撃波を吸収する。いまのところ彼らが海上で核兵器を使っている形跡はない。彼らの個体数と、海上に見える小型船の数から類推すると、海は彼らの食料源として、そんなに大きくはないが重要な一部になっていると思われる。したがって形勢がよほど不利になるまで、海を汚染させることはないと見ていいだろう。

一方こちらの兵器は、はじめのうちは粗末で、効果のほども知れたものだ。バネじかけの銛《もり》、わずかな付着機雷《きらい》、等々。ガス呼吸生物がこちらを過小評価してくれるなら、それはそれで好都合。やがては味方の一部が足場をきずき、宇宙船から重い要具を回収して、海底の採掘をはじめる。ひそかに高度な兵器の生産にかかり、放射性物質を精製し、テクノロジーを完成させる。核弾頭をそなえた可導魚雷も貯蔵してゆく。もちろん、大気中を飛び、惑星表面のどんな場所も攻撃できるようなやつだ。

惑星の大気が汚染され、地表の食料源が死滅したとて、海中生物にはほとんど影響はない」ガントは陰惨につづけた。「こちらがイニシアティヴをとりつづけるかぎり、ガス呼吸生物の反攻は最小限にくいとめられると思う」

周囲に見えるクルーの姿は奇妙に動きに欠けており、それが上級者への敬意のあらわればかりではないことに、ガントは気づいていた。航宙士ガーロルや機関士をはじめ、彼とともに目覚めた部下たちは、冷凍下の食用動物そっくりに身じろぎもせず静まりかえって浮かび、全員がまったく同じ表情で彼を見つめている。感受性と予備知識に欠ける女性のヘグレンニさえ、本来なら彼を支持してよいはずなのに、同じ表情をうかべていた。

ガントは部下たちから目をそらし、吐き捨てるようにいった。「彼らか、でなければ、われわれかだ。残念だが、これは生存の問題なのだ！」

21

状況はこれ以上悪化しようがない。それはドクター・ウォリスの口癖であったが……冬の終わりに近いある夜、ガルフ・トレイダーの住民――といっても、そのうち運よく眠りにおちていた者――は、かん高い軋《きし》みと流れる水の音にめざめた。生まれてからはおろか、〈ゲーム〉の伝える船の歴史の中でも、その種の音には出会ったためしがなく、彼らは髪の毛の寝具からぬけだすと、音の聞こえる船首方向へとかけだした。闇をものともせず、七人は走った。通り道を心得ているので、足どりが乱れることはない。じっさい、水密《すいみつ》ドア一つ一つの高さや配置、フロアにあるすべての物体の正確な場所を、彼らは知っていた。これは記憶力に加えて、すでに長いこと船内に変化らしい変化がなかったせいもある。しかし、いま変化が起こったのだ。

四号タンクで、彼らは海水にぶつかった。氷のように冷たい細流が、船の傾斜にそってゆっくりと後部に流れ、四号と五号とを隔《へだ》てる水密ドアの下にたまりはじめている。

三号タンクの内側では、水はドアの縁《ふち》のところまで来ており、一行は膝《ひざ》までつかりながら進んだ。一号タンクへの入口でも事情は似たようなもので、ただ水が縁材《えんざい》のふちから間断なくあふれでているだけの違いだった。そしてタンク前方の壁からは、ひそやかな滝の音にまじって、重圧下にある金属の乱調子な軋みと呻《うめ》きが聞こえてくる。足元のフロアは、ひくつき震えているように思われた。

「みんな出ろ!」とドクターは叫んだ。「ここには回収する値打ちのあるものはない。出るんだ!」

ドクター・ウォリスは水密ドアのわきに立ち、通りすぎる人数をかぞえていった。闇の中では、みんな荒い息づかいとはねる水音だけの存在なので、だれがだれとは判別できない。しかし五名までかぞえたとき、前部の壁が崩壊した。かん高い叫びを思わせる金属の断裂《だんれつ》音、空気の破裂する轟音《ごうおん》。つぎの瞬間、ウォリスはなだれこんできた海水によってドアのむこう側に押し流され、錆《さ》びたドアのふちで尻と脚をしたたかにすりむいて、息をきらしながらも、苦痛の叫びをあげまいと歯をくいしばっていた。と、洪水は、それが始まったときと同様、だしぬけに止《や》んだ。ウォリスは重い体を起こし、進みでてドアをしらべた。

蝶番《ちょうつがい》はかたく錆びついていたが、なだれこんだ海水の力に抗しきれず、ドアが閉ざされたのである。しかしドアそのものは、これまた錆びのために、もはや完全な水密ではなくなっていた。ウォリスの指は、その周辺からほとばしる高圧の平たい噴水をさぐりあてた。浸水した一号とからっぽの二号とを隔てる金属壁《へき》は、高まる水圧のため不気味にきしみはじめており、頭上では雷鳴のような音をひびかせて、空気が露天甲板《ろてんかんぱん》や海面に脱出してゆく。ぽとぽと、ぴしゃぴしゃと海水の降る音は、いたるところから聞こえる。

「四号へもどれ！」とウォリスは号令を発した。「二号、三号は放棄していい。ただ、ドアはかたくしめるように。錆びをかきおとすなり、たたいてゆるめるなり、できるだけのことをしろ。それも早くだ！」

二号と三号はウイング・タンクなので、片方を気密にしたところで、残りの一方に水漏れがあるなら、傷《いた》みのひどい船体構造にいびつな力がかかり、船底全体を引き裂きかねない。両方のタンクが浸水するなら、四号の前部隔壁にかかる過重は平衡《へいこう》する。しかし、とウォリスは思いおこした――その結果、過重は倍増するのだ！

船底部のおおかたの水密ドアと同様に、このドアも、空気の流れをよくするため開け放たれており、じっさいその位置でかたく錆びついていた。ウォリスたちはドアやその周辺をくず金《がね》でたたき、いたるところにかぶさる（といっても感触でわかるだけで、目には見えない）ざりざりした腐食部をはがさなければならなかった。そして次には金属片や、木ぎれ、はては手の爪まで動員して、蝶番と縁材にこびりつく金属の垢《あか》を狂ったようにかき落とした。やすりも使ったが、それ自体、細長い錆びのかたまりにすぎず、闇の中でぶつかりあうたびに互いに与える傷は、その場で動けなくなるほどではないにしても、みんな相当にひどいようだった。その間、水密とされる二号のドアから吹きだしてくるのだろう、水位はこきざみに上がりつづけた。ドアの錆びをひととおり落とし、しまり具合を調べるころになると、四号の水位は急上昇し、総がかりで押さなければ開かないほどになった。そして、ついにビクともしなくなるときが来た。ドアの周辺からあふれでる海水は、しだいに量をましながら船尾方向へ流れくだってゆく。ウォリスたちはふたたび撤退を強《し》いられた。

七号に入るドアは、比較的マシな状態だった。中に菜園《さいえん》があり、照明のさい出る熱を逃がさないように、ちょくちょく閉められていたからである。七号タンクは持ちこたえた。これも完全な水密とはいかなかったが、ひとまず休息をとり、考える余裕ができた。手もとに残った物品をしらべ、被害の規模を把握するとともに、いまや余命いくばくもない、この苛酷《かこく》な新世界に順応する時間が与えられたのである。

二人の年長者は死んでいた。ディクスン家の長は一号タンクに取り残され、ドクター・ウォリスの兄は、四号タンクのどさくさの中で生命を落としていた。手にふれる感じだけでは、何が起こったのか正確な事態はつかめない。しかし流れこむ海水と錆びを落とす作業のせいで、たくさんの道具が位置を変えており、どうやらウォリスの兄は、つまずいたはずみに頭を打って気を失い、深さ数インチの水たまりにはまってひっそりと溺《おぼ》れ死んだらしかった。死体を後部に運ぶこともできたが、ウォリスの頼みで、そのままにされた。〈リチャードの穴〉への入口は水没していた。発電機や、菜園、それに寝具の大半も水をかぶっていた。七号より先のタンクは、すべて浸水しているか、さもなければ通行不能。わずか二、三時間のうちに、彼らの世界は半分に縮まってしまったのである。

寒さと湿気《しっき》だけでも気がめいるのに、いまやそこには洪水の恐怖も加わっている。各ドアの付近では水深は一フィートを超え、いちばんうしろの十二号タンクでは、船の傾斜のため、海水は腰がつかるほどになっている。発電機が失われ、菜園が海水にやられたいま、光や熱をつくったり、空気を再生利用したり、飲み水を蒸留したりする手段はいっさいない。世界の半分とともに、空気の半分も消えた。木材や金属のはんぱな切れはしは残っている。数えるほどだが電球さえあり、食料のたくわえもかなりある。飢《う》えることはないだろう。食料は大した量ではないけれど、飲み水や空気より長持ちすることはまちがいないからだ。

（万事休《きゅう》す）とウォリスは思った。

沈没船に生き残った五人。悲しい思いが、うちにこみあげてくる。二組の若いカップルと、老境にさしかかった癇癪《かんしゃく》もちの医者が、飲み水と空気の不足から、いま死に直面している。だが今度ばかりは、生きのびるあてはない。物資はうばわれ、創意工夫を生かす場は消え去り、自分たちの世界をきずく何物もなければ、二、三週間後をさかいに、その先、生命をつなぐ手だてもない。とうとう世界の終わりがきたのだ。その事実を謙虚に認め、悪あがきをやめて、もっと冷静に、迫りくる最期《さいご》を受けいれる道をさぐるべきではないのか。

「怪我のひどい者はいるかね？」ウォリスはやさしく声をかけた。

すり傷や切り傷は数えきれないが、深傷《ふかで》はなかった。ウォリスは、傷口のごみや錆びを海水で——それだけはふんだんにある——洗い流すことをすすめ、髪の毛の包帯から敗血症が出るおそれもあるので、かさぶたができるまで患部を放置するように命じた。

またウォリスは、〈リチャードの部屋〉への引っ越しも提案した。船内ではそこが唯一の比較的乾燥した場所であり、引っ越しのさいには、回収できる寝具はなるべくかき集めて持ってゆく。頭に巻いて振りまわせば、やがては湿り気もとれるし、運動で体もあたたまるだろう……

その夜〈ゲーム〉は行なわれなかった。彼らにできるのは、ただ、温もりを求めてかたまりあうことだけ。冷たい湿った寝床《ねどこ》とそれ以上に冷たい甲板は、体熱を容赦なくうばってゆく。彼らはそこからなるべく離れようと身をよじらせ、もっとくっつきあおうとうごめき、どちらもかなわぬままに呪いのことばを吐きつづけた。それは〈ゲーム〉のない初めての夜だった。トレイダー住民の並みはずれた精神と絶大な記憶力をもってしても、この忌わしい現実《いま》から、音楽と小説と歴史の晴れやかな世界に旅立つことのできない初めての夜だった。新しいできごとの記憶がこれほど大きな障害となって立ちはだかり、過去や未来、はては仮定へのあらゆる退路を断ちきってしまうのは初めてのことだった。そして、もはや希望が失われたこと、希望などはじめからなかったということに全員が気づくのも、これが初めてなのかもしれなかった。

ウォリスは震え、悪態《あくたい》をつきながら、長いこと、したたり落ちる水音と、錆びついた崩壊寸前の世界の軋みに耳をすましていたが、やがてこう話しだした。「そうだな、この小さなキャビンに五人つめこまれていれば、凝結《ぎょうけつ》する水蒸気の量もかなりになるはずだ。これを集めて、飲料水をとろう。うまく行けば、小さな発電機を作るぐらいの部品は、水中から回収できるかもしれん。もちろん、手動式だ——スペースが限られているからね。大した役には立たんとしても、そいつを組み立てることで気晴らしになる。もうすこし腰をすえて、外部の注意をひいてみることも必要だろう。交替で壁をたたくんだ。これは体をあたためるというほかに……ほかに……」

ことばは沈黙の中に消え、沈黙を破る声はなかった。

(この意気地なしのくそばかめ!) ウォリスは声もなく自分をののしった。(きさまはあきらめることができないのか!)


そのころ、沈没したタンカーよりもはるかに古い、地表のとある建物にもうけられた作戦室では、また別の人びとが生存の問題を論じあっていた。

「迎撃ミサイルの使用、そして近接信管、化学弾頭の装備という点については合意が得られたわけですな?」テーブルの片側にいる高官がいった。「こちらの迎撃ミサイルは、地上発射のICBM迎撃用に設計されたものだ。したがって、敵が地上から百マイル以内に入ってこないかぎり有効ではない。それから、こうした状況下での核弾頭の使用は、敵以上に味方のこうむる被害のほうが大きいという、それについても異論はありませんな? もっとも、これはわが方の兵器が何らかの威力を持つとして、敵が防御ないし攻撃用の……超高性能兵器を保有していないと仮定したときの話だが」

このテーブルに座長はいない。列席した面々は、それぞれの国家の最高位にある軍人たちであり、階級もみな同等。違いは、略綬《りゃくじゅ》や金モールをごてごてとつけた礼装にまじって、むしろこれ見よがしなほど単純質素な軍服姿もまた目立つことだ。つぎに通訳を介して発言したのは、その後者のうちのひとりだった。

「わたしには彼らの戦略がわからない。小規模の先発隊を送りこんで、こちらの防御体制をテストするのはいい。主力部隊の到着は、天文学者によると一年近くあとになるということだが、そこまで間をおくのはよい戦術とはいえない。準備期間をこちらにたっぷり与えてしまうことになる」

「たっぷりとおっしゃるが、とんでもない」またひとりがいった。「運さえよければ、現在保有する迎撃ミサイルをすべて注《つ》ぎこんで、第一波は撃退できる。しかし本格的な侵攻にそなえるのに、一年では不足だ！」

「宇宙からの侵略という発想そのものが戦術的にいっておかしい」もの静かな声が割ってはいった。「そう仮定するのは性急すぎるのではないかな。異星人たちは信号のようなものを送りはじめている。可聴周波による連続的な電波で、パターン化された切れ目があり、裏返しのモールス符号といった趣《おもむき》きがある。もしここで逆の仮定に立って……」

その声は、とつぜん湧きおこった反論の渦にのみこまれた。侃々諤々《かんかんがくがく》の議論は数分ののち、ひとりの男の落ち着いた冷笑的な反対意見にしぼられた。

「この問題に対する平和的な解決策はないということですな、将軍。いまの減速率から見ると、敵艦隊の前衛はわずか五十六時間後には到着する。かりに彼らが完璧な英語で、しかもあなたのお国の名門パブリック・スクールのアクセントで、平和と善意のメッセージを送っているとしても、われわれにはほかに対応のしようがない。たとえるなら、これはオーバーロード作戦の目的が、ノルマンディ海岸でピクニックをすることにあったというのと同じことだ。太陽系における彼らの存在と行動は、見た目にも明らかに敵意にみちている」

「わが方の発射場は、宇宙からの攻撃を想定した配置にはなっていない」不安げな声があがった。「しかし彼らにすれば、軌道を二、三周するのは悪くない戦術でしょう。目標を見極め、場合によっては、こちらの戦力を弱めることもできる。そのときには彼らの通過をねらって、こちらも反撃するわけだが、一つ気がかりなことがある。もし彼らが核兵器によって戦力の弱体化を――」

「それはありえんでしょう」別の声がさえぎった。「艦隊の規模一つをとっても、彼らが着陸を意図しているのは明らかだ。橋頭堡《きょうとうほ》を放射性降下物でよごす気はないと思う。もちろん、われわれが長いあいだ知らないままに監視下にあった可能性はある。こちらの身体構造や生理がむこう側に筒抜けになっていて、そこから神経ガスやバクテリアを使う計画が進んでいるとしたら――」

「何を送りこんでこようと、こちらはひとまず受けいれるしかないわけだ」最初の高官が割って入った。「真正面からの攻撃にあって、ミサイルだけでは対抗しきれないようなら、ジェット機と地上砲火で応戦する。彼らが基地を確保した場合には、核兵器の使用も考えられる。人口の稠密《ちゆうみつ》な区域であってもやむをえない。ただし、彼らが軌道にのるという誤りをおかし、特にそれが低い爆撃軌道のときには――」

「……こちらがたたきつぶす」と、だれかがひきとっていった。

アンサ船団の先頭集団は軌道に入らなかった。そうするだけの予備燃料もなかった。司令船の前部スクリーンには目標世界の表層が見え、風景はしだいに大きさをましながら、じりじりと画面から這いだしてゆく――ガスの外被の中にうかぶ水蒸気の層、泥色をした無用な陸塊《りくかい》の細部、そして広大な青い大洋。味方のこうむる被害は、コンピュータ室に反映している。ライトが一つ、また一つと音もなく消えてゆき、そのかなたでは誘導システムが停止し、そこから先、周囲で起こっている破壊と殺戮《さつりく》の真《しん》の規模をつかむことはむずかしい。直視パネルからながめるかぎり、何かが現実に起きているとは

――地上の生物が全力をあげて自分を殺そうとしているとは、ガントにはとても信じられなかった。……だがそれも、司令船めざして高速でのぼってくるミサイルを、検知装置がとらえるまでの話だった。

すべては一瞬に終わり、ガントののろまな頭脳が、間近にせまった死を実感したときには、船は難をのがれ、彼はことの成り行きを推理できる立場にいた。

敵ミサイルの目標追跡装置はどうやらサイズを重視し、衝突の直前、狙いをひとまわり大きな船にしぼったらしい。何世代も昔から、寄り添うようにとなりを飛んでいた食料船に、鼻づらをふりむけたのである。ミサイルの爆発は、船内に突入してから起こったにちがいない。爆発の衝撃が水を通じて船体のすみずみに行きわたるにつれ、船は音もなく痙攣《けいれん》したように思われた。そしてゆっくりと裂けると、金属の大きなかたまりや、寒気《かんき》にふれてもうもうと蒸気をあげる海水、のたうつ食用動物たちを、四方八方にまきちらした。破片が司令船をかすめて飛びすぎるたびに、ガントは肝《きも》をちぢめた。ただ彼には知るよしもなかったが、広がる残骸の雲が地上レーダーを攪乱《かくらん》し、落下物のなかで宇宙船の捕捉を不可能にしていたのである。それが彼の船を救った。

司令船は厚い雲をつきぬけ、豪雨と強風と薄闇のなかに出ると、荒れ狂う海の上空につかのま浮かび、それからひっそりと海面下にすべりこんだ。

さて、このあとには一刻を争う避難所さがしの問題がある。クルーの行動および最終的な隠れがについては、それが敵の探知装置にひっかからないことを祈るしかない。時間さえあれば船のカムフラージュもしたいし、通信システムを編成する計画もある。だが、そんな作業にかかる前に、植民者たちは、まえもって組まれた生存グループに分かれ、この岩だらけの美しい沿岸部にちりぢりになっているだろう。ただし、そんなに遠くへちらばる許可は与えていない。敵の兵器や残虐性《ざんぎゃく》がどの程度のものか調べることはぜひとも必要であり、ガントや（彼が死んだ場合）その後継者には、調査結果を後続部隊に伝える義務があるからだ。要するに、破壊テストに送りこまれた実験動物ということか。ガントは陰惨《いんさん》な思いにとらわれた。

ヘグレンニ船長と部下の女性たちには、もっと積極的な任務が与えられていた。研究に供《きょう》する敵生命体の捕獲《ほかく》、ならびに彼らの道具類、機械類の収集である。戦端《せんたん》はひらかれたばかりであり、標本を殺し、機械を力ずくで奪わねばならない事態も、今後は生じるだろう。しかしガントは、それについては深く考えないことにしていた。未来は正気の頭脳で長いこと思いわずらうには、あまりにも恐ろしすぎた。

とにかく、彼の船は無事到着したのである。

22

先頭集団の八十パーセント以上が、迎撃ミサイルをかいくぐり、無事着水した。宇宙からの侵略などいまだかつて経験したことのない地球防衛軍は、砂漠や人口稀薄な土地への強行着陸を予想して、できるだけそういった地域に展開していた。彼らは結局きりきり舞いさせられることになった。敵は一度も周回軌道にのらなかったばかりか、力を集結するかわりに地球表面にちりぢりになると、陸地ではなく、世界中の海岸線にそった水域に降下したのである。ただし、一隻《せき》だけ例外があった。

その宇宙船は迎撃ミサイルをかわしたはずみに、誘導システムに故障でもあったのか、海岸沿いにある中都市の広い公園に不時着した。岸から四百ヤードほど内陸だったとはいえ、轟音《ごうおん》をあげての着陸はそれなりにみごとなもので、船は巨大な金属の灯台さながらに、くすぶる木々と茂みの中にそびえたった。都市がおびえた沈黙から立ち直るよりも早く、着地のこだまが衰《おとろ》えるころには、巨船の内部で、ドスンドスンという、くぐもった乱調子の音が始まっていた。冷却倉《そう》に眠っていた生物が、降下の途中、自動的に加温されて意識をとりもどし、パニックにおちいったのだ。凍りついた無意識の体を収容する、それだけのスペースしかなかった船倉《せんそう》である。いまその中には、ふだんおとなしい食用動物たちがひしめきあい、脱出しようとあがきながら、狂乱状態の共食いをはじめている。

だが船体各部をひらき、生き物たちを海に解放するメカニズムは、そなえつけの安全装置のおかげで作動しなかった。船体が呼吸不能のガスにつつまれているうちは、開放メカニズムははたらかず、船はかたくなに殻《から》をとざしたままなのである。

正味六分間……

それがジェット機の到着までに要した時間だった。かん高い爆音とともに、編隊は木々の梢《こずえ》をかすめると、そびえたつ異邦の船めがけて、徹甲《てっこう》ミサイルと小型HE弾とナパームをやつぎばやに浴びせかけた。ある種の戦術核兵器の用意もあったが、市民の安全を考えて、ここではまず小規模の兵器が使われた。船は一分足らず猛攻に耐えたのち大破《たいは》すると、どうと倒れ、分解をはじめた。裂けた船体からあふれでる海水をかぶって、ナパームの火がシューシューと苦しげに息を吐き、消えていった。陥没した金属塊《かい》の中から、なめらかな異星生物の巨体がすべり落ち、ころがり、湯気のたつ泥沼でのたうちはじめた。それでもジェット機は手をゆるめず、ちっぽけな着陸区画に榴弾《りゅうだん》の雨を降らせると、船をその中身もろとも、ずたずたの細片《さいへん》に引き裂きつづけた。攻撃がやみ、編隊を組みなおしたジェット機が用心深く旋回をはじめるころには、敵船のおりた公園の一角《いっかく》は、裂けた金属と、形もさだかでない肉片と、煮えたつ泥のおぞましいシチューに変わっていた。

敵の血が赤いというのは、なぜか衝撃的な発見だった。

「今の今まで、わたしはこれを宇宙戦争とばかり思っていた」ダーク・ブルーの制服に、分厚い金色の肩章のある軍人が発言した。「海軍の入りこむ余地はないだろう、と。どうやら、わたしはまちがっていたようだ」

「宇宙船に水がつまっているとわかった時点で、攻撃をやめるべきだったのです」報告をおえた白髪《しらが》まじりの民間人が、怒りもあらわにいった。「どのみち生物は死んでいたはずだ。陸《おか》にうちあげられた魚みたいに窒息死していたでしょう。それがごらんのように、まともな標本一個たりと残っていない。生物の寸法、重さ、手足の配置ぐらいを漠然《ばくぜん》と推測できるにすぎず、船の破壊が徹底していたため、いっしょに動力炉までこわれ、残骸から出る放射能でいまでは近づくこともできない始末だ！　史上最大の科学的発見でありえたものを――」

「星間宇宙をわたってきた水棲《すいせい》種属という、その前提は失われたわけではないでしょう、先生」メガネをかけた将校がおだやかに割りこんだ。「彼らにとって宇宙旅行は、地球人のそれよりはるかに大きな技術的成果だろうし、文明の発達段階の――もちろん、あらゆる意味で文明化しているかどうかは疑問の残るところですが――とにかく文明のかなり後期に達成されたと見て、まちがいないと思います。つまり、海から空気中ないし地表へ、つぎには地表ないし海面から宇宙へ、という二重の障害があったはずですから。それ以上に、宇宙艦隊を建造するには高度な技術協力が必要で、協力のあるところには文明があります。ただ、艦隊がここにあるというのは、文明化した行為とはいえない――少なくとも、われわれの考える文明人の尺度と照らしあわせて――」

「それをいうなら」と民間の科学者がいった。「われわれもまた、文明の名において妙なことをしたと――」

「いまは高説《こうせつ》をたれているときではないのです！」またひとりの将校がさえぎった。「彼らは海に住んでいる。海の中で戦う。武器は水中に適した構造になっている。降下の最中、彼らが防衛行動も攻撃行動もとらなかったのは、おそらくそれが理由でしょう。そこで問題は、海洋全域にわたって敵を遮断するのは、まず不可能であるということ。

今回二十パーセントの損傷を与えられただけでも、幸運とみなければならない。もし敵の着水を阻止できない場合、これが海軍を主軸とした戦いになるのは必至《ひっし》です。わたしは提督の考えに賛成します」

「イルカのだす音声については、こちらも多少の経験をつんでいます」メガネをかけた将校が話をつづけた。「あれも言語の一種ではある。と同時に、ここにも二重の障害があって、空気と水のあいだの交信がかりに可能であったとしても、根本的な心理の差がどこかに出てくるはずです。あるいは共通する部分は何もないかもしれない」

「生存本能を別にすれば、だろうがね」民間の科学者が口をはさんだ。

「しかし、こういうことはいえるのではないですか、先生。十全《じゅうぜん》の意味での生存には、闘争以上に協力が必要になる、と。交信することさえできれば……」

「きみのいうことも高説のたぐいだな」そっけなく提督がいった。「いまの段階では、実際面だけにしぼって問題を考えたほうがいい。高説をたれるのはあとだ。侵攻に対処する方策がある程度きまってからでも遅くない。この問題を海軍戦略の見地から考えている者は、いるとしても、きわめて少ないようだから、ともかくわたしの立場から要点をかいつまんでみよう」

すばやくテーブルを見わたし、うなずきと同意のつぶやきと石のような沈黙だけがあることをたしかめると、提督は話しだした。

「まず第一に、敵の主力艦隊は、大した損害もなく海におりると見なければならない。つぎには海底基地と観測所の設営にかかるだろうから、序戦では、こちらの水上艦艇、潜水艦、対するにむこうの艦艇や兵器――この両者の戦いになると思う。もちろん、われわれの海で敵を迎え撃つことになるわけだが、残念ながら海への適応力という点では、敵のほうがはるかに優位であることは認めざるをえない。したがって、はじめ味方の損害は甚大《じんだい》で、敵が思うままにことを進めているようにも見えるだろう。しかしこの状況は、相手方の兵器、戦術、肉体的精神的能力についての経験をつむにつれて、しだいに改善されていくはずだ。

死んだ標本と生きた捕虜を手に入れることが当面もっとも重要な課題となる」といって、メガネをかけた将校をひたと見すえ、「わずかでも可能性のあるうちは、交信の試みをつづけよう。敵を知る必要はある。

そこで得た知識を生かせば、形勢は変わってゆく」テーブル全体に目をやると、「敵を狩りたて、場合によっては絶滅させることもできるだろう。〝場合によっては〟と条件をつけたのは、敵をひとりずつ皆殺しにしてゆくことは、できそうもないように思えるからだ。しかし地球の海に根をおろし、海底からミサイルを発射したり、といった攻勢に出る時間は、何としてでも与えてはならない。もう一つ――おおざっぱとはいえ、ここにおられる博士が残骸を検分されたところによると、敵はどうやら深海では生きてゆけない生物のようだ。とすれば、沿岸部やその種の浅い海に集合すると見てよいことになる。彼らの施設を探知し破壊する作業は、これでかなりシンプルにはなるが、決してたやすくなるわけではない。とにかくこれは、見通しのたたない、長い、苦しい戦争になるだろう。

かりに双方のコミュニケーションが成立したとしても、それが停戦の糸口になるとは、わたしには思えない」提督の声は陰気につづいた。「戦況は、平和な解決を見込めないほど悪化している。というのは、先発隊はすでにこちらの攻撃をうけ、相当な被害をこうむっているからだ。したがって、わたしはこう提案したい。敵の戦力が比較的弱体な今のうちに、最大限の努力をはらって制圧し、主力艦隊の到着を待ちうけることだ――われわれにとって未経験な、この種の戦争形態にふさわしい戦術を考えだし、完成させるためにも」

提督は意見を求めるようにいっとき間をおくと、つづけた。「この先行着水が、こちらの防衛力のテスト、ならびに現場での情報収集を目的にしたものと仮定すれば、われわれは海岸線に非常に近いところで、敵と遭遇することになるだろう――といっても、最初だけだろうが。敵宇宙船と同じような大きさや形の金属のかたまりを見つけだすのは、すでにある探知装置を使えば造作《ぞうさ》もない。ただ、こまった問題がある。北大西洋、地中海、それから太平洋のかなりの区域には、敵宇宙船と同じくらいの金属のかたまりがごろごろしていることだ。第二次大戦中に沈没した軍艦や商船がそれだ。敵はごく早い時期に、そうした遺物の使用を考えつくと見たほうがいい。浅瀬にあるのは前方観測所に使えるし、深いところならカムフラージュに利用できる――海底に二つ並んだ金属のかたまりを、個別に見分けることはむずかしい。小型の沈没船ですら、敵パトロールの武器や舟艇《しゅうてい》をかくす役には立つ。とすれば、われわれのとるべき最初の手段は、海岸沿いにちらばる沈没船の残骸を一つ残らず爆雷《ばくらい》で破壊し、なるべく短い時間間隔で何回もそれをくりかえすことだ。

大爆発にともなう圧縮効果は、沈没船の内部やその付近に隠れていた敵を、まちがいなく殺すだろう」数人の口もとに出かかった質問に答えるかのように、提督は即座につづけた。「しかし二週間後でも、いや、わずか数時間後であっても、金属のかたまりは相変わらずそこにあるわけで、敵の金属の遮掩幕《えんぺいまく》として役立つことに変わりはない。したがって、装置で探知できるあらゆる沈没船、ないし疑わしい金属塊は、爆雷をくりかえし使って、こなごなに砕《くだ》く必要がある――そのさい使うのは、もちろん通常の爆薬だが、もしある区域に敵が集中していると考えられる場合には――」

「おことばを返すようですが……」とメガネをかけた将校がいった。彼の専門は通信であった。「いま世界は、食料のかなりの部分を沖合漁業に依存しています。その海を放射性物質で汚染するとなると……。魚が死ぬというほかに、海面からの蒸発の問題があり、それは雨となって陸地に降ります。これは非常にきたない戦争になると思いますが」

「そうだね」と提督はいった。「長い、きたない戦争になるだろう」

戦闘爆撃機は、波頭《なみがしら》を切るほどの低空飛行で目標水域に達すると、わずかに高度を上げて噴射ノズルをまわし、標識の二百フィート上空にすべるように停止した。標識は高速探査艇が残していったもので、磁石からのびる紐《ひも》に染料がくくりつけられている。高速艇は磁石を海中に投下すると、そそこに退散したようだった。魚雷がジェット機を狙いうちするおそれもあるということで、監視係は双眼鏡ではなくガラス底のバケツを使っていた。染料で黄色に染まった海面に、重い爆雷が投下され、しぶきが上がる。数分後、海面が白濁《はくだく》して盛りあがり、やがて平坦にもどったときには、黄色い小さな標識のあったところに、巨大な円形の白っぽいしみができていた。

「命中したのは、今月これで二度目だな……何に命中したかは知らないが」と航法士兼爆撃手がいった。「そんなにスリリングでもドラマチックでもないだろ？　残骸や死体が浮上して来やしないかと、いつも期待してるんだがね」

「百五十年も水につかっていれば、どんな木ぎれやマットレスだって浮かんで来やしないさ」と操縦士。「何かがあがるとしても、ショックでのびた魚か異星人ぐらいのものだろう」

「しかし考えてみろよ。もしだぜ、もし人間の死体があがってきたとしたら……」

「ばかなことをいうな！　そういうのを病的な空想癖《へき》というんだ。それがいつまでもやまらないようなら、軍の精神科医をおっつけるぞ。さて、リストにある次の目標は、ベルトラン岬沖《みさきおき》にある例のタンカーだな。コースを教えてくれ」

ガルフ・トレイダーの居住世界は、〈リチャードの部屋〉である二つのキャビンと、十二号タンクの上半分だけに縮まっていた。それは、じとつく冷たい死にかけた世界であり、住民は震え、腹をすかせ、みずからの排泄物《はいせつ》のなかで窒息しかけていた。十号タンクの天井付近には、まだ新鮮な空気がたまっている。しかし、くさくない空気を吸うだけのために、十二号タンクの墨《すみ》を流したような海水にとびこみ、水没したドアをくぐって、十号の水面にまで泳いでゆく者はなかった。

ただ、湿った不潔な髪の山に埋もれて、かたまりあうだけ。声をかけあい、それを〈ゲーム〉にまでふくらませる試みもいくたびかくりかえしたが、沈黙のなかで歯の鳴る音を聞いている時間のほうが、はるかに長かった。そして昼間は、水垢《みずあか》ですっかりくもった丸窓《まるまど》をながめ、何かが——何であってもよい——起こるのを待ちうけた。そんなある日、信じられないことが起こった。

「か、影だわ!」歯を鳴らしながら、女のひとりがいった。「のろのろ動いていた……上のほうで! 先生、み、見ませんでした?」

「何かが見えたね」とウォリスはいった。「大きな魚かもしれん。そ、それとも浮かんでいる舟か……」

とつぜん、ゴンというくぐもった音がひびき、金属をこする音があとにつづいた。それは長年船につきまとう軋《きし》みとか、そういった金属音とは、どこか微妙にちがっていた。

「海面に舟がいる」ささやきから始まったウォリスの声は、最後には叫びに変わった。

「この上に錨《いかり》をおろしたんだ!」

数秒のうちに、全員が手近の金くずや木ぎれをつかみ、調子を合わせて力まかせに甲《かん》板《ぱん》や壁をたたいていた。ガン、ガン、ガン。彼らは憑《つ》かれたように信号をおくった。ガーン、ガーン、ガーン。ガン、ガン、ガン。たがいに口さえきかなかった。いまごろになって救助をあてにするなど滑稽《こっけい》だし、可能性を話そうものなら、それがいかにばかげたことか思い知らされるのがオチである。かわりに彼らはたたきつづけた。数時間がたつうち、運動のおかげで、いままで記憶にないほど暖まった体は、力尽きるとともにふたたび冷えはじめた。しだいに長くなる息つぎの時間には、彼らはグリーンの水垢をすかして、丸窓のむこうを通りすぎる影を想像し、また船内のあちこちから伝わる奇妙な軋みや、擦過音《さっか》や、空気のもれる音に聞きいって、それが通常とはちがう物音であることを信じようとした。

「マストの一部が折れたのかもしれないな」長びく沈黙を破ってウォリスがいった。「錆《さ》びた金属が甲板にころがったのか……」

若者たちは聞こえたそぶりも見せない。力なく、あきらめ顔で、五人は甲板をたたきはじめた。と、不意にその手がとまった。下のタンクから、キャビンの中に光がもれてくる。

ウォリスと女のひとりが最初にハッチにかけつけ、梯子《はしご》に足をかけて席を確保した。おくれた三人は、上の甲板に膝《ひざ》をついて見下ろし、たがいに笑い、小突《こづ》きあった。水面下になにか明かりがともり、それが水没したドアから中に押しこまれようとしている。

そのうしろには潜水服のようなものを着た人影が見えるが、どうやら通りぬけるのに苦労しているらしい。海水は、この数週間のうちにたまった排泄物で、悪臭をはなつ、冷たい濃厚なスープと化しており、人影を細部まで見分けることはむずかしい。とつぜんウォリスは不安にかられた。救助者の心境や、自分たちのみすぼらしい有様《ありさま》を思いやると同時に、開口一番何をいうべきか、迷ってしまったのだ。「やあ」がよいか、「ありがたや」か、それとも「さんざん待たされたよ」か……

水面を破って人影が現われた。ヘルメットが、内部に水をため、空気の侵入を防ぐためのものであることは、ひと目でわかる。そして中にある……顔は……人間のものではなかった。

23

前船長へグレンニから第一報の音声記録が送られてきた。

「……一隻《せき》の大型船で、腐食が極度に進行しているところを見ると、この惑星の時間にして百年以上まえに沈没したものと思われます。調査中、意外にも物音が聞こえ、それがパターン化された連続音で、知性の存在も考えられることから船内のガスポケットをさがしたところ、生きているガス呼吸生物を発見しました。くりかえします。船内には五名のガス呼吸生物が生存しておりました。彼らは驚くほど短時間のうちにわたしの存在に慣れると、そのひとりが壁をおおう粉末状の腐食の上に、記号を書いてみせました。一つは、直角三角形の各辺の平方云々《うんぬん》という、トレンノカリンの定理をあらわすらしい幾何《きか》の図形、もう一つは、この星系のおおまかな略図でした。このガス呼吸生物たちとはコンタクトできそうな気がします。もしコンタクトが成立するようなら、彼らの肉体や心理についての貴重な情報が、たくさん得られるでしょう。両種族の対立関係に彼らがまったく気づいていない点も、好都合と思われます。そのようなわけなので、通信士を一名、わたしにつけてくださるようお願いいたします。できるなら、音声変換装置の開発にあたっていた者がよいのですが。

このレポートといっしょに、ガス呼吸生物一名の死体を送ります。生物の死因は、病気や外傷によるものではなく、水中での窒息のように見受けられます。発見場所は、水の充満した隔室《かくしつ》の一つで、死んだのはごく最近のようです。現地の小さな捕食生物が標本をついばんでいましたが、骨格とおもな臓器は無傷らしく……」

ガント船長は音声をそのまま結論まで流し、それからおもむろに部下にむきなおった。通信士は暗い司令室の中に、虹色の影のように浮かんでいる。探知網にかかるおそれもあるため、船内の動力源は切られ、照明も換水装置もはたらいていない。ガントたちの呼吸する水はすでに船外とおなじもので、文句なく涼しく、水圧は快適、そのうえアンサの海とちがって塩分も少ないので、吸っていると陶然《とうぜん》としてくるほどだ。アンサの海も、太陽に煮つめられる前には、きっとこんな風だったにちがいない。このさわやかな、冷たい、広々とした海は、アンサ人の考える天国にきわめて近いものである。この完全な世界を力で勝ちとらねばならず、その戦いは長い苦しいものになる。しかも戦いに勝ったとき——もし勝つとすれば——このうっとりするほど清らかな海は、放射能に汚染され、アンサの煮えたつ海以上にきたないものになりはてているのだ。だがそれを実感としてつかむのは、ときには多少の努力がいった。

　ガントは怒りにまかせていった。「この任務につくことを命じる気はないが、禁じれば、きみが脱走するのは目に見えている。ただし、これだけは忘れないでほしい。きみは非人間型知的生命への好奇心をみたす、ただそれだけのために行くわけではないのだ。目的は一つ――われわれの存続に役立ち、敵の敗北を早める情報の収集だ。今後短期間のうちに、たくさんの味方が死んでゆくだろうが、きみの集める情報の量と確度は、おそらく死傷者数に反比例する。はじめの計画では、なるべく早いうちに、できるだけ遠くへ植民者を分散させるつもりだった。計画は変わったとヘグレンニに伝えてくれ。敵にかんするデータがありったけ揃ったところで、救命胞にとびこむに越したことはない。だから最後のぎりぎりの瞬間まで、みんなを船の周辺に待機させることにした、と。

　経歴からいっても、ヘグレンニはこの任務にぴったりだろう。そう伝えてほしい」ガントはぎごちなくつづけた。「情報を得る手段にあまり神経質になられても困るからな。もう一つ、彼女の仕事ぶりにはたいへん満足している。これはきわめて重大な発見だと思うので、沈没船とのあいだに通話線を設けることにした、と。線は音声通話になる。画像はよけいだし、無線では海上から探知されやすい……」

第二報は、データ到着のたびにガントが意見をそえる態勢がととのっていたので、討論に近いものとなった。どうやら五名のガス呼吸生物は、飢餓《きが》と呼吸困難ともう一つ、口腔《こうくう》から少量の水を吸う、というか呑みこむことに関わる何かの理由で、死に瀕《ひん》しているようだった。第一の問題は、小魚やエビ類を各種とりまぜて与えることで解決した。第二の問題は、敵にさとられぬように深夜、パイプを海面に送り、船内のにごった空気と入れかえることで、なんなく処理できた。第三の問題ははるかに面倒だった。というのはガス呼吸生物たちは、船外から運んだ新鮮な海水に口をつけようとせず、排泄《はいせつ》物で汚染された水と同じように、きっぱりと拒絶したのである。彼らがこの環境に長時間耐えてきているだけに、いったい何が不足なのかヘグレンニは理解に苦しんだ。彼女は船内の最近水没した区画を徹底的に調査し、手がかりになりそうな食料またはメカニズムをさがすことにした。

それから二、三日後にとどいたレポートは、ガントには、いささか感傷過多のように思われた。ガス呼吸生物たちはいちじるしく体力が衰《おとろ》え、仲間うちでさえ、ことばを交わせないほどになっている。ヘグレンニはそう訴えた。年老いた男性のようすは——男性三名、女性二名いる中で——見るも痛ましい。船長のほうに何か考えは？

「ないこともない」ガントはすこしためらったのち答えた。「これは接近の途中の観測結果と、きみの送ってくれた道具類から割りだした仮説だが、その道具の中に、水を電気で加温する小型の入れ物があった——それが調理に使うには小さすぎるし、配線を調べてみると、中の水はたんに暖まるだけではなく蒸発する仕組みになっているのだ。突《とっ》拍子《びょうし》もない話かもしれないが、ガス呼吸生物たちは、惑星のガス外被に含まれる水蒸気が、地表に落下してきたものを好んで摂取《せっしゅ》しているんじゃあるまいか。こうして作られた水は、鉱物や塩といった不純物のとけこみ方も少ない。つまり、海水は彼らには有毒だということだ。これは……わたしのたてた仮説であって、いま言ったように、当たっている確率も低いと思う」

「そうでしょうとも！」へグレンニの叫び声が伝わってきた。「でも試してみます。何だってやってみなければ！」

ガントは癇癪《かんしゃく》をこらえ、感傷過多な女たちへの悪口を内心あげつらった。ガントはいった、「それまでに死亡者が一、二名出るようだったら、死体をただちに司令船に——」

「それはむずかしいと思います」通信士のダスダハーが割りこんだ。「彼らとのコンタクトは、いま微妙な段階にあります。こちらは信頼を得つつあるところで、死体を運びだしたりすれば、何もかもぶちこわしになりかねません」

「これは驚いた。きみはまだ連中のことばを二つ三つしか覚えておらず、あとはみんな観察と直観にもとづく知識だと思っていた。それも直観はヘグレンニの受け売りで、そのヘグレンニにしてからが、ペット動物への憐《あわ》れみ高じて、眠れる母性本能をかきたてられているらしい！　きみは自分の考えを彼らの言語で伝えられるのか？」

「いいえ、はい、どちらともいえます」とダスダハー。「つまり、われわれの言語で伝えることができるのです。ガス呼吸生物の発声器官は、われわれのよりはるかに融通《ゆうずう》がきくうえに、彼らは異常に記憶力が強いのです。いわれたことは決して忘れません。それが一度きりであってもです。相当にこみいった考えをアンサ語でとりかわしていたのですが、いまでは弱って口もきけない状態です」

「でも、これから蒸留水で蘇生《そせい》するかどうか実験してみます！」ヘグレンニのあざけるような声が加わった。「以上、謹《つつし》んで報告を終わります」

切断ビームと、船体前部にある無人のガスポケットを使い、ヘグレンニはかなりの量の蒸留水をつくると、それをねじぶた式の容器につめ、ガス呼吸生物たちの区画に運んだ。効果はほとんど即時であり、きわめてドラマチックだった。しかしヘグレンニはあせらず、ダスダハーと二人で丸一日彼らと話しあってから、ガント船長と連絡をとった。

「答えは蒸留水でした。きのうの礼を失した言動については、心からおわびいたします」

「コンタクトの範囲は広がっています」とダスダハー。「追加データを送ります……」

情報は日ごと量をましながら、司令船に流れこんだ。標本たちの異常な記憶力の秘密は、やがて明らかになった。この惑星の時間にして百年以上もの長いあいだ、沈没船の生物たちは、記憶力の鍛錬《たんれん》以外にはほとんど何もすることなく生きてきたのだ！　データの大半は、船内の暮らしに関わるものだった。しかし、そこにはまた彼らの船が浮力を失う以前にあった世界のありさまが、厖大《ぼうだい》な情報となって含まれていた――芸術やテクノロジーにかんするデータ、ガス呼吸生物の文化に深みと広がりを与えるデータ。しかもそれらを分析するとき、そのすべての中から現われでてくるのは、ガス呼吸生物たちの医療士に相当する最年長の標本、ワー・ラスという男の人柄《ひとがら》だった。

すべての資料が興味深く、そのうちのかなりが有益だった。しかし船団の主力が第四惑星の軌道を横切る位置にあり、各船への最後の指令がいまだ発せられていない現時点では、ガント船長は有益な情報にしか興味がなかった。

宇宙からきた生物が二体、生きたままとはいかないまでも、ほぼ完全なかたちで捕獲された。一体は銛《もり》、一体は機銃でしとめられたが、二体とも、異星人の仕組みを知るのはこのときと目の色を変えて押しよせた世界有数の生物学者たちによって、ずたずたに切り裂かれてしまった。だが研究がひととおり終わったとき、彼らは前にもまして雲をつかむような状態におかれていた。なぜなら、二つの標本は異なる亜種に属するようで、頭部をぐるりとかこむ触手にも、精密なものを扱う機能があるようには見えず、頭蓋容《ずがい》量も体の大きさに比して小さく、せいぜい小型のクジラ並みだったからである。問題の標本には、道具を作りだす知能はなく、使いこなす器用さもない。そんな趣旨の声明を出したいところだった。だが何にしても相手は異星生物であり、学者たちは慎重にならざるをえなかった。

その間、世界の軍隊は、やがて始まる侵略をくいとめる策もないままに、ますます緊密に結束し、着水後に敵を皆殺しにする戦術をねりあげようとあがいていた。その一つ、沈没船のすみやかな探知と爆雷《ばくらい》による破壊は、まだ完了にはほど遠かった。

新鮮な食物としては魚やロブスターが毎日あり、新鮮な空気は、夜ごと海面から直接パイプで送られてくる。居住区は広がって眺めもずっとよくなり、ある種の暖房器具さえそなわっている。熱源はアンサ人のアセチレン・バーナーに相当するものだが、あまりにも性能がよいので、外板《がいばん》に穴があかないよう、十二号タンクの海水中に下向きにおかねばならない。そのため、装置がはたらいているあいだは暑い霧がたちこめ、止まれば、じっとりとした冷気がおりた。

ウォリスは近ごろよく咳きこむようになっていた。肺炎の症状はそれだけにとどまらず、ときには熱がでて頭がもうろうとしてくることもあった。

ヘグレンニか、音声変換機をあやつるその片割れに、もう一度、陸《おか》に上げてくれと切りだすころあいだった。最初に頼んだときには、ヘグレンニはわからないふりをして話をそらし、ウォリスのほうもあえて深くは追求しなかった。とにかく異星人たちは救い主である。それにヘグレンニのほうに、人間のことをもっともっと知りたい気があるかららには、彼女のいうところのペット生物が、地上のどこかに消えてしまっては困るのだろう。人間とアンサ人とのあいだには共通点がたくさんある、とヘグレンニは力説し、彼らの船の通信士だという男性のアンサ人も、これに和した。もう一つには、ウォリス自身、地表に運ばれることに、最近までひどくおびえていたという理由もある。ガルフ・トレイダーこそ彼が生涯をすごしてきた世界であり、地表が手のとどくところに近づいたいま、それがとつぜん死後の世界のように異様な恐ろしいものに思えてきたのだ。四人の若者たちも思いは似たようなものらしく、出たいといいはる者はなかった。しかし、いまのウォリスは、ここにとどまるかぎり、余命がそう長くないことを知っていた。譫妄《せんもう》状態でいるせいもあるだろうし、持ちまえのへそまがりな、疑い深い性格もあるのだろう、このところウォリスは、救い主の動機を――もし本当に救い主であるならの話だが――あれこれ考えるようになっていた。アンサ語をうなり声で話すとき、咳きこんでしまう単語もまだいくつかあるけれど、会話自体は近ごろそんなに苦労しないので、自分が聞くことばの意味をとりちがえていない自信はあった。意味があいまいなのと、辻褄《つじつま》が合わないのとでは、問題はまったくちがう。アンサ人たちが夜には明かりを消し、暗闇のなかで新鮮な空気を送ってよこすのは納得できる（ヘグレンニの一行は、母星の災害を逃れてきた難民らしく、この世界についてもう少し知るまで姿を現わすのを避けている。ウォリスはそんな印象をうけた、というか与えられた）。だが、それにしてもアンサ人自体のことになると、とたんに口が重くなる彼らの態度は、どこか腑《ふ》に落ちなかった。

〈ゲーム〉は、このテーマについてたくさんのヴァリエーションを扱ってきた――よい異星人、悪い異星人、よいふりをした悪い異星人、等々。ウォリスはいたたまれないほどの疚《やま》しさをおぼえた。もしヘグレンニが現われなかったなら、彼は数カ月前に死んでいたところなのである。だが、それはひとまず棚上げにして、ことばの罠《わな》を二つ三つしかけるときが来たようだった。

アンサ語はなんとか使いこなせる。うなり声で発音するときにあまり咳きこまず、熱が高くなっても意識をはっきりさせておくことができるなら、知りたいことを探りだせるはずだ。

しかし、何を知りたいというのか？

錆《さ》びついた隔壁《かくへき》を、オレンジ色にかがやく奇怪な光の棒を、拡張された居住区のそとに浮かぶヘグレンニの悪夢のような姿を、譫妄状態の霧のかなたに見ながら、ウォリスが真剣に思い悩むのはそんなときだった。このすべては高熱のもたらした幻覚なのか？肺炎は彼が考えている以上に進行しているのではあるまいか？

「……このまぬけの無責任のばかものども！」ガントのどなり声が通話機から流れでた。「おまえたちは何という……何という……これに対して何か言いわけがあるのか？」

ダスダハーは途方にくれた顔でヘグレンニを見やり、考えられるいちばん穏当な答えを選びとった。

「ガス呼吸生物たちがなぜ疑いだしたのか、理由はわかりません」彼は間をおかずにいった。「しかし疑っているのはたしかで、とつぜん非協力的な態度をとりはじめたのです。非常に有益な情報を手に入れようとしていたときなので、われわれは決心して――」

「決断を下したのはわたしです」ヘグレンニが鋭くいった。「責任はすべてわたしにあります」

「……二人で決断を下し、真実をつげることにしました。当然その中には、アンサのこと、宇宙船の総数、その構成、本来非好戦的な船団の性格などについて、たくさんの背景情報がまじります。彼らはこれには慎重な反応を見せ、もっと細かい情報を要求してきました。ことに興味を示したのは、アンサ生えぬきのクルーが冷凍睡眠に入って以降、司令船に起こったさまざまな問題で――」

「半人前のうすのろにも、その理由はわかると思いますが」ヘグレンニが口をはさんだ。

通信士はヘグレンニに、問題をこれ以上こじらせないでほしいと目顔《めがお》で懇願《こんがん》し、すかさず先をつづけた。「ところが、いま彼らは条件をつきつけ、こちらがそれを呑まないかぎり、今後彼らの種族にかんする情報はいっさい提供しないという姿勢を見せているのです。条件の一つは、船長ご自身がワー・ラスというガス呼吸生物と話をされるか、できることなら会見を――」

「断わる！」

ヘグレンニとダスダハーは、沈黙の中でいっとき見つめあった――気のやさしい、大《おお》柄《がら》の不格好な男性と、いつも何かに腹をたてている、すらりとした精悍《せいかん》な女性。そして男性が、母なる惑星の海で生まれ育った記憶を持つのに対し、女性は、彼の住んでいた世界の存在を必ずしも信じてはいない。そのとき、だしぬけにガントの声が流れだした。

「ワー・ラスという生物と話したくない理由を、これから述べよう。形勢は着実に悪化してきている。沿岸部の沈没船をこちらの観測所に使わせないつもりだろう。敵は爆雷《ばくらい》投下をはじめたらしく、その報告がつぎからつぎへと入ってくる。きみらも承知のように、司令船は、沈没した敵の軍艦のかげに接地しているから、こちらの順番が来るのももう間もなくだ。したがって敵生物にかんするデータの収集は、船団への送信の時間を見込んで、なるべく早く切りあげなければならない。きみたちには、ガス呼吸生物五名の殺害を命じる。ただし、彼らの生理機能についてはまだ知りたいところがあるので、殺すさい余計な傷を与えず、ただちに司令船に運びこむように」

「いやです」とヘグレンニがいった。

「そうする必要があるのですか?」とダスダハー。

「残念ながら、その必要はある」と船長の声が返ってきた。「見たところ、きみら二人は、その生物に対して愛着めいたものを抱いているようだ。彼らの生存能力には賛嘆《さんたん》を惜《お》しまないし、海面に上げて、仲間に救助されるようにしてやりたい、そういう気持ちでいることもわかっている。だが彼らは決定的な情報をつかみすぎている。もしこちらが艦隊ではなく、ただの船団だということがわかれば、敵の動きは大胆になって、死傷者数は際限なくふえるだろう。わたしだって、こんな措置《そち》はとりたくない。だが、これは戦争なのだ。

きみらの気持ちは理解できる」とガントはつづけた。「この件の処理の不手ぎわは、いまの不服従も含めて、大目《おおめ》に見よう。それに、こういう理屈もあるんじゃないかな。きみらが発見しなかったら、標本たちはとっくに死んでいたところだ。したがって罪の意識は——」

「そんなことするものですか！」ヘグレンニが叫んだ。

「わたしも同じ意見です」ダスダハーがうやうやしくいった。

ことばの爆発が通信機に投げつけられて数秒後、第二の、さらに大きな爆発が起こった。それは途方もないハンマーのようにヘグレンニたちを打ちのめし、二人の心から、ガス呼吸生物や不服従や倫理の問題いっさいを消し去ると、とつぜんの底知れぬ闇だけをあとに残した。

新しく発見された破船は、小さな入江の岩だらけの海底に横たわっており、これが目標への最初の爆雷投下だった。その点を除けば、手順はいままでとほとんど変わりなかった。爆雷を落とし、広い水域が白濁《はくだく》するのをながめ、軽く舞いあがり、波がおさまるのを数分待って、なにか異常をさがす。このときまで異常なできごとは一度も起こったことがなかったが……

「見ろ！」と航法士兼爆撃手がいった。

「ヘリコプター、パラシュート衛生兵、ホーバー船！」操縦士が緊急周波数を通じて叫ぶ。「こちらに急行せよ！　下に人が見える。何かの生き残りらしい。浮上してくる！　みんなプラスチックの袋みたいなものの中にいる。何人か……どうやら何人かは動いているようだ！」

24

爆発の衝撃で船体の継ぎ目という継ぎ目がほとんどすべて裂けたため、ガルフ・トレイダーの内部には、もはやガスポケットは一個所も残っていない。だが内部には、まだ生命が息づいていた。ヘグレンニたちは、心も体も強靭《きようじん》にできた種族である。また爆雷《ばくらい》の圧縮効果は、船の隔室《かくしつ》構造によってある程度打ち消され、いうまでもなく内部にたまっていたガスも、衝撃波を吸収する役に立った。しかしヘグレンニが意識らしいものをすっかり取りもどすまでには、船外の海にいくたびか夜と昼がめぐってきたし、同僚のダスダハーがまともに口をきき、物にぶつからず泳げるようになるまでには、あと何日かかかりそうだった。二人ともひどい痛みに苦しんでいた。

通信機は無傷だったが、外部に通じるリード線は、はねとんだ残骸によって切断されていた。かつての十号タンクの天井にできるだけ手早く――せまい場所で高熱ビームを最強にして使えば、生きたままゆでられてしまう――穴をあけると、ヘグレンニは露天《ろてん》甲板に泳ぎでた。甲板にあいた穴から、短い通路と二つの小さな室が見える。ガス呼吸生物たちは、ヘグレンニが新しい区画をつけ足すまで、そこを住みかにしていたのだ。ガス呼吸生活の場がひろがって彼らはたいそう感謝したが、ヘグレンニにとって、それは二重の喜びだった。というのは、その透明な気泡のおかげで、コミュニケーションの問題も大幅に解消されたからである。いま露天甲板には、硬くなった密封剤が、伸びあがるように半円状に残っているにすぎない。付着したプラスチックの切れはしが、流れの中にゆったりとゆれている。プラスチックは爆発によってずたずたになり、ワー・ラスとその一族も、もちろん同じ道をたどったにちがいない。

ヘグレンニは、うちに痛みがこみあげてくるのをおぼえた。それは体中に負った傷とは何のかかわりもない。いやもおうもない物事の成り行きに対する怒りと悲しみと無力感、それらのないまぜになった痛みだった。

自己保存——自分と自分の種族が生き残ることは、至上《しじょう》の掟《おきて》である。もう一つは、敵を滅ぼさねばならないという掟。これについては敵とさえも意見が一致する。しかしヘグレンニは命令にいさぎよく従おうとしなかったばかりか、ワー・ラスたちを殺す決断もできず、彼女のそんな気持ちはしだいに通信士にも通じていったのだ。もとはといえば、避けられない自然の掟への反発心から出たものだろう。しかし、それに裏付けを与えた、ふしぎだが、まぎれもない事実がある。ガント船長とワー・ラスとを比べれば、ヘグレンニはそのひょろ長いグロテスクなガス呼吸生物のほうに、はるかに大きな理解と好意を感じることができたのだ。ガントに対するとき、そこには仕事のできる、太ったうぬぼれ屋――彼女の育ちや態度に、いらだっていなければ保護者ぶるだけのアンサ人がいるにすぎない。だがワー・ラスに目をむけるとき、彼女はそこにガス呼吸生物の姿をほとんど見てはいなかった。

かわりに見えるのは、司令船と、父親デスラン五世の顔……食料船船長ヘルセッゴーンの焼けただれ盲《めし》いた顔、そして初代デスランへとつらなる歴代の船長ひとりひとりの遠いおもかげだった。また、その合成されたイメージの中には、若者と年長者たちの軋《あつ》轢《れき》もあれば、数世代にわたる食料船との戦いもあり、たび重なる近親結婚とせまくるしい不自然な環境のもたらした受難の日々のいっさいがあった。技術的才覚があったからこそ、どちらもそのような不良環境の中で生き残ることができたわけだが、全体像の中にあっては、それは世代から世代へのたゆみない前進を強《し》いた、文字通り不屈の勇気と精神力に比べれば何ほどのこともない。司令船には、目標惑星そして旅の終わりという目的があり、それが心に安定と方向を与えた。しかし沈没船のガス呼吸生物たちには、生き残ろうとする意志、そのあいだも知性を失うまいとする意志以外に、心の支えとなるものは何一つなかったのだ。

ワー・ラスたちを殺したのが彼らの同胞であったことを、ヘグレンニはうれしく思った。しょせん彼女には殺せなかっただろうし、殺す気にもならなかったはずだ。

残骸からすこし行ったところで通信ケーブルを見つけると、通信機からのびるリード線の切れはしにつなげた。司令船はこの線のむこうにまだあるのだろうか、それとも爆雷ですでにこなごなになっているのか、思案しながら呼び出しをかけようとしたとき、不意に海面が騒がしくなった。

海面の一角《いっかく》が激しくかき乱され、それがゆっくりと移動してゆく。敵のホーバー船に特有の現象で、彼らにとっては、それが岩礁《がんしょう》地帯でも安全に通行できるおそらく唯一の船種なのだろう。波だつ水域は速度をゆるめ、ほとんど真上に停止した。大きな金属の物体が水面を破り、ヘグレンニめざしてすべりおりてきた。一瞬、全身の鱗《うろこ》の逆《さか》だつような恐怖がおそい、あとには腹だたしい諦観《ていかん》がやってきた。そのときになって、物体に電線がつながっているのに気づいた。物体は海底に落ちる寸前にとまると、耳ざわりだが意味のわかる大音響を流しはじめた……

「ヘグレンニ船長、ガント船長、ダスダハー通信士。司令船とコンタクトのとれるすべてのアンサ人に告げる」間のびした苦しげな声だが、ガス呼吸生物ワー・ラスの口調であることは疑いもなかった。「これはわたしの声を録音したものだ。わたしはまだ、こちらの医療士の看護をうけている。しかしわたしの同胞が、きみたち種族との平和裡《り》のコンタクトならびにこの問題の非暴力的な解決を望んでいることは、天地神明《しんめい》に誓って約束できる。この戦争が長びけば、文明種族としてのきみたちの存在が危うくなるばかりか、この惑星の海やガス外被《がいひ》は放射性物質でよごれ、われわれ種族もまた致命的な打撃をこうむりかねない。

そちらの先頭集団にある船を相当数破壊したため、われわれはこれまで戦争だけを、この問題の唯一の解決策と考えていた。しかし、破壊された船に食用動物しか乗っていなかったとわかったいま、和平をむすぶ余地はまだ残されている。

船団の後続部隊はあと十日で到着する。われわれは着水を妨害しない。しかし、そのまえに是非とも信号を送ってほしい。きみたちがほんとうに平和を望んでいるかどうか、確認するためにも……」

司令船と連絡がついたのはそのときだった。ヘグレンニは口早にいった。「こちら、ヘグレンニとダスダハーです。ガス呼吸生物が投下した爆雷で、二人とも負傷しました。どれくらい気を失っていたのかわかりませんが、新しい情報がはいりました。聞いてください！」

「その必要はないよ、ヘグレンニ」船長のことばが返ってきた。声は、距離と高まる感情のために割れていた。「こちらの頭の上にも同じ装置が、きょう早いうちからぶらさがっていた。彼らの指示にしたがって、もう信号を送っているところだ。船団にもいいニュースを伝えられる。

以上が答えだ、ヘグレンニ。これで平和が来るだろう」

「何百というアンサの宇宙船が世界中の海に降下している」と、メガネをかけた将校がいった。「なのに、この岬《みさき》から見えたのは、のろのろ動く流れ星のようなものが三つだけとは、これはいささか拍子《ひょうし》ぬけでしたね」

提督はにっこり笑った。「この男のいうとおりだね、軍医中佐。とにかく、あなたはちゃんと見とどけたわけだ」

ウォリスはことばもなく二人を見つめた。メガネの軍人は、ベッドのかたわらにほとんど気をつけの姿勢で立っているのに対し、もうひとりは片肘《ひじ》をつっかい棒に、ベッドのすそに寝ころんでいる。二人のうしろにある壁や床や天井は、錆《さ》びのしまが走る隔壁《かくへき》に似せて赤く塗りなおしてあり、窓枠には、熱帯魚の泳ぐ水槽がはめこまれている。すべてワー・ラスの居心地をよくするために設計されたものである。本物の窓はペンキの下に隠れ、外の世界をのぞき見る唯一の手段はテレビだけ。テレビはなぜか彼の広場恐怖症を悪化させなかった。ベッドは暖かく、気持ちよく、また信じがたいほど桁《けた》はずれに乾いているので、寝ていても安らかな気分になれない――まるで天国なのだ。ときには――いまが正《まさ》にそうなのだが――周囲の世界から遊離してしまったような感覚におそわれることもあった。

医師のひとりが話してくれたところによると、この感覚はさして心配するにはあたらず、たんに薬の大量投与によるもので、このほか両側肺炎、極度の栄養失調、太陽光線の被爆《ひばく》、気圧低下、爆雷によって海面に押しあげられたショックなどの後遺症もあり、とにかく生きていること自体が奇蹟だという。

「だだっぴろい海に大船団がおりるというケースですが」と、メガネをかけた将校がいった。「これが、三、四世紀まえだったら、われわれは流星雨だときめつけて、彼らの存在にさえ気づかなかったかもしれない。ところが、いまはおたがい相手の存在を知っているわけです。彼らが侵略軍ではなく難民だということを、ようやく人類も納得しはじめている。しかし、これがなんともつかみようのないイメージなのです。彼らをほんとうに信頼することができるのか――」

「信頼できます」切り口上《こうじょう》でウォリスはいった。

「もちろんです、中佐」将校はなだめる口調になった。「あなたは彼らの友人ですから、おっしゃることに間違いはないでしょう。しかし、わたしが心配しているのは、彼らはめったにドジやヘマをしないと、そこまで信頼できるかということです。居住空間という意味では、たしかに海はあまっている。彼らの手助けがあれば、もっと能率よく海を農場化できて、食料問題の解決にもなる。宇宙船の設計や動力炉、彼らの開発した〈長期睡眠〉、それから海底テクノロジー一般についても、こちらが学ぶことはたくさんあります。しかも学習プロセスは相互的なものになる。知識のあらゆる領域で進歩が起こるでしょう。近いうち、星に行けるようになったとしても、わたしは驚きませんね。それも二百年からの冷凍状態に入ることもなしに、ですよ。

ただ、この二種族のあいだには協調と同時に摩擦《まさつ》もある、ということをいいたいのです」将校は興奮気味につづけた。「たとえば彼らの寿命は、人間に比べればかなり短い。いまから二、三世紀後には、海も陸地と同じように人口過剰になっているかもしれない。事件が起こり、事故が起こり、人間もアンサ人も傷ついたり殺されたりするでしょう。つまり、わたしがいいたいのは、アンサ人とできるだけ広範囲にコンタクトをとる必要があり、それは今この瞬間から手をつけても早すぎはしないということです。将来そういった事件が、大問題にならないようにするためにも」

提督が冷やかにいった。「つまり、彼がいいたいのはだね、中佐、いつになったら、あなたが仮病をつかうのをやめて、仕事についてくれるかということだよ。こちらにとどくアンサ語のメッセージには――若い連中がけっこう訳してくれているが――どれもこれも、ワー・ラスはどうしているかという質問ばかりだ。どういう発想か知らないが、彼らはあなたを信頼し、気に入ってもいるらしい。どんな風にして、やってのけたんだね？」

自分は、地球に住むアンサ人への最初の大使となるのだ。そしておそらく、ヘグレンニやガントやその仲間と語り、彼のところを訪ねてくる人間たちにアンサ語を教えながら、残りの人生を海底ですごすことになるだろう。ウォリスはとうにそのことに気づいていた。気づくとともに、受けいれてもいた。正直なところ彼には、高いビルや樹木や、あけっぴろげの空が、死ぬほどこわいのだった。見るたびに、それらが自分にむかって落ちてきそうに思えるのである。生き残った若者たちは、もっとたやすく適応しているようだが、彼らとちがいウォリスはふたたび海へと帰ってゆくのだ。ただし、こんどは提督も保証してくれたように、この海軍病院とおなじ暖かい乾いた生活環境と、栄養たっぷりの食物を提供されて。

それをいうなら、提督とメガネをかけた陸軍将校のいましがたのことばも、決して彼を非難したものではない。深く気づかってくれていることはわかるし、彼らの見せる敬意はいたたまれなくなるほどだ——絶対の闇のなかでたくさんの声を聞いてきたウォリスには、口調は聞き違えようもなかった。仮病云々《うんぬん》という問いはたんなる冗談である。

しかし第二の質問は……そう、どんな風にやってのけたのか？

「わたしたちには共通するものがあったのですよ」とウォリスはいった。「どちらの船も、海の中にある歳月が長すぎた……」

訳者あとがき

この小説に適当なレッテルを貼るとすれば、やはり冒険ＳＦか、ＳＦ冒険小説あたりが無難なのだろうけれど、訳しおえてみて、どうもこの用語を使うにはためらいがある。といって、それ以上に高尚《こうしょう》な何かが含まれているわけではない（むしろ、これは徹底したエンターテインメントだ）。ただ、ここには並行に進む（ちょっと見には）独立した二つの物語があり、うち主となるのはイギリス作家のお家芸ともいうべき海洋冒険小説、そして従となるのは、アメリカ特産のスペース・オペラを母胎とする宇宙小説なのである。

〝冒険ＳＦ〟というと、まず頭にうかぶのは、アクション主体のＳＦというイメージだろう。だがこの小説では、アクションはさほど強調されていない。というより人物たちは、動こうにもほとんど動きのとれない限界状況におかれている。その点〝ＳＦ冒険小説〟は、上が下の修飾語となっている分だけ、わが国に定着した翻訳冒険小説のイメージが強くなり、本書の内容にも近づいてくる。しかし、SF的味つけのほどこされた冒険小説のニュアンスがにじみ出てくるのもたしかで、それでは読者の誤解を招きやすい……。

などと、よけいな御託《ごたく》を並べてしまったが、こんな他愛ないレッテル談義から始める気になったのは、いざあとがきを書こうとして手元の資料を読むうち、この長篇が、二つの異質なシチュエーションの絶妙な対置と、しかるのちの結合から成っていることに、あらためて気づいたせいである。

その意味でこれは、異色といえば異色、典型的といえば実に典型的なSFである。異色というのは、そのメインプロットがC・S・フォレスターの〈ホーンブロワー〉シリーズをはじめ、イギリス海洋冒険小説の精神を脈々と伝えるものでありながら、SFのフレームの中に生かされていること。典型的というのは、そのフレームが、タイム・トラベルと並んで、SFの醍醐味《だいごみ》の双璧《そうへき》ともいえる世代宇宙船ものであることだ。世代宇宙船とは、光速に達しない宇宙船によって、恒星間宇宙に進出するときとられる手段の一つ。人間の寿命では一代で目的地に着くことはできないため、乗員たちはつぎつぎと世代交替してゆく。この設定は、ロバート・A・ハインラインが一九四一年、中篇「大宇宙」とその続篇「常識」（のちに『宇宙の孤児』の題名で一冊にまとめられた）で提出して以来、ＳＦ読者お気にいりのテーマとなり、多くの作家がそのヴァリエーションを手がけている。

しかしそれにしても、第二次世界大戦のさなかに始まる海洋冒険小説と、世代宇宙船――一見およそそぐわない二つの物語を結びつける要素は何なのか。もちろんそれは、題名が先刻暗示しているように〝生存《サバイバル》〟、すなわち異質な環境との闘いである。じっさい、異質な環境との闘いが大きなテーマになりうるという点では、冒険小説とＳＦはきわめて近い関係にあり、ときにはその分野は重複さえするのだが、この小説の場合、問題はちょっと別だろう。

ここでダニエル・デフォーの『ロビンソン・クルーソー』以来、冒険小説およびＳＦの分野で書かれたサバイバルものの系譜をたどるつもりはない。というより『ロビンソン』から『生存の図式』へとつながるサバイバルもの、つまり自然条件が大きくのしかかる限界状況を、人間が知識と機略《きりやく》で生きのびるたぐいの小説をさがそうとすると、それが意外に少ないことに気づかされるのが現状である。未訳作品はさておき、すぐ思いうかぶ例としては、エルストン・トレヴァーの『飛べ、フェニックス』、レックス・ゴードンのいまや懐《なつ》かしい『宇宙人フライデイ』……Ｃ・Ｓ・フォレスターの『アフリカの女王』が、まあ、それに近い話か。核戦争後の荒廃した世界を舞台にとった小説や、いま流行のパニック小説はおびただしくあるけれど、興味の焦点が少々ずれる。アメリカの作家ポール・ギャリコには『ポセイドン・アドベンチャー』があり、本書と微妙に似た状況を扱っている。ところが、これは一九六九年、本書より三年あとに発表された作品なのだ。ギャリコは『生存の図式』を読んで、あれのヒントを得たのだろうか。まさか。

こういったことにからんで、おもしろい事実がある。

それは批評家によるこの小説の、SFとしての位置づけが、発表当時の六〇年代後半と、七〇年代後半以降の現在とでは、大きく変化していることだ。たとえばピーター・ニコルズ編の『SFエンサイクロペディア』――その「世代宇宙船」Generation Starships の項目には、ジェイムズ・ホワイトの別の長篇 ***The Dream Millennium*** (1974) の紹介はあるものの、『生存の図式』への言及は見当たらない。発表当時、世代宇宙船ものの新機軸として評判になり、ホワイトのおそらくは最高傑作といわれる作品なのに……。ようやく見つけた場所は「海底」Under the Sea の項目。その中にブリッシュの「表面張力」、クラークの『海底牧場』、バスの『神鯨《しんげい》』などといっしょに論じられているのだ。

これ自体はしごくもっともな話で、問題になるようなことではない。ところが、つぎにニール・バロン編の*Anatomy of Wonder*（1976）をひらくと、ふしぎなことに気づく。これは古今の著名なＳＦ作品を解説つきでリストアップした便利なガイドブックで、大幅に加筆された第二版（1982）には、英訳のない日本作品もいくつか紹介されている。『生存の図式』も当然その中にあがっていて、紹介文の行数も平均よりかなり多いのだが、特色については「ロビンソン・クルーソー難船シナリオの意表をつく新機軸。フィクショナルな坩堝《るつぼ》体験は、思弁《しべん》的人類学者をこおどりさせるだろう」とあるだけで、世代宇宙船テーマへの言及なし。

これはどういうことなのか。ジュディス・メリル、Ｐ・スカイラー・ミラー、アルジス・バドリスといった批評家たちは、以前には、たしかこぞってこの小説を世代宇宙船の観点からとりあげていたはずである。この疑問に部分的に答える考え方が一つだけある。それは六〇年代後半から七〇年代にかけての十年間に、ＳＦをめぐる周囲の状況が変わり、ＳＦそのものが大きく解放されたことだ。それまでＳＦは、ジャンルの狭い境界内部で、基本アイデアにこつこつと小さな改良を加えているだけだった。批評家自身、専門的な読者が相手なので、そのあたりを指摘してほめあげれば用は足りた。作家たちのほうは必ずしもそうはいかない。ＳＦ的なアイデアやテーマに複雑な陰影を与えるため、外部のさまざまな情報を取りこんでいたことは昔から同様だが、それを新しい小説作法にまで高める作家は、『異星の客』に見るハインライン、あるいはディレイニーやゼラズニイなどごく少数に限られていた。本書の作者ホワイト自身、あとでふれるように、そこまでの意識はほとんどなかったように思われる。要するに、海洋冒険小説というかサバイバルものとしての側面は、六〇年代後半という時代において本書を語るとき、たんなる彩《いろど》りでしかなかったということだ。

それはともかく、少々片手落ちなところがあるとはいえ、この小説の魅力をSFファン好みにつかんだ書評として、ギャラクシイ誌一九六六年八月号にのったアルジス・バドリスの文章は、参考になるだろう。

「読者は、例の「大宇宙」の物語にもはや新しいひねりはないと思っておられたことだろう。どことも知れない世界をめざし、気の遠くなるような歳月、光速以下で飛びつづける恒星間宇宙船。クルーは船内の風景を除けば、いっさいの現実認識を失ってゆく……。もちろん、何もかもお馴染《なじ》みの話だ。痛ましい堕落のありさま、別の区画に擡頭《たいとう》した蛮族《ばんぞく》との胸おどる戦い、やがて作者の気がむけば最後にひらめくひとすじの希望。戦いに勝った善玉《ぜんだま》は、高貴ではあるがどこか狂った理想を胸に、未来を迎える覚悟をきめる。

ハインラインのこの完璧な主題提示に改良を加えようとした作家は多い。とはいうものの、今までだれひとり、その先に進んだ者はなかった。しかしジェイムズ・ホワイトの『生存の図式』は、それをやってのけている。その成功は、物語の中にもう一隻《せき》の船を持ちこんだことにある。そして作中の場面が、異星のスターシップと、同様に気の長い壮大な旅にのりだした地球人たちの、閉ざされた動く環境とのあいだをめまぐるしく行きかううち、ホワイトは双方の差異と相似を対比させながら、感動的で、しかもまぎれもなく楽天的な物語をつむぎだしてゆくのだ。

おそらく読者は、このコラムにしばしば使われる〝ストーリイテラー〟なる用語がどんな意味なのか、首をひねっておられたことと思う。よろしい――ストーリイテラーとは、一つの冒険を語るにあたって、読者をぴったりと手元にひきつけておく天賦《てんぷ》の才をそなえた人間のことである。ただし、その冒険には発端と中間部と歯切れのよい結末がなくてはならず、結末は先行する部分で約束されたものを、ロジカルかつ充分に満たさなければならない。ストーリイテラーであるためには、作家は、救う価値のある人びとや物事のからんだ、いかにももっともらしい問題を提出しなければならないほか、問題を解決する、あるいは納得のいく理由によって解決法が存在しないことを示す能力も要求される。

（中略）ホワイトは、この本では正《まさ》にエレガントそのものである。登場する異星人は、実際には滅亡する故郷の星系を逃れてきた船団のうち、その一隻のクルーであり……」

どうも小説の大枠のことばかりくだくだと書いてきてしまったようだが、内容への立ちいった説明は、別に難しい小説でもないので、やはりここでは控えよう。ただし、中に出てくる二、三の細かい事実については、注釈が必要かもしれない。

このあとがきの前半部で、いくらか唐突にスペース・オペラや〈ホーンブロワー〉シリーズを引きあいに出したのは、根拠のないことではない。お読みになればわかるとおり『生存の図式』は、作者ホワイトが少年時代に出会った小説への感動を直接の契機《けいき》として生まれた、初心あふれる長篇である。本書のベースとなった作家と作品はそれぞれ、ハインラインの「大宇宙」そして「常識」、フォレスターの〈ホーンブロワー〉シリーズ、そしてE・E・スミスの〈レンズマン〉シリーズだ。したがってこの小説の中には、登場人物たちの記憶を通して、実にさりげないかたちでこれらの作品のことが語られ、やがてそれは船内の生活に決定的な影響を及ぼすようになる。

言及される小説の題名は、本文中では原題どおりに訳したが、読者の便宜《べんぎ》のために書き添えておくと、フォレスターの『幸福な帰還』は『パナマの死闘』、『戦列艦』は『燃える戦列艦』の邦題で、すでにわが国に紹介されている。また、本文中に（これまた実にさりげなく）出てくる人名のいくつかも、それらの作中人物の名前である。ヒュー・ホイランドとジョー＝ジムは、ハインラインの「大宇宙」に登場する。ブッシュはホーンブロワー艦長の右腕。キンブル（キムボール）、マクドゥガル、アイクラン（アイヒラン）の三つは『グレー・レンズマン』をごらんいただきたい。このうちキンブルとアイクランについては、訳者のわがままで米語発音に近い表記をとった（カッコ内が邦訳版にある、ＳＦ人口に膾炙《かいしゃ》した表記である）。

なお、本書の原題 ***The Watch Below*** は〝非番〟の意。小説の内容にほとんどつながらない弱みはあれ、なんともひびきのよい暗示的な題名で、訳者としても気にいっているのだが、惜《お》しむらく邦題には使えない。考えあぐねているとき出会ったのが、浅倉久志氏の訳したリチャード・マシスンのショートショートである。原題が〝Pattern for Survival〟――訳して「生存の図式」。他の小説の題名を流用するのはさすがに気がひけたが、これ以上に内容に似つかわしい題名は、いまだに思いつけない。このページを借りて浅倉氏とマシスンに感謝するとともに、読者にお断わりしておく。

ジェイムズ・ホワイト（一九二八―一九九九年）は、北アイルランドに生まれた英国作家。国籍は英国だが生粋《きっすい》のアイルランド人。航空会社の広報部に勤めながら、余暇《よか》に

SFを書いた。

ティーンエイジャーのころには医者を志《こころざ》したが経済的な事情で断念、つぎにめざした英国空軍も、糖尿病の診断が下って挫折。失意のなかでSFを知り、やがてアイルランド・ファンダムに関係するようになった。このころからの親友に、のちにSF作家となったボブ・ショウがいるが、はじめは二人ともSFイラストレーター志望で、アメリカにもその名がとどろいたファンジン ***Slant***（1948-53）には、二人のイラストレーションが仲よくのっているという。

その後、小説に手を染めるようになり、ニュー・ワールズ誌の編集長ジョン・カーネルに認められて、一九五三年、短篇"Assisted Passage"でデビューする。数年の習作時代をへて、彼の名をいちやく高からしめたのは、一九五七年から少しずつ書きだした〈セクター・ジェネラル（宇宙病院）〉シリーズである。はるかな銀河系の外縁にうかぶ第十二星域総合病院《セクター・ジェネラル》——そこに集まるさまざまな異星生物を描いたそのシリーズは、短篇長篇まじえて、その後も書きつがれ、彼のもっとも有名な作品となった。

本業が別にあるため、作品の量は専業作家に比べれば少ないが、ホワイトは決してシリーズものだけに精力を集中しているわけではない。一九六二年には長篇 ***Second Ending***（1962）が、破滅テーマの新機軸としてヒューゴー賞に推《お》されたほか、ファースト・コンタクトものの ***All Judgement Fled***（1968）、タイム・トラベルものを意想外の視点から扱った ***Tomorrow Is Too Far***（1971）など、さまざまなテーマの長篇がある。そのすべてにいえるのは、根っからのSFファンだったホワイトの練《ね》りに練ったアイデアのひねりと、いかにも英国作家らしい重厚な作風である。

（一九八三年の単行本版あとがきを修正した）

本書は一九八三年、早川書房より単行本として刊行された。

検印
廃止

訳者紹介　1942年生まれ。英米文学翻訳家。主な訳書にクラーク『2001年宇宙の旅』、オールディス『地球の長い午後』、ブラッドベリ『華氏451度』、カート・ヴォネガット・ジュニア『猫のゆりかご』、ディレイニー『ノヴァ』ほか多数。編訳書に『吸血鬼は夜恋をする』がある。

生存の図式

2023年3月31日　初版

著者　ジェイムズ・ホワイト

訳者　伊《い》藤《とう》典《のり》夫《お》

発行所　(株)東京創元社
代表者　渋谷健太郎

162-0814/東京都新宿区新小川町1-5
電話　03・3268・8231-営業部
　　　03・3268・8204-編集部
URL　http://www.tsogen.co.jp
暁印刷・本間製本

乱丁・落丁本は、ご面倒ですが小社までご送付ください。送料小社負担にてお取替えいたします。

ISBN978-4-488-79401-9　C0197

創元SF文庫を代表する一冊

INHERIT THE STARS◆James P. Hogan

星を継ぐもの

ジェイムズ・P・ホーガン

池 央耿 訳　カバーイラスト＝加藤直之

創元SF文庫

◆

【星雲賞受賞】

月面調査員が、真紅の宇宙服をまとった死体を発見した。
綿密な調査の結果、
この死体はなんと死後５万年を
経過していることが判明する。
果たして現生人類とのつながりは、いかなるものなのか？
いっぽう木星の衛星ガニメデでは、
地球のものではない宇宙船の残骸が発見された……。
ハードSFの巨星が一世を風靡したデビュー作。
解説＝鏡明